대한민국 남자들이 원하는 것

대한민국 남자들이 원하는 것

유인경 기자의 한국 남자 기 살리기

해냄

오늘, 남자들에게는 위로가 필요하다

나는 학문적으로 깊이 남성학을 연구한 학자도 아니고, 임상학적으로 많은 남성들을 분석한 신경정신과 전문의도 아니며, 고통받는 남성들을 대면해 해결해 주는 상담사도 아니다. 다만 직업이 '세상 구경꾼'인 기자여서 노숙자부터 노무현 대통령에 이르기까지 대한민국 각계각층의 남성들을 숱하게 만나왔고 만나고 있다.

관계지향적인 소꿉놀이에 길들여진 여성인 내게 목적지향적인 병정놀이를 하는 남성들의 사고방식과 행동은 여전히 이해하기가 힘든 것이다. 그러나 가족으로, 동료로, 취재원으로 만나는 남성들과 잘 지내려면 그들을 이해하는 것이 필수여서 뒤늦게 공부를 시작했다. 그래서 국내외의 남성학 책을 닥치는 대로 읽고, 취재원에서 동료, 친인척까지 남성들을 만날 때마다 그들을 관찰하고 궁금한 것을 물어봤다.

곁에서 지켜보고 직접 만나 속내를 구경한 대한민국 남성들, 특히 중년남성들의 모습은, 솔직히 안쓰럽고 안타깝다. 어릴 때 읽은 동화책에서는 개구리에게 키스를 해주면 멋진 왕자로 변신하지만, 이제는 근사하게 보이는 왕이나 영웅들도 위기가 닥치면 개구리나 두꺼비로 변하는 것을 많이 목격했다.

디지털 시대에 한 발은 디지털에, 한 발은 아날로그에 두고 후들거리며 버티고 선 그들, 낡은 무기를 갖고 최첨단무기로 무장한 후배들과 싸우며 전전긍긍하는 그들, 하고 싶은 말은 가득한데 정작 할 말을 제대로 표현 못 하는 그들, 속으론 피 흘리고 곪아도 용감한 척 혼자 속앓이를 하는 대한민국 중년남성들……

게다가 예전엔 '절대 안전, 평생 안정'을 자랑하던 직업들도 역시 불안한 시대다. 1년에 1,000명씩 쏟아지는 사법시험 합격자들로 변호사들이 늘어나 부의 상징이던 변호사들도 위태롭고, 가장 이상적인 남편감이었던 의사들 역시 병원 문만 열어놓으면 돈이 따복따복 들어오던 시대가 지났다. 끝없이 새로운 기법을 개발해야 하고, 잘못 들여놓은 비싼 의료기계 때문에 빚을 져 억대 채무자가 되어버린 의사들도 많다. 교수 역시 마찬가지다. 65세 정년보장도 옛날 이야기이고, 이젠 새파란 학생들에게도 수업능력을 평가받고 제자들을 취직시키러 다니거나 논문이라도 부지런히 쓰지 않으면 자리 지키기 힘들단다.

서민층은 어떤가. 나물 먹고 물 마시고 안빈낙도 하면서 욕심 없이 살아가려던 서민들은 끝없이 들어가는 자녀부양비며 치솟는 물가 때문에 '빈곤 노인층'으로 전락하게 되었다. 빈민층 역시 '똑똑한 내 자식이 출세하면 고생 끝, 행복 시작!'이란 꿈을 가져봤지만, '아버지의 재력과 엄마의 정보력이 명문대생을 만들며 명문대 나와야 출세한다'란 공식이 만들어져 인생역전의 꿈은 아득하기만 하다.

부자건 가난하건, 지식층이건 일자무식이건 대한민국 중년남성들은 몸과 마음이 많이 아프다. 모두들 '몸과 마음은 여전히 청춘인 채로 숫자상의 노년기를 50년간 곤곤하게 더 살아가야 할' 자신의 미래에 대해 마냥 불안하기 때문이다. 그런데도 아프다고 비명도 못 지르고 하소연도 못 한다.

그래서 대한민국 중년남성들과 그들의 파트너인 여성들에게 한마디 하고 싶었다. 남성들은 이제라도 '고백'을 해야 한다. '졌다'고 백기를 들라는 게 아니다. 정확한 건강검진서를 보여주란 말이다. 어디가 얼마나 아픈지, 그 아픔을 치유하려면 우리가 어떻게 도와줄 수 있는지를 스스로 말했으면 좋겠다. 그리고 그들이 수시로 SOS를 칠 수 있도록 가족과 사회가 이젠 나서야 한다.

"당신이 뭘 안다고 남성에 대한 책을 쓰고, 그럼 해결책은 뭐냐?"

남성들에 대한 책을 쓴다니까 이런 질문도 받았다. 물론 여전히 남성은 내게 신비한 세계이다. 해결책은 더더욱 모른다. 치유의 방법도 각자 다를 게다. 다만 현재 자기만 상처받고 불안하고 아프다고 생각하며 세상을 원망하는 대한민국 중년남성들에게 '당신만이 아니라 모두 아프다'는 말을 해주고 싶었다. 자기 혼자만 겪는 고통이 아니라 누구나 겪는 일이라면 상대적 박탈감도 아픔도 덜할 것 같다. 나만 가난하고 배고픈 게 아니라 옆집도 곪고 있는 걸 안다면 허기도 덜하고 괜히 옆집을 털려다 잡혀 범죄자가 될 이유도 없지 않은가.

또 여성들에게도 이야기하고 싶다. 남자들은 본능적으로 여성들의 동정과 위로를 바라지는 않지만, 지금은 절실하게 '따스한 이해'가 필요할 때라는 것을 말이다. 한심하고 얄밉고 갈수록 엉망이 되는 남성이라 해도 지금쯤 다독거려줘야 앞으로 함께 살아갈 50, 60년의 우리 삶이 덜 고통스럽기 때문이다. 여성과 남성은 서로 오해하며 살아가지만 오해를 이해로 풀어가는 과정의 기쁨은 더더욱 크지 않을까.

요새는 왜 사나이를 만나기가 힘들지
싱싱하게 몸부림치는
가물치처럼 온몸을 던져오는 거대한 파도를……
몰래 숨어 해치우는
누우렇고 나약한 잡것들뿐
눈에 띨까, 어슬렁거리는 초라한 잡종들뿐
눈부신 야생마는 만나기가 어렵지.

여권 운동가들이 저지른 일 중에
가장 큰 실수는
바로 세상에서
멋진 잡놈들을 추방해 버린 것은 아닐까
핑계대기 쉬운 말로 산업사회 탓인가.
그들의 빛나는 이빨을 뽑아내고

그들의 거친 머리칼을 솎아내고
그들의 발에 제지의 쇠고리를
채워버린 것은 누구일까

그건 너무 슬픈 일이야
여자들은 누구나 마음속 깊이
야성의 사나이를 만나고 싶어하는 걸
갈증처럼 바람둥이에 휘말려
인생을 던져버리고 싶은 걸.

안토니우스 시저 그리고
안록산에게 무너진 현종을 봐
그뿐인가, 나폴레옹 너는 뭐며 심지어
돈주앙, 변학도, 그 끝없는 식욕을
여자들이 얼마나 사랑한다는 걸 알고 있어?

그런데 어찌된 일이야. 요새는
비겁하게 치마 속으로 손을 들이미는
때묻고 약아빠진 졸개들은 많은데
불꽃을 찾아 온 사막을 헤매이며
검은 눈썹을 태우는
진짜 멋지고 당당한 잡놈은
멸종 위기네.

시인 문정희 씨의 「다시 남자를 위하여」란 시다. 우리도 '진짜 사나이'를 만나고 싶다. 중년이란 계곡에 빠져 허우적대는 남자, 너무 수컷만 강조하는 '잡놈'이 아니라 자신을 알고 사랑할 줄 아는 그런 멋진 남자 말이다. 하얀 머리에 주름진 얼굴로도 자연스럽고 자신만만한 표정을 지을 줄 아는 남자들이 많아졌으면 좋겠다. 그러기 위해선 우리 사회가 뽑아낸 그들의 이빨과 거친 머리칼을 잘 맞는 의치나 가발로라도 보상해 주고, 스스로 옭아맨 쇠고리도 뽑도록 해주는 게 필요하지 않을까.

2장

남자는 꿈꾼다, 화려한 인생 2막을!
이 시대 남자를 이해하는 11가지 코드

3장

나이 듦에 당당한 남자를 위하여
행복하게 나이 드는 9가지 방법

4장

단 하나만 내 것이어도 인생이 즐겁다
만족과 기쁨을 아는 우리 시대 대표남자 top 10

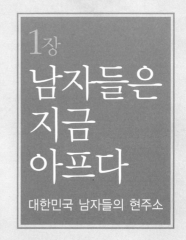

1장

남자들은 지금 아프다

대한민국 남자들의 현주소

우리나라의 중년남성은 숱한 문제를 혼자 속으로 삭혀야 한다. 신경정신과나 상담소가 점점 늘어나고는 있지만 남자들은 그런 곳에 가는 것을 두려워한다. 또 평소에 스트레스를 풀 수 있는 고상한 방법인 문화생활에서조차 철저히 소외되어 있다. 그들은 '문화의 사막지대'에 살고 있는 것이다.

이제야
남자들이
보이기
시작했다

        남자들은 아무도 나를 여자로 봐주지 않는 나이. 40대 중반이 되어서야 나는 주변 남자들에게 관심을 갖기 시작했다. 물론 소녀시절부터 이 나이까지 현실이건 소설이나 영화 속에서건 멋진 남성을 동경하고 짝사랑 리스트를 늘어놓고 있지만 '객관적이고 이성(理性)적인' 관심은 아니었다.

  경상도 사나이의 원형을 보여주던 네 명의 오빠들, 남학생들이 80퍼센트 이상인 남녀공학 대학, 기자의 90퍼센트가 남자인 신문사, 각계각층의 취재원 등 주변에 남자가 들끓었음에도 불구하고, 그동안 나에겐 남자들에 대한 인식이 별로 없었다. 『화성에서 온 남자, 금성에서 온 여자』의 저자 존 그레이 박사의 주장처럼, 남자와 여자는 '각기 다른 별에서 온 종족'이라고만 여겼다. 남녀 차이도, 차별도 당연하게 받아들였다.

부모가 같은데도 우성 유전자를 타고나 지능, 학벌, 체력이 나보다 모두 뛰어난 오빠들은 모자란 막내 여동생에겐 독재자처럼 무섭거나 잘난 척하는 존재였다. 오빠들은 유난히 발육이 더딘 여동생을 역기 삼아 운동을 하기도 했고 제도용 T자, 옷걸이 등 다양한 도구로 체벌을 했다. 또 뭘 물어도 "글쎄?"라고 머뭇거린 적이 없이 곧바로 대답해 주었으며(정답이건 아니건), 내 기억으로는 민소매 러닝셔츠나 삼각팬티차림, 술 취한 모습 등 흐트러진 모습도 본 적이 없다. 나중에서야 알게 되었지만, 집안이 엄격해서가 아니라 어머니가 당신의 취향대로 단정한 옷만 사줬고, 오빠들은 밖에서 술 취하면 아예 집에 들어오지 않았기 때문이었다. 오빠들이 어려운 철학책과 원서만 읽는 게 아니라 《플레이보이》도 본다는 것을 그들이 군대 가거나 유학을 떠난 후 방 청소하다가 알았을 때의 충격이란……

대학에 진학해 만난 또래인 동급생들은 오빠들과 달리 독서량도 형편없고 마냥 유치해서 동생 같았고, 기자가 되어서 사회에서 만난 사람들은 동료거나 취재원이었기 때문에 남성으로 의식하기 힘들었다. 물론 그들도 나를 여성이 아니라 동료, 기자로 아주 깍듯하게 대해주었다. 지금 생각해도 참 섭섭하다.

신문사에서 15년 이상을 주로 여성·생활 분야만 맡아서 매 맞는 아내, 가정폭력, 직장성희롱, 법정에서 정한 양육비조차 못 받는 이혼여성 등 남성들에게 핍박받는 여성들이나 남녀평등고용법, 가족법, 호주제 등을 취재하다 보니, 남성은 가해자였고 늑대란 생각이 지배적이었던 것도 사실이다.

피해 당사자나 페미니스트가 아니어도 그런 사례나 현장들을 접하다 보면 '이 땅의 불쌍한 여성들을 위해 뭔가 해야 한다'는 사명감과 함께 남성들에 대한 증오심이 부글부글 끓어오를 때가 많았다. 아니 먼 곳에 사는 엉뚱한 남자가 아니라 나와 결혼한 남자에 대한 분노와 억울함만으로도 충분했다.

그러다가 시사주간지 편집장으로 자리를 옮겼다. 대부분 남자들인 부원들과 하루 종일 생활해야 하고 취재차 만나는 이들도 다 남자들로 주변 환경이 갑자기 변했다. 시사지의 주요 테마인 정치경제 및 사회 분야의 핵심인물은 여전히 남성들이기 때문이다. 또 부장급 이상의 간부회의에서도 나를 제외하고는 모두 남자였다. 그런데 나는 주위 남자들의 위계질서와 파워 게임을 지켜보면서 남자들에 대한 시각이 바뀌었다. 두려움과 존경 혹은 증오나 투쟁의 대상이 아니라 안쓰럽고 불쌍하고 다독거려줘야 할 존재로 말이다. 귀신이 내 어깨에 앉아 세상을 보는 나이가 되어서인지 아무리 화려하게 포장을 해도 그들의 곯은 속이 보일 때가 많다.

중년남성들 역시 여자도 아닌 제3의 성인아줌마인 내게 긴장감을 느끼지 않고 속내를 진솔하게 털어놓기도 했다. 힘들다, 외롭다, 두렵다 등등의 감정적 상태부터 바람피운 과거사까지 고백해서, 속으론 너무 흥미진진하면서도 때론 표정관리가 힘들 때도 있었다.

그러다 2004년 11월, 영국문화원이 발표한 자료를 봤다. 영국문화원은 창설 70주년 기념행사로 102개국 비영어권 국가에 사는 4만여 명을 대상으로 70개 단어를 제시하고 가장 좋아하는 단어를 고르도록 했는데, '가장 아름다운 영어 단어'로 꼽힌 말은 당연히 'mother(어머니'였다. passion(열정), smile(미소), love(사랑), eternity(영원) 등이 다음 순위에 올랐는데, 아버지(father)는 후보 단어 70개 중에조차 끼지 못했다.

아니, 신사의 나라 영국이 어떻게 이런 짓(?)을 했을까. 아무리 요즘 아버지들이 제 역할을 못 한다 해도 70개 기본 단어에조차 넣어주지 않다니 말이다. 그런데 엄마인 나는 이 기사를 보고 흥분하고 안쓰러웠는데, 정작 당사자인 아버지들과 내 남편을 비롯한 중년남성들은 무반응이었다. 어쩌면 가정과 사회에서 '왕따'당하는 데, 비판받는 데 너무 익숙해진 건 아닐까. 그런데 그들이 정말 그렇게 죄인일까⋯⋯. 그때, 문득 중년남성들에 대한 글을 쓰고 싶다는 생각이 들었다.

물론 아직은 우리나라 여성들이 처한 현실이 열악하고 '여자란 이유'만으로 부당한 대우를 받는 경우가 많다. 취직, 승진 등에서도 여전히 차별을 받고 있고, 직업을 가진 여성들의 경우엔 직장과 가사노동 그리고 양육 등 삼중고에 시달린다. 살벌한 조직에서 남자들만의 리그에 들어가지 못해 여전히 유리천장만 바라보기도 한다.

그렇게 약자로 당하다 보니 여성들은 이제야 자신의 존재가치와 권리에 대해 눈뜨기 시작했고, 늦긴 했어도 똘똘 뭉쳐 남녀고용평등법, 호주제 폐지 등을 이뤘다. 그런데 오랜 동안 한참 처져 있던 여성들은 부지런히 공부해서 진도가 20장 정도에 이르렀는데, 기득권자로 권세를 누렸던 남성들은 아직도 7, 8장에서 헤매는 것 같다. 그러면서 상대적 박탈감과 역차별이라고 억울해 한다.

이미 전성기를 구가한 노인들은 "허허, 말세다"라며 혀만 차시면 그만이고, 영악한 젊은 남성들은 재빨리 앞치마도 두르고 아내와 여성동료들에게 잘 보이려는 노력을 시도하지만, 중년남성들은 이도 저도 아닌 상태에서 비난만 받는다. 그리고 집안에서도 아내의 목소리가 커지기 시작했고, 직장에서도 여직원들과 잘 지내지 않으면 왕따를 당하기 십상이다.

어쩌면 알맞은 시기에 비교적 정확한 시선으로 남자, 특히 내 또래의 중년남성들에 대해 관찰과 연구를 하게 된 셈이다. 물론 내가 그들을 사랑에 눈먼 연인이나 치열한 라이벌이 아니라 모성애적 시각으로 보게 된 것도 이유겠지만, 21세기가 된 후 우리나라에서 중년남성들은 갈수록 서글픈 존재가 되는 것 같다. 그건 지위가 높건 낮건, 부자이건 가난하건, 혹은 잘생기건 못생겼건 상관없다.

생을 포기한 듯한 노숙자는 물론 남들이 부러워하며 삶의 절정에 있는 듯한 성공한 CEO, 일자무식부터 세계 저명한 대학의 박사학위 소유자들도 중년이 되면 나오느니 한숨이고 늘어나느니 주름살임은 똑같다. 그리고 성공한 이들은 성공의 허무함을, 아직도 성공 근처에도 못 간 이들은 지난 세월 동안 무엇 하고 살았는가에 대한 자괴감을 느끼며 다들 허망해 한다.

나이 들수록 비굴·비겁·비리·비만·비난 등 온몸과 마음에 '비'자 문신을 새기고 불의를 보면 꾹 참게 되는 자신을 느끼며 자기혐오증에 빠지기도 한다. 모두 대한민국에서 '중년기'가 된 남자에게 공통적으로 부여되는 '진단서'들이다.

남들이 보기엔 매우 성공한 한 외국계 금융사의 사장은 이렇게 말했다.

"고액 연봉, 기사가 달린 차, 특급호텔의 헬스이용권, 골프, 단란한 가정…… 남들이 보기엔 다 갖춘 행복한 사람으로 보일 겁니다. 그런데 하나도 흥이 나지 않고 앞날을 생각하면 막막해져요. 얼마 전 젊은 후배들과 어울려 즐겁게 술을 마시는 자리가 있었는데, 갑자기 이런 느낌이 들었어요. 싱싱한 후배들은 찬란하고 선명한 컬러로 보이고, 나만 흑백으로 처리된 낡은 영화 같다는……. 이렇게 남은 삶을 무채색으로 지내야 하나 생각하니 갑자기 가슴이 답답해지더군요."

'화양연화(花樣年華)', 가장 아름답고 찬란한 시기는 사라지고, 이젠 뿌연 흑백필름조차 비가 죽죽 내리며, 내리막길로 걸어가는 듯한 중년남자들. 이제라도 가면을 벗고 자신의 적나라한 모습을 드러내 보일 때다. 병도 알아야 치유가 가능하고, 중요한 건 신호를 보내야 구원의 손길도 오기 때문이다.

대한민국
중년남자,
경쟁력은
어디에?

"우리나라 중년남성들은 세상에서 가장 경쟁력이 없는 세대다."

한 사회학자는 이렇게 잔인하게 표현했다. 미안하지만 동의할 수밖에 없다. 다른 나라와 비교할 필요도 없다. 불과 10여 년 차이 나는 후배들과 비교해 봐도 얼굴이 잘생겼나, 키가 큰가, 돈이 많나, 매너가 좋은가, 아니면 컴퓨터나 영어에 능숙한가. 40~50대 남성들은 특별히 은총 받은 몇몇을 제외하고는 '긴 세대'의 아픔을 온몸으로 체험하는 사람들이다.

자신도 늙어가지만 현대의학의 혜택을 받아 고령화시대를 사는 부모를 한참 더 모셔야 하고, 자식들에겐 한도 끝도 없이 헌신하고 '독재자'처럼 군림하는 그들을 보면서도 마냥 죄책감에 시달린다. 조기유학 못 보내도, 자식이 명문대학에 못 들어가도, 심지어 대한민국 남자라면 누구나 가는 군대에 아들을 보내면서도 아비가 무능해서 그렇다고 생각한다.

배곯던 보릿고개 마지막 세대이자 정리해고 1세대. 주산 마지막 세대이자 컴퓨터문맹 1세대. 교과 과정이 바뀌어 한문도 배웠다 말았다 했고, 중학교에 들어가서야 겨우 ABC를 배웠는데 회사에선 이젠 영어로 회의를 한단다. 구닥다리 영어교육법으로 발음을 망쳐놓으신 선생님을 원망하면 뭐하나. 우리나라가 일제식민지였던 것이 한스러울 뿐이지…….

불과 30, 40년 전의 삶이 왜 그리 아득하게만, 아니 원시적으로만 여겨질까. 학교에선 우윳가루나 옥수수빵을 급식으로 나눠주었으며, 운동장에 앉혀놓고 그 위험한 DDT를 머리에 뿌려가며 이를 잡았다. 왜 그렇게 코 흘리는 애들이나 만화주인공 꺼벙이처럼 기계충 머리를 한 친구들은 많았는지.

1960~70년대 대한민국 남성들의 표준 키는 165센티미터 정도여서 170센티미터만 넘어도 큰 편이었다. 당시에도 키 큰 남자들이 있었지만 대부분 허리가 길거나 유난히 머리가 커서 그저 길이만 길었지 요즘 조인성이나 김래원처럼 롱다리의 장신은 아니었다. 2000년에 들어서선 170센티미터를 훌쩍 넘었고, 187센티미터가 요즘 청년들의 희망 신장이다. 자신보다 머리 하나는 더 크고 컴퓨터는 장난감, 영어는 모국어 수준, 필요한 자료는 인터넷 지식검색으로 찾아 선배에게 질문이 필요없는 후배들을 그저 나이와 몸무게만으로 누르자니 맘이 편치 않다.

말솜씨도 그렇다. 중년남성들은 본론으로 들어가기 전에 자초지종을 구구절절이 설명하는 화법에 익숙하다. 그리고 자기 의견을 잘 표현하지도 못하고 유머로 포장할 줄도 모른다. "에 또, 그러니까, 뭐냐면" 등의 말만 필요없이 자꾸 써서 귀에 거슬리게 만드는데, 젊은 남성들은 인터넷과 광고 문구의 영향 탓인지 짧고 간결하게 적절한 유머와 유행어까지 섞어 사용해 귀에 쏙 들어오는 말을 한다.

게다가 신세대들은 몸매가 받쳐주는데다가 정보도 많으니 패션 감각이 뛰어날 수밖에 없다. 까마귀 브라더스 같은 무채색 정장, 똥배 때문에 자꾸 흘러내리는 바지를 지탱하기 위해 멜빵을 하고도 꼭 챔피언 벨트 같은 굵은 허리띠를 하고(법률로 막은 것은 아니지만, 의상 에티켓상 멜빵과 벨트는 둘 중 하나만 착용해야 한다) 정장바지에도 흰 면양말을 신는 중년들과 달리, 신세대들은 대부분 세련되고 섹시한 매력을 유감없이 과시하는 메트로섹슈얼족이다. 중년남성들이 보기엔 기생 오래비 같아도 멋진 것만은 사실이다.

가끔은 모험을 하고 싶어 꽃무늬가 화려한 넥타이를 매어보기도 하고 빨간 셔츠에 도전해 보기도 한다. 아직은 소화해 낼 수 있다는 자부심에 청바지에 폴로셔츠를 입고 '자유복장'을 입는 날 출근해 보지만, "어머나, 정말 젊어 보이시네요"란 찬사 대신에 "아유, 아드님 것 뺏어 입고 나오셨군요? 주책이야. 호호호"란 비아냥에 시달려야 한다.

어디 사무실에서뿐인가. 회식자리에서도 마찬가지. 노래방에 가서도 중년층은 술이 좀 불콰하게 취해서야 '가요무대'처럼 뽕짝 몇 곡을 부르거나, 좀 흥이 많은 이들은 넥타이나 벨트를 풀어 머리에 매거나 트럼펫 부는 시늉을 하며 재롱(?)을 떠는 게 대부분이다. 하긴 아저씨들이 웨이브댄스를 춘들 멋지게 보일 리도 없지만…….

반면에 풋풋한 후배들은 맨 정신에도 연예인들 뺨치게 노래를 부르고 붕붕 날며 춤을 춰서 주위를 즐겁게 해준다. 자신의 스트레스를 풀려다가 신나게 노는 후배들의 에너지에 주눅이 들어 자신이 더욱 한심하게 여겨지는데, 술 값에 밴드 값 청구서까지도 스트레스 풀려다 스트레스 받고 가는 '중년'의 선배들이 지불해야 한다.

이렇게 매사에 경쟁력이 없으니 당연히 조직 사회에선 퇴출 1순위다. 서강대 교육학과 정유성 교수는 한 칼럼에서 40대 중년남성들의 위기를 이렇게 묘사했다.

베이비붐 시대에 태어나 많은 형제 가운데 힘겹게 제 존재를 주장해 왔고 경제발전 시대에 자라나 알량한 성장의 열매는 거뒀으되, 더도 덜도 아닌 산업사회에 꼭 맞는 인력과 인성만 갖춘 붕어빵으로 찍혀왔다. 정보화와 포스트모던한 시대에는 어느새 구시대의 유물이 되어 안팎으로 자라나는 세대에게 치이며 살고 있다. 이러다 보니 어느 한 시대에도 제대로 속하지 못한 '낀 세대'로 무엇하나 제대로 갖지도, 겪지도, 그렇다고 꾀하지도 못하는 어정쩡한 존재가 되어버렸다. 그러면서 이렇게 달라지고 바뀌는 삶터에서 여기저기 휩쓸리고 또 따라다니기만 하다가 이제는 '옛질서의 화신'이 되어 손가락질을 받는다.

인생 50년,
어디에도
나는 없다

우리 중년들이 살아온 과정을 살펴보면, 지금 모습 같을 수밖에 없다는 사실을 절감하게 된다.

그들은 산업시대 말기에 태어나 경제개발 5개년계획의 순서에 따라 차근차근 초·중·고를 다니는 동안 교실 벽에 걸린 '아는 것이 힘이다', '인내는 쓰다, 그러나 그 열매는 달다'는 격언을 되뇌면서 죽자사자 공부에만 열중했다. 그 부모들에게는 막노동을 해서라도, 산전옥답과 가족처럼 아끼던 소를 팔아서라도, 아들을 출세시키는 것이 절체절명의 과제였다.

"이제 양반상놈이 따로 없다. 우리처럼 배고픔과 못 배운 한을 갖지 말고 너는 어쨌건 성공해 절대 손에 흙 묻히지 마라. 판검사가 못 되면 적어도 우리 동네 면 서기라도 되거라."

아무 생각 없이 고등학교나 대학을 나오면 군대 가고 취직하는 것이 정해진 길이었다. 자신의 재능이나 꿈은 중요하지도 않았다. 다행인지 불행인지 공부밖에 할 것도 없었다. 컴퓨터나 전자오락, 도처에 널린 유해업소들이 없던 시절엔 기껏 성인물을 상영하는 영화관에 남몰래 들어가는 것 정도가 엄청난 모험이었으니까.

사회인이 된 후엔 성공 열차에서 낙오되지 않기 위해 갖은 더러운 꼴을 참으며, 건강을 해쳐가며 직장과 직업에 충성했다. 부모님의 자랑스런 아들, 아내의 멋진 남편, 아이들의 훌륭한 아버지로 살아왔다고 자부하지만, 그래서 큼직한 회전의자에도 앉았지만 정작 자신은 없다. 화려한 명함을 갖고 있어도 정말 내면의 욕망을, 꿈을 이뤄보진 못했다. 어떤 은행장의 어릴 적 꿈은 화가였고, 잘나가는 어느 변호사의 꿈은 연극배우였으며, 모 장관의 꿈은 기자였단다.

미술, 음악에 재능이 있어도 '밥벌이가 안 된다'는 부모님의 만류에 꿈을 접었지만, 나이가 들어서는 그림그리기나 연주는커녕 미술전시회나 음악회에 갈 여유도 없다. 계절이 바뀌어도 마당의 꽃이 언제 피고 지는지도 모르고, 매일 반복되는 해가 지는 광경을 볼 시간도 없이 다람쥐 쳇바퀴 굴리듯 정신 없이 자신을 몰아세웠다. 저녁노을은 CF에서나 보고, 화투칠 때 보는 동양화가 유일한 그림 공부다.

산전수전 다 겪고 안간힘을 써서 간부직에 올라 이제 막 그 회전의자의 안락함에 자리잡아 가는데, 직장에선 거기서 내려가라고 몰아낸다. 그 커다란 회전의자 하나만 빼면 튼튼한 새 의자 세 개 놓을 수 있다면서 합리성을 강조한다.

28

이젠 지쳐서 좀 쉬려고 가정에 돌아가려 하면 아내와 자식들은 뜨악한 표정으로 묻는다. "어디 있다가 왜 이제서야 오세요? 우린 요즘 바빠요."

중년은 가장 절망하는 시기이기도 하다. 30대엔 뭐든 가능할 것 같지만 40대는 노력만으로는 안 되는 게 있다는 것을 절감한다. 30대에는 사법고시, 한의과 대학 시험, 외국 유학 등에 도전해 볼 용기와 열정이 있지만, 40이 넘으면 그건 용기가 아니라 무모한 짓이라고 주변에서 만류한다. 훌훌 세속의 욕망을 털고 출가하려 해도 승려제도에도 40세 이하란 나이 제한이 있다. 경로우대증을 받으면 완벽히 포기라도 해보겠지만 모든 걸 체념하기엔 몸과 마음이 너무 젊다.

10대엔 위인전에 등장하는 영웅이 되겠다는 꿈을 꾸다가, 20~30대엔 조금 현실적이 되어 위인전을 출판하는 출판사 사장이 되어 그 책 판권에 이름이라도 남기려는 생각도 해보지만, 40이 넘으면 위인은커녕 범죄자가 안 된 것만으로도 다행으로 여긴다. 홈런을 치겠다는 생각은 이미 버렸고 데드볼이나 맞지 않고 무사히 게임을 치러내는 것으로 만족하려 한다. 하지만 퇴직조차도 자기 마음대로 할 수가 없다.

한 기업의 간부사원은 이젠 일에서도 보람을 느끼지 못하고 자신이 시대에 뒤처진다는 것도 안다고 했다. 그는 후배들에게 '철밥통', '월급 벌레'란 비난을 받기 전에 1억 원 정도를 더 받을 수 있는 명예퇴직을 할 작정이었다. 집을 줄여 퇴직금에 더해 은행에 넣어두면 곶감 빼먹듯 해도 20년은 버틸 것 같기도 했다. 그런데 회사를 그만두겠다니까 아내가 펄펄 뛰더란다.

"아니, 왜 그만둬요? 회사에서 억지로 밀어내는 것도 아니고 아직 정년도 4, 5년 남았는데. 딸아이 결혼도 시켜야 할 텐데 신부 아버지가 '백수'라고 하면 꽤나 좋은 집에 시집 보내겠수. 1억 원을 더 받는다 해도 그렇지, 당신 퇴직한 다음에 회사 사람들이 찾아와 축의금이나 낼 것 같아요? 우리는 친척도 별로 없는데 결혼식장이 썰렁하면 얼마나 초라하고 궁상맞아 보이겠수. 그리구 난 벌써부터 당신세 끼 밥 챙겨주느라 나까지 꼼짝 못 하고 집 귀신 되기 싫어요. 중병에 걸린 것도 아니고 짤린 것도 아닌데 왜 그만둬?"

그는 아내의 너무 솔직한 주장에 할말을 잃었다. 이젠 '돈 버는 기계'에서 벗어나겠다는 희망마저 포기했다. 그래도 아내 말처럼 아직은 강제퇴직 안 당하는 것에 감사해야 할지도 모른다.

중년남성들은 친구들끼리도 가장 극심한 차이를 보인다. 동창회에 나가보면, 아줌마들은 그래도 비슷하다. 유난히 마르거나 살집이 있거나의 차이일 뿐, 대부분은 화장과 염색 등으로 위장을 해서 큰 차이는 없다. 그런데 남자들은 다르다.

50대 초반의 경우 머리숱과 흰머리, 배 둘레, 주름살 정도에 따라 외모가 30대 후반부터 60대에 이르기까지 20여 년이 차이 나 보인다. 선후배가 아니라 스승과 제자 같아 실수하기 쉽다. 팽팽한 얼굴에 머리도 까만 청년이 백발이 성성하고 볼이 푹 파인 영감처럼 보이는 이에게 "이 자식, 너 아직도 그 동네에 사냐"고 반말을 하거나 툭툭 치면 옆 사람들이 더 미안해진다.

사회적 지위도 마찬가지다. 벌써 명예퇴직한 사람들, 여전히 직장에 붙어 있지만 말단인 사람, 대기업 사장이나 전문직에서 맹활약하는 사람들 등 다양하다. 재력은 말할 것도 없다. 100평 빌라에 사는 이들도 있지만 임대주택에 사는 이들도 있고, 아직도 갚아야 할 주택용자금과 매달 카드빚에 절절 매는 이들이 있는가 하면 땅과 주식 자산이 100억 원대 이상인 이들도 있다. 벌써 결혼한 자녀들이 있는가 하면 아직 초등학교에 입학하지 않은 늦둥이를 가진 사람들도 있다. 60이 넘으면 학벌과 외모의 평준화가 되어 다 똑같이 늙고 무능해지지만, 중년은 가장 극명한 차이를 보여 스트레스와 열등감을 제일 많이 느끼는 시기이기도 하다.

퇴직을 당해도 아름답고 감동적인 송별회를 기대하기 힘들다. 노동조합원의 자격조차 없는 그들은 회사 정문 앞이나 복도에서 열심히 띠 두르고 노동권 사수를 주장하는 후배들을 피해 회사 쪽문이나 후문으로 쓸쓸히 퇴장해야 한다. 그리고 아무도 "선배님, 요즘 어떠세요? 일하다 궁금한 게 있어서……"라고 안부인사나 업무에 관한 문의전화를 걸어주지 않는다. 더 이상 선배에게 배울 게 없는 세상이다. 그렇게 그들은 흔적도 없이 잊혀진다.

평균수명이 50~60대였던 1960년대 전만 해도 그들은 퇴직 후 집에 돌아와 큰소리 좀 치다가 금방 세상을 떠났다. 하지만 이젠 남성들도 80세까지 너끈히 산다. 그뿐인가. 20년 후에는 100세 무병장수의 시대가 열린단다. 그런데 마음은 여전히 청춘이고 몸도 아직 견딜 만한데, 사회에선 노인 취급을 받아야 하고 가족도 살갑게 반겨주지 않는다.

나이가 들면서 더욱 씩씩해지고 오지랖이 넓어진 아내는 문화센터나 헬스클럽, 각종 모임으로 바빠 얼굴 보기도 힘들다. 신혼시절엔 친정에 잠시 다녀오거나 동창회에 갔다가 조금만 늦어도 미안해서 쩔쩔매던 아내가 이젠 친구들과 일주일 이상이나 관광여행을 떠나면서도 냉장고에 이렇게 붙여놓고 가면 그만이란다.

"까불지 마라!"

바로 "까스(가스) 조심, 불조심, 지퍼 조심, 마누라 찾지 말고, 라면 끓여 먹으셔!"의 약자란다. 얼마 전까지만 해도 곰국이라도 잔뜩 끓여놓고 가더니 이젠 그것도 안 해준다.

물론 "웃기지 마"라고 화답을 한다는 사람들도 있다. (마누라가 없으니) 웃을 일이 많아졌다, 기가 펄펄 산다, 지퍼도 맘대로 열어놓는다, 마누라 빠이빠이다…… 그러나 정말 마누라 없어서 웃을 일이 많고 기가 살까.

여자이면서도 이 점에 대해서는 좀 미안하긴 하다. 특히 점심때만 되면 남자들이 불쌍하다. 조직 사회에선 조금이라도 나이가 많거나 직급이 높은 사람, 동기일 경우엔 남자들이 밥값을 내는 게 대한민국 관습법이다. 자신이 먹고 싶은 것보다 주머니 사정을 더 신경 써서 메뉴를 정한다. 부원들을 이끌고 중국집에 가서도 "다들 주문들 하지. 맛있는 것들 시켜. 에, 난 자장면!"이라고 말하면서 헛기침을 한다. 그나마 자장면 사줄 돈도 없으면 "약속이 있어서……"라며 회사를 빠져나와 혼자 적당히 해결한다.

반면 서울 청담동, 압구정동 등 강남의 최고급 레스토랑의 점심시간에 가보면 99퍼센트가 여성들, 특히 주부들이다. 어느 집 사모님들이 출동한 건지 특별한 모임이 그토록 많은지는 모르지만, 한 끼에 3만 원 이상의 런치 스페셜을 척척 잘도 먹는다. 1년에 한 번 그런 외출을 하는 이들도 있겠지만 대부분 일주일에 한두 번 이상 그런 곳에서 식사를 하는 여성들이 수두룩하다. 물론 저녁때 남자들은 양주를 곁들여 두당 수십만 원짜리 식사를 하기도 한다. 그런데 자기 용돈으로 그걸 내는 사람은 없다. 다 언제 어떻게 될지 모르는 접대용 식사여서 기름지게 먹어도 속이 뻑뻑하다.

어느 날, 내가 밥값을 내자 남자 동료가 이런 넋두리를 했다.

"월급 받아도 고스란히 통장에 들어가고 통장은 마누라가 관리하니까 내가 벌어도 내 돈이 아니라구. 갖은 잔머리 굴려서 비상금을 만들어도 왜 그렇게 돈 쓸 곳은 많은지. 요즘은 특히 후배들이나 친척 결혼축의금, 친구들 부모님 조의금, 부모님 병원비 등 경조사 비용이 만만치 않은데, 그때마다 봉투에 얼마를 넣어야 할지 얼마나 신경이 쓰이는지 몰라. 3만 원 넣었다가 쩨쩨하게 보여 다시 5만 원 넣었다가, 눈 한번 질끈 감고 다시 2만 원 빼고…… 그럴 때마다 내가 굉장히 비굴하고 비참하게 여겨져. 어쩌다 술 마시고 호연지기가 발동해 내가 술값을 계산한 다음날, 영수증을 확인하면 후회하면서도 또 그런 내가 싫어지고……. 나이 들면 큰 바위 얼굴처럼 근사하게 늙어갈 줄 알았는데 왜 이렇게 비참해지는 일이 많냐. 그것도 치사하게 돈 몇 푼 때문에 말이다."

그래도 돈 액수의 문제는 잠깐만 비굴하면 그뿐이다. 같은 돈이라도 부의금을 들고 가야 하는 자리에서의 충격은 간단치 않다. 부모님, 삼촌이나 친척 어른, 선배는 물론 친구들의 죽음이 수시로 들린다.

학창시절 그렇게 똑똑하던 친구가 암으로 죽었다. 바로 며칠 전에도 같이 술 마시면서 다음주면 유학 간 아들 보러 미국에 간다던 친구는 교통사고로 죽었다. 노총각으로 버티다 띠동갑 어린 신부와 결혼해 다들 부러워했던 친구는 사무실에서 야근하다 심근경색으로 죽었다……. 전엔 어쩌다 들리던 이런 소식이 몇 달 간격으로 들리기도 한다.

돌잔치나 결혼식장보다 초상집이나 장례식장에서 더 많은 시간을 보내며, 자신에게도 언제 닥칠지 모르는 죽음의 그림자에 불안해 한다. "아직도 할 일이 많은데, 난 아직 젊고 싱싱한데……"라고 외쳐 보지만 상가에서 친구의 영정을 보면서도 마치 그 사진이 자신의 것처럼 느껴져 섬뜩해진다.

몸, 정신, 마음, 건강이 모두 엇갈리는 상태에서 이 땅의 중년남성들은 남은 생애를 수취인 거부의 소포처럼 찌그러져 살아야 할까.

지문을
갈아 없애는
버티기 전략

　　　　　　남자들의 조직세계를 관찰하며 가장
놀란 것은 그들의 철저한 민족정신과 예술에 가까운 아부 정신이다.
　'대한남아의 기개'를 강조하지만 중년 이상의 남자들은 선배나 상
사에게 무조건 복종과 충성을 다 해야 하고, 선배들은 후배나 부하
들을 혈연처럼 돌봐주는 끈끈한 인연을 강조한다.
　회사 등 그 조직에 들어가면 남자들의 성분 조사가 시작된다. 어
느 학교 출신이냐, 고향이 어디냐, 본관이 뭐냐, 군대는 육군이냐 해
병대냐 등등을 따진다. 그것조차 공통점이 없으면 지금 사는 동네는
어디냐, 종교가 뭐냐 등등 어떻게 해서든지 공통점을 찾아 '우리는
단군의 후손, 배달민족'임을 강조하며 팔을 안으로 굽힌다.
　반면 여자들은 동향이거나 여고 후배임을 밝혀도 별로 반가워하

지도 않는다. 어쩌면 여고시절 7공주파였다거나 지금 뾰족코이지만 성형수술 받기 전엔 납작코였다는 과거가 알려질까 봐 멀리할지도 모른다. 그리고 여자들은 선후배 사이에 별로 아부나 칭찬을 하지 않는 편이다. 예쁜 옷을 입었거나, 헤어스타일이 바뀌었을 때 그저 아는 척을 해줄 뿐이다.

이렇게 모든 면에서 끈끈한 유대감과 층층시하의 위계질서가 우선인 남자들의 세계에선 '아부'가 생활이다. 체질화되어 별 노력 없이도 자동적으로 나온다.

"회장님. 정말 체력이 대단하십니다. 매일 산삼 드시는 거 아닙니까?"

"인품으로 대통령 뽑으면 우리 사장님이 무조건 대통령에 당선되시는데……."

"어떻게 그 짧은 시간에 기획을 하셨는지 저희는 그저 감탄만 할 뿐입니다."

"제가 우연히 들었는데 아버님이 한학자셨다구요? 그래서 전무님이 그렇게 선비다운 풍모를 지니셨군요."

"상무님 골프 실력은 타이거 우즈가 무릎을 꿇어야겠는데요."

"에이, 저 이제 다시는 국장님하고 그 룸살롱에 안 갈 겁니다. 아가씨들이 다 국장님만 좋다고 하잖아요."

"아까 그 미국에서 온 바이어말입니다. 저보고 부장님이 미국 어느 지역에서 공부하신 분이냐고 묻더라구요. 부장님 영어가 완전 본토 발음이니까 미국에서 학위를 받았거나 교포 출신으로 아나 봐요. 아니라고 했더니 깜짝 놀라던걸요?"

"사모님이 정말 미인이시더군요. 영웅호걸이 미인을 얻는다는 말이 맞네요."

"아드님이 서울대에 합격했다면서요. 역시 아버지 닮아 수재로구만요."

"제가 술 취해서 하는 말이 아니구요, 저는 국장님을 정말 존경합니다. 지옥까지 따라갈 겁니다."

직접 목격한 아부의 레퍼토리들이다. 이외에도 자동차, 시계, 넥타이 등 소유한 물건을 고른 안목에 대한 찬사도 빠지지 않는다. 상사 집에 놀러가서 부인의 미모, 인테리어 센스, 요리솜씨를 칭찬하는 건 기본이다. 심지어 기르는 강아지를 보고 "이건 무슨 품종입니까? 개도 주인을 닮아가는지 이놈 정말 영리해 보이는군요"라며 때와 장소와 대상을 가리지 않고 아부를 늘어놓는다.

그런데, 아부를 하는 이들도 듣는 이들도 익숙해서인지 다들 진담처럼 받아들이는 것이 더더욱 놀라웠다. "아부가 너무 심한 거 아냐?"라고 지적하는 이들은 거의 없고, 좀 겸손한 사람이나 "사람이 싱겁기는……"이라며 미소로 얼버무린다.

그런데 참으로 간사한 것이 인간의 마음이다. 이제는 나에게도 남자후배들이 보내주는 그런 입에 발린 아부들이 즐겁고 기쁘고 아름답게 들린다는 것이다. 얼마 전, 다른 부서에 있는데 후배가 뭘 물으러 왔다. "아니, 내가 여기 있는 거 어떻게 알았지?"라고 묻자 그 귀엽고 착실한(적어도 내 눈에는) 후배는 이렇게 말했다. "지나가는데 편집장님의 광채가 나기에……."

어떻게 이들에게 "거짓말하지 말고 진실만 말하라"고 할 수 있을까. 적어도 인사고과를 평가할 때는 그런 아부의 단어들을 떠올리려 하지 않고 객관적으로 하려고 애를 쓰지만, 인간은 감정의 동물이 아니던가.

외국계 회사에서 일하다 최근 국내기업에 임원으로 자리를 옮긴 한 여성은 "남자로 안 태어난 게 다행이란 걸 요즘 새삼 감사하고 있다"고 했다. 한국 조직문화에서 여성들의 지위가 열악하지만 일단 선택된 간부 여성들은 오히려 특혜를 받는 것 같다고도 했다.

"전에 다니던 외국 회사에선 친해지면 사장도 이름을 불렀거든요. '하이, 리처드', '하이, 제임스' 하면서요. 그리고 저와 의견이 다르면 얼마든지 제 주장을 펴서 설득을 하고 때론 싸우기도 했지만 별 문제가 없었어요. 다 좋은 아이디어를 내려는 과정이고, 회사를 위해서란 걸 아닐까요. 한국 회사에선 제가 적응을 못 하는 게 아니라 남자 간부들이 나한테 적응을 못 하더군요. 임원회의에서 사장에게 '그건 잘못 알고 계신 건데요'라고 지적을 하거나, 노조위원장을 만나서도 '왜 우리 노조원들 안 돌보고 남의 회사 노조행사에는 그렇게 열심히 참석해요?'라고 할말을 다 했더니 어리둥절한 표정이더라구요. 나중에 술자리에서, 제가 남자였으면 벌써 장렬하게 전사했을 거라고 하더군요. 한국 직장에서 부하가 상사에게 할 수 있는 말은 단 하나, '네, 알겠습니다'뿐이란 걸 그제야 알았지요."

나 역시 신기했다. 그토록 잘나고 유능한 중역들, 술자리에선 사장 등 상사들을 안주삼아 잘근잘근 씹던 이들이 왜 간부회의에만 들어가면 명상에 잠기거나 죄인처럼 고개만 수그리고 있는지 말이다.

그래도 예전엔 상사가 무조건 나이가 많아 '어른 말씀이니 참자'라고 견뎠지만 이제는 그것도 옛말이 되었다. 연공서열이 완전히 무너지고 젊은 피를 수혈하는 기업들이 많아 10년 연하의 상사도 생기는 게 요즘 현실이다. 그룹 오너의 아들이나 사위야 왕족혈통이니 그러려니 하고 견딘다. 젊은 재벌 2세가 회장인 한 그룹에서는 임원회의 시간에 재떨이가 그 회장 앞에만 놓여 있단다. 흡연파인 중년의 간부들은 그 젊은 회장이 내뿜는 담배 연기에 거의 극기훈련을 한다고 들었다.

최근엔 실적 중심이 되면서 해외교포 출신이나 유학파 등 30대 간부들이 많이 늘었다. 한국말도 서툴고 영어 이름으로 불리는 조카뻘 상사, 혹은 미국에서 경영학 박사를 딴 학교후배에게 "김부장, 너무 아날로그마인드 아뇨? 트렌드를 파악하려고 노력은 해야지" 등 반말 비슷한 소리를 들어도 어금니를 깨물며 참아야 한다. 막내가 고등학교 1학년이니 어떻게든 몇 년은 더 버텨야 하니까, 비굴함은 순간이지만 월급은 영원하지 않은가. 진땀에 젖은 하얀 머리를 연신 넘겨가며 고개를 조아리는 중년 직장인들의 가슴을 그 부인들은 얼마나 이해할까. 가끔은 부인들이 투명인간이 되어 그런 모습을 보게 하면 어떨까 싶기도 하다.

비굴해지면 '비리'에도 익숙해진다. 눈 한 번 질끈 감고 검은손이 내민 봉투를 챙기면 아내에게 결혼기념으로 반지도 사줄 수 있고, 부모님 칠순 기념으로 해외여행도 보내드릴 수 있고, 아이 컴퓨터도 최신 기종으로 바꿔줄 수 있지 않은가. 아니 그런 사리사욕이 아니더라도, 부원들에게 자장면이나 설렁탕 대신 꽃등심을 먹이고 단란주점에서 신나게 놀게 해줄 수도 있지 않은가. "절대 나한테 쓰는 돈은 없다. 그 봉투는 모두의 이익을 위해 내가 대신 받았을 뿐"이라고 변명해 보지만, 그는 이미 블랙리스트에 올라 있다.

내가 가장 부러워하는 직업은 대학교수였다. 사회적 존경, 알토란 같은 서너 달의 방학, 그리고 65세란 정년이 너무나도 환상적인 조건으로 여겨져서였다. 그뿐인가. 현역 국회의원들과 청와대 고위직도 대학교수 출신이 많은데, 이들은 언제든지 다시 학교로 우아하게 복귀할 수 있다. 동료들 역시 대부분 박사들이니 고상한 분위기에서 일하고, 풋풋한 대학생들과 항상 만나니 젊음도 유지할 수 있겠다고 생각했다. 이런 의견을 밝히자 교수들은 다들 "절대 아니다!"라며 흥분했다.

"은사님이나 선배와는 동료교수가 아니라 거의 주종관계예요. 지금 학장님은 제가 조교시절에 이삿짐까지 나르고, 따님의 과외공부까지 시켜줬어요. 아무리 제가 내일모레 50이라고 해도 그분 퇴직 전에는 여전히 마당쇠예요. 퇴직하셔도 명예교수로 남으시니 항상 잘 보여야죠. 신문사처럼 1년에 한 번, 혹은 몇 년에 한 번이라고 부서나 출입처를 바꿀 수 있으면 몰라도, 한 번 정해진 학과의 동료교수들과는 거의 퇴직할 때까지 함께 있어야 하거든요. 물론 한 방에서 같이 생활하는 건 아니지만 '또라이' 같은 동료교수가 있으면 정말 돌아버려요."

얼마 전에 모 대학의 교수들이 가득 모인 자리에 우연히 참석한 적이 있다. 이름만 들어도 고개가 숙여지는 세계적인 명문 대학에서 박사를 따온 사람들이 대부분이었다. 그런데도 선배 교수나 보직 교수들에게 그들은 짤랑짤랑 소리가 나올 만큼 아부를 했다. 아부엔

국적도 학력도 없나 보다.

아무리 중요한 약속이 있어도 "오늘 소주나 한잔 하지?"라고 상사가 부르면 무조건 달려가야 했던 중년 직장인들. 상사의 무좀 걸린 발가락이 하루 종일 머물렀던 구두에 담긴 술도 상사 명령이면 받아 마시고, 벗으라면 바지도 벗고 쿠션을 등에 넣어 곱사춤을 추어가며 화기애애한 분위기를 맞추고, 건강검진에서 지방간 경고를 받았어도 사약 마시듯 술을 마시면서 "상무님, 전 영원히 상무님 편입니다요"란 말을 잊지 않는 그들을 누가 아부쟁이라고 욕할 수 있을까.

그런데 정작 이들은 후배들에겐 똑같은 대접을 못 받는다. 출근이 늦어도, 근무태도가 엉망이어도, 서류 작성을 잘못했어도, 근무시간 중에 컴퓨터로 고스톱게임을 해도, 복장이 난해해도 제대로 야단을 못 친다. '꼴통', '꼰대' 등의 비난을 받거나 곧바로 사내 게시판이나 대자보에 오를 것이 걱정되어서다.

회식을 하자고 해도 신세대들은 "오늘 데이트가 있어서 안 되겠는데요. 갑자기 모이라고 하면 어떻게 합니까" 하며 당당하게 퇴장하거나 오히려 화를 낸다. 어쩌다가 억지로 회식을 하게 되어도 술 안 마신다며 콜라를 주문하는 신세대 후배들에게 싫은 소리 한마디도 하기가 쉽지 않다. 여직원을 옆에 앉혀 술을 강권했다간 직장 성희롱으로 고소당할지도 모르고, 취해서 몸이라도 더듬는 순간, 수십 년 쌓아온 직장경력은 물론 인생도 허물어진다.

거액의 돈을 들여 비싼 회와 술을 사줘도 "감사합니다"란 인사보다는 "근데 오늘 회, 좀 질기지 않았어요? 혹시 중금속 들어간 건 아닐까"란 말을 듣고 또 한 번 억장이 무너진다. 이렇게 위아래로 스트레스를 받는데 몸과 마음이 건강하게 유지될 수 있을까.

핵폭탄보다
더 무서운
남성 폐경기

옷걸이에서 떨어진 옷처럼

그 자리에서 그만 허물어져버리고 싶은 생

뚱뚱한 가죽부대에 담긴 내가, 어색해서, 견딜 수 없다

글쎄, 슬픔처럼 상스러운 것이 또 있을까

그러므로, 어느 날 나는 흐린 주점에 혼자 앉아 있을 것이다

완전히 늙어서 편안해진 가죽부대를 걸치고

등 뒤로 시끄러운 잡담을 담담하게 들어주면서

먼 눈으로 술잔의 수위만을 아깝게 바라볼 것이다.

문제는 그런 아름다운 폐인을 내 자신이

견딜 수 있는가, 이리라

　　　　—황지우, 「어느 날 나는 흐린 주점에 앉아 있을 거다」 중에서

시(詩)와는 담을 쌓고 살았던 중년남성들에게 시집을 사게 만들었던 황지우 시인. 20, 30대의 열정적 민주투사를 거쳐 '살찐 소파처럼 부풀어가는 육체'로 흐린 주점에 앉아 40대를 통과한 그는 이젠 머리카락을 잃어가는 50대다. 그에게도 '중년의 도래'는 충격적이었다고 한다.

"어릴 때부터 막연히 33세엔 죽을 거라고 의식하며 살아서 33세가 넘자 '아, 살았다'란 안도감을 느꼈죠. 하지만 40세는 충격이었어요. '내가 어떻게 마흔이야?'라고 외치며 3, 4년을 제 나이에 반항하고 안 받아들였죠. 결국 자포자기했지만요. 시인에게 나이를 먹는다는 것은 어쩌면 저주예요. 대부분의 시가 사춘기 정서를 바탕으로 하고 있는데 더 이상 발전 없이 그 사춘기를 계속 유지하기가 고통스럽거든요."

여자들에겐 30대가 충격이다. 바하만의 『30세』, 최영미 시인의 『서른, 잔치는 끝났다』 등에서 더 이상 젊은 처녀가 아닌 30대로 접어드는 아픔이 묘사되어 있다. 그런데 마흔이 넘고 중년이 되면 여자는 오히려 더욱 평화로워지고 당당해진다. 젊음을 포기했다는 것이 아니라 더 이상 젊지 않아도 충분히 즐겁고, 그동안 남자들과 남편 앞에서 내숭떠느라 기죽어 지내느라 표현 못 했던 자신의 목소리를 낼 수 있음을 깨달았기 때문이다. 사슴인 척하다 호랑이로 변하는 것이다.

반면 남성들에게 40대, 중년에의 진입은 핵폭탄보다 더 충격적이라고 한다. 소년에서 청년으로 갈 때, 갑자기 변한 목소리, 숭숭 나오는 털 등이 놀랍긴 해도 그건 발전이나 성장의 표시이기 때문에

서글프지는 않다. 그러나 40대에 느끼는 심신의 변화는 성장이 아니라 노화이고, 발전이 아니라 퇴화여서 받아들이기 힘들단다.

용감한 군인들조차도 스커드 미사일보다는 자신이 군대에서 전역하거나 쫓겨나는 것, 어느 날 갑자기 발견된 종양 등이 더 두렵고 무섭다고 한다. 마흔 살이 되면 '아직은 만으로 서른여덟'이라고 박박 우기면서 마흔두 살이 될 때까지 3년을 버텨보지만, 이미 찾아온 40대는 물러서지 않는다.

『남자의 인생 지도』의 저자인 게일 쉬이는 "40대 남자들이 60, 70대보다 더 불안하다"고 전한다. 처음으로 심신의 노화를 느껴서이기도 하고, 죽음의 그림자를 보았기 때문이기도 하다. 남자들이 머리카락이 빠지는 것을 두려워하는 것은 자신의 통제력 상실을 의미하기 때문이다. 모든 것이 내 뜻대로 될 수 없음을 인정해야 하는 시기가 중년기인 것이다.

'중년의 위기(Middle Age Crisis)'란 말은 심리학자 에릭 에릭슨이 처음 쓴 말이지만, 이제는 '남성 폐경기', '남성의 사춘기'란 표현이 더욱 자주 쓰인다. 몇 년 전부터 '남성 폐경기'는 중년남성을 다루는 주요 용어로 떠올랐다.

남성도 폐경을 한다고? 그렇단다. 여성들처럼 매달 피를 흘리는 생리를 경험하진 않아도 육체적·정서적으로 생리증상을 느끼며 폐경기도 경험한다. 여성들의 갱년기 우울증은 이미 다 알려진 증상이지만, 남성들도 폐경기의 증세를 보인다. 중년 아줌마들의 모임에 가보면, 그녀들은 이상해진 남편들을 흉보느라 정신없다.

"젊을 땐 너무 말이 없어 속을 뒤집던 사람이 요즘은 할머니처럼 잔소리가 늘고 사소한 일에 짜증을 부리고 벌컥 화를 내서 또 속을 뒤집는 거 있지? 드라마를 보면서 잘생긴 남자배우들의 미소에 폭 빠져 있는데 늦게 들어와선 '가장이 와도 인사도 안 하는 집구석에 들어오기 싫다'고 소리를 지르고, 아침에 먹던 찌개를 저녁상에 내놓았다고 '죽어라 돈 벌어다 주는데 개밥을 주냐'며 신경질이야. 저녁만 먹으면 병든 닭처럼 소파에서 꾸벅꾸벅 졸다 정작 잠자리 펴놓으면 눈을 말똥말똥 뜨고 불면증 환자가 되는 거야. 그런 인간이 며칠 전 미국에 사는 언니 딸이 방학을 맞아 우리 집에 오니까 태도가 돌변하는 거야. 일찍일찍 귀가해서 '오다가 과일 좀 샀어', '주말에 나들이라도 갈까' 하며 상냥하기 그지없고, '내가 미국 갔을 땐 말이야' 하면서 수시로 잘난 척을 하는 거 있지? 그러다가도 무대가 안방으로 변해 내가 잠자리 깔아놓으면 다시 바람 빠진 타이어가 되는 거 있지. 이제 겨우 쉰인데, 이 남자를 믿고 계속 살아야 하냐? 아들이라면 장가보내면 그뿐이지만 우리집 큰 아들, 어떡하니."

혀를 차는 이 부인의 남편은 폐경기임이 확실하다. 전문가들의 이론에 따르면, 남성이 폐경기가 되면 남성호르몬인 테스토스테론이 줄고 성욕은 입맛과 함께 뚝 떨어지고 여자들처럼 신경질이 늘고 눈물도 흔해진단다. 어릴 때 가장 듣기 싫었던 말이 "사내자식이 계집애처럼 군다"였다는데, 그들은 왜 이렇게 여성화되는 걸까. 가슴이 좀 커지는 남자들도 있단다.

수출업을 하는 50대의 정복근 씨는 자신도 폐경기라고 인정한다.

"도처에 백수에다, 갑자기 죽는 친구들이 늘어났어요. 교통사고, 뇌출혈, 암⋯⋯. 친구 장례식에 가보면 삼촌이나 아버지처럼 늙어버린 친구들과 모여서 '넌 아직 (직장에서) 안 짤렸냐', '아픈 데는 없냐' 등의 이야기를 나누는데, 그러다 보면 참 허망해요. 정말 정신없이 앞만 보고 살아왔는데, 그래서 이렇게 허물어지는데 아무것도 남은 게 없고, 가족도 절 이해 못 한다고 생각하면 어디로 도망가거나 죽고 싶기도 해요. 아버지나 어머니 생각에 눈물이 나기도 하고, 누군가 죽도록 패주고 싶은 생각도 들고요. 그게 안 되니까 마누라에게 신경질 부리게 되고, 차선을 끼어든 운전사에게 상스런 욕도 퍼붓고…… 맞아요. 과거의 제가 아니에요."

남성의 폐경은 40~55세 사이에 찾아온다. 미국 존스홉킨스 베이뷰 메디컬센터의 마르크 블랙맨 박사는 "남성의 폐경은 여성처럼 광범위하지 않고 기간도 짧지만 분명 찾아온다"고 말한다. 심리치료사이며 남성건강센터 멘얼라이브(MenAlive)의 운영자이고 『남자의 아름다운 폐경기』의 저자인 제드 다이아몬드는 "여성은 폐경을 인정할 수밖에 없어 편안해지지만, 남성은 자신의 폐경을 인정하거나 공개하지 않아 오히려 더 고통스럽다"며, "자신의 신체적, 성적, 심리적 변화를 인정하는 것이 가장 중요하다"고 강조한다.

어릴 땐 꿈도 많았는데, 학창시절엔 공부도 잘 했는데, 젊을 땐 여자들에게 인기도 많았는데, 거울을 보면 웬 초라한 영감이 째려보고 있다. 돋보기 없이는 신문도 못 보고, 여기저기 몸이 아프다고 말을 걸어오지만 병원 가는 건 두렵다. 20대엔 너무 건강해서, 30대엔 너무 바빠서, 그리고 지금은 혹시 중병에 걸린 게 아닐까 두려워 병원에 가지 못한다. 억지로 건강검진을 해보면, 지방은 간에 몰려 있고 이상한 혹들이 몸에 들어가 있단다. 억울하다, 분하다, 죽고 싶다,

그런 생각에 잠도 오지 않는다.

　신경정신과 전문의 김병후 씨는 남성과 여성 폐경기의 다른 점이 '분노'라고 지적한다. 여성들은 자기 내면을 들여다보는데, 남성들은 타인에 대한 분노와 짜증으로 표출한다. 늙는 것도, 승진에서 탈락된 것도, 사오정이 된 것도, 사업에 실패한 것도 모두 남 탓이다. 하지만 그 남들은 내게 관심이 없으니 우울해지고 죽음까지 고려하게 되는 것이다.

　『남자』란 확실한 제목의 저자 디트리히 슈바니츠는 이런 중년의 위기가 '남자들의 착각'에서 비롯된다고 분석한다. 대부분의 남자들은 젊었을 때 자신의 존재를 영웅적 삶으로 계획하는데, 이제 그것을 실현하기 위한 여생이 얼마 남지 않았음을 뒤늦게 인식하기 때문에 '위기'가 생긴다는 것이다. 마치 축구 경기에서 종료 시간을 얼마 안 남기고 골을 넣기 위해 다급해진 선수들의 심리와 같다고 할 수 있다.

　"중년남성들이 궁극적으로 확인하는 처절한 감정은, 각자가 원래 의도했던 남자로서 존재했던 적이 결코 없었으며 앞으로도 절대 그런 남자가 되지 못할 것이리란 것이다. 이제 그들은 기꺼이 죽을 준비를 한다."

　남자들은 그동안 넘어지지 않으려고, 실패하지 않으려고 안간힘을 쓰며 서서 자는 말처럼 고단하게 살았다. 그런데 어느 날 갑자기 무릎이 후들거리면서 죽음 같은 공포가 엄습한다. "지금 쓰러지면 다시는 못 일어날지도 몰라, 아니 죽을지도 몰라……."

　그런데도 두렵다고, 아프다고, 몸과 마음이 이상하다고 아무에게도 말하지 못한다.

억울하고,
억울하다…

모 중소기업의 김상무는 요즘 밤잠을 못 이룬다. 자다가도 벌떡 일어나 한숨만 내쉰다. 회사에 새로 나타난 전무 때문이다. 그는 사장의 외동사위다. 이제 겨우 서른두 살인데 미국에서 경영대학원을 나왔다. 무스를 잔뜩 발라 세운 머리부터 파리가 낙상할 것 같은 구두에 이르기까지 외모도 마음에 안 들지만, 말할 때마다 "어엄, 웁스, 웨엘" 등 수시로 쓰는 이상야릇한 영어 단어에다가 하늘을 찌르는 건방짐까지 보기 싫은 게 한두 가지가 아니다.

그 새파란 젊은 녀석이 상사로 와서 "아직도 종이서류를 쓰면 글로벌라이제이션이 안 되죠", "올드한 필과 마인드를 가진 사람들은 알아서 나가줬으면 좋겠습니다" 하며 말할 때는 정말 멱살이라도 잡고 싶다.

하지만 그 전무보다 더 미운 인간이 사장이다. 김상무는 이 회사의 창업공신이다. 20년 전 고향선배인 사장이 처음 회사를 만들 때, 다니던 회사를 그만두고 합류했다. 그리고 청춘을 바쳤다. 야근도 밥 먹듯 하고, 물건을 팔기 위해 전국을 누비고, 처음 수출을 할 때도 김상무가 해외시장을 개척했다. 회사가 부도의 위기에 처했을 때는 자신의 집을 저당 잡혀 부도를 막기도 했다. 그때 사장은 눈물을 흘리며 "우리는 피를 나누지 않았지만 형제야. 이 은혜 잊지 않겠네"라는 말까지 했다. 아내는 휴일도 없이 일하러 나가는 그에게 "당신은 내가 더 중요해요, 회사가 더 중요해요?"라며 짜증을 내기도 했다. 그래도 그는 자신을 인정해 주는 사장에게 충성을 다했고, 회사가 날로 발전하는 데서 보람을 느꼈다.

그런데, 처음에 사장 사윗감으로 인사하러 왔을 때는 "아버님께 말씀 많이 들었습니다. 작은아버님이라고 불러도 될까요?"라던 자가 사장 돈으로 미국 유학을 마치고 돌아와서는 태도가 돌변했다. 그보다 사위를 하루아침에 자신의 상사로 만들어 전무 자리에 앉힌 사장이 더 야속했다. 너무 억울하고 원통해서 그는 잠도 잘 못 잔다. 10년 전에는 더 큰 회사에서 스카우트 제의도 들어왔고, 5년 전이라면 당장 독립해서 자기 사업이라도 시작해 볼 텐데, 쉰세 살 나이에 어쩌란 말인가. 정말 그 사장과 사위를 죽여버리고 싶은 충동을 느낄 때도 있단다. 하지만 김상무도 알아야 한다. 그 사장도 마누라와 딸의 앙탈이 무서워 사위를 그 자리에 앉혀놓고 김상무의 눈치를 보며 잠 못 이룬다는 것을……

타인에게 느끼는 억울함은 그래도 낫다. 가족에게 당하는 배신은 더 뼈아프다.

"도대체 제가 뭘 잘못했기에 이런 일을 당해야 합니까. 돈을 안 가져다 줬나요, 바람을 피웠나요, 때리기를 했나요. 아니면 출장을 자주 가서 집을 비웁니까? 굳이 죄라면 열심히 산 것밖에 없어요. 마누라 호강시키고, 자식들 고생 안 시키려고 저 혼자 죽자 사자 일했다구요. 그런데 이제 와서 성격이 안 맞아 못 살겠으니 이혼해 달라니, 그리고 제가 번 돈을 반이나 내놓으라니 이게 말이 됩니까?"

건축자재상을 하는 50세 강모 씨는 "심장이 터질 것 같다"고 했다. 예전엔 순종적이던 아내가 자신이 너무 잔소리가 심하고 아내를 무시하며 한번도 다정하게 대해주지 않았다는 이유를 대며 "이젠 당신 같은 인간과 못 살겠으니 이혼해 달라"고 당당히 요구했기 때문이다. 자신이 뼈빠지게 일해서 번 돈으로 50평 아파트에 살면서 헬스클럽에도 다니고 해외여행도 잘 나가는 아내의 그런 요구가 그는 이해가 되지 않는다. 처음 결혼해 단칸방에 살 때는 고생해도 투정 한번 안 부리더니, 살림이 넉넉해지니까 변했다.

가정법률상담소 곽배희 소장은 "남편들은 자신이 무얼 잘못했는지도 모르고 왜 아내가 그런 요구를 하는지도 이해 못 하며 억울해 한다"고 전한다. 여성들의 의식구조는 급변하는데 중년의 남편들이 따라가지 못하기 때문이다.

곧 50세가 되는 한 외과의사는 기러기아빠 생활이 6년째다. 아내는 두 아들과 함께 캐나다에 있다. 큰아들은 고3, 둘째아들은 고1이다. 국제화시대니까 조기유학을 시키자, 한국에서 공부해 봐야 승산도 없다, 과외비를 따져보면 더 경제적일 수 있다며 아내가 주도해서 떠났다. 미국보다는 싸다고 해도 학비와 생활비가 만만치 않고, 집과 자동차도 사주느라 그는 살던 집을 전세 주고 혼자 원룸에 산다.

"1년에 한 번 제가 캐나다에 들어가요. 세 식구가 서울로 오려면 돈이 더 들고 좁은 원룸에 같이 있기도 힘드니까요. 아내와 아이들은 그곳 생활에 아주 만족해 하고 적응도 잘 했더군요. 영어도 완벽하고 함께 미국 본토여행도 많이 한 모양이더군요. 제가 가면 완전히 이방인이죠. 처음 하루는 반가워서 이런저런 이야기를 하지만 갈수록 할말이 줄어들고, 저는 시차에 적응을 못 해 낮엔 졸기만 하고 밤엔 잠이 안 와 술만 마시죠. 동네를 모르니 혼자 나들이갈 수도 없고……. 일주일쯤 되면 서로 지겨워하는 게 역력해요. 아내에게 '이젠 아이들도 컸으니 한국에 돌아오라'고 했더니 큰아이 대학갈 때까지는 자기가 돌봐야 한다더군요. 조금만 더 기다리라고……. 아내의 말대로라면 내년쯤 올 텐데, 과연 올지 모르겠어요. 캐나다에서 자유롭게 살다가 아내와 며느리 역할을 잘 할지도 모르고……. 아이들은 대학도 그곳에서 다닐 테고 취직도 거기서 할 거래요. 전 그애들이 대학 졸업할 때까지는 '죽을힘'을 다해 돈을 벌어야 하구요. 하루종일 3, 4평 되는 진료실에 틀어박혀 환자들만 대하는 생활도 즐거울 리 없죠. '좀 어떠세요', '일주일만 지켜보죠' 등의 틀에 박힌 말들도 이젠 지겨워요. 나이가 있어서 쉬이 피로하고 소화도 안 돼요. '내가 왜 이러고 살까, 무엇을 위해 이런 희생을 해야 하나, 얼마나 더 버틸 수 있을까' 생각하면 솔직히 불쑥불쑥 화가 나요."

'기러기아빠들'은 대한민국 중년남성들의 또다른 모습이다.

물론 '자식들을 위해 투자하는 것', '영어라도 제대로 배워 오면 국제화시대의 주역이 될 것', '오히려 오랜만에 만나니 정이 새록새록 깊어지고 아이들과 이메일로 늘 사랑을 주고받는다'고 자랑스럽게 말하는 '아빠들'도 많다.

40~50대의 의사, 변호사, 교수, 대기업 중역 등 중상층 이상의 동창모임에 가면 40~50퍼센트가 기러기아빠여서 기러기가 아니면 무능한 것처럼 보이기도 한다. 아이의 성적표, 수만 달러 이상의 등록금을 내야 하는 명문 사립고등학교에 보낸 이들은 짱짱한 아이 동창들의 가계까지 전하기도 한다. 그러다가 술이 좀 돌면 바람피운 무용담도 슬쩍 흘린다. 하지만 더 취해서 속마음이 열릴 즈음엔 사뭇 다른 목소리로 입 모아 말한다.

"야. 어디 가서 한 잔 더 하자. 우리가 일찍 들어가봐야 기다리는 마누라가 있냐, 자식이 있냐. 제기랄, 이게 뭐냐. 대한민국 교육, 정말 문제 아니냐?"

과도한 가장의 짐을 지느라 정작 자신의 꿈은 펴보지도 못하고, 자신이 누구인지도 모르는 채 세월을 보냈던 중년남성들은 직장에, 아내에게, 아이들에게 화가 나고 억울함을 느낀다. 내 청춘과 열정을 다했지만 단물만 빨아먹고 내팽개치는 직장, 잔소리 많은 남편과 못 살겠다는 아내, 아버지가 아니라 평생 털어갈 은행으로 여기며 과외, 유학, 사업자금까지 끝없이 요구하는 자식들, 그리고 그런 요구를 못 들어주면 '무능한 아버지'라며 무시하는 자식들.

왜 나만 이렇게 힘들어야 하나, 더 늙고 능력이 없어서 용도 폐기되면 얼마나 비참해질까. 지난날들이 너무 억울하고 원통하고 분하

기만 하다. 그렇다고 여자들처럼 펑펑 울어댈 수도 없고 친구들에게
하소연할 수도 없다. 그건 사나이가 할 일이 아니다. 그렇지만 정말
억울하고, 억울하다. 이 세상이 원망스럽다.

밤이면
밤마다
아내가
두렵다

남자들에게 사망선고는 심장박동이 멎은 것이 아니라 성욕이 사라진 것이다. 그들은 자신의 존재가치를 페니스로 입증하려 한다. 지나가는 처녀의 향기만 맡아도 민망스럽게 반응을 하고 매일 아침 씩씩하게 인사를 하던 페니스가 묵언수행 중인 승려처럼 잠잠해질 때, 남자들은 막막해진다. 에로물도 보고, 친구에게 부탁해 비아그라 등도 먹고 보신관광도 해보지만 예전 같지 않다. 마음은 로켓인데 몸은 번데기다. 고개 숙인 남성은 마누라에게 부끄러운 게 아니라 마누라가 무섭다.

이런 우스갯소리도 있다. 신문의 외신 기사를 보던 어떤 남편이 농담처럼 말했다. "어느 나라에선 남편이 아내와 섹스할 때마다 만 원씩 받는다는군. 이 나라로 이민이나 가볼까?" 그런데 그 아내의 대답이 걸작이다. "나도 꼭 따라갈라우. 당신이 1년에 2만 원 갖구 어떻게 사는지 구경하게."

남자들은 이런 농담을 들으면 웃음이 나오는 게 아니라 진땀이 난다. 마누라의 샤워 소리가 두려워 "아니, 철수 아버지가 돌아가셨다는군. 당신도 철수 알지? 왜 중학 동창……" 어쩌구저쩌구 하면서 황급히 옷을 차려입고서는 무작정 집을 나와 전화로 친구를 불러내기도 한다.

얼마 전 모임이 있었다. 교수, 대기업 간부, 작가, 고위공무원 등 중년의 남녀들이 공무원의 집에 모여 맛있는 저녁식사를 하고 이야기를 나눴다. 수년 동안 알고 지낸 친한 사람들이고 나만 처음 낀 자리였다.

저녁 10시가 되자 대기업 간부가 집에 전화를 걸더니 "여보 뭐해? 난 김국장 집에서 저녁 먹고 있어. 오늘 모임 있다고 아침에 말했지? 김국장 바꿔줄게"라고 했다. 김국장은 "아, 제수씨. 잘 계시죠? 다음엔 꼭 같이 오세요"라고 인사했다. 참 성실한 가장이라고 감동하고 있는데 갑자기 그 간부가 휴대폰을 껐다.

"확실한 알리바이를 증명했으니까 다시 전화 안 해도 되거든. 나중에 물으면 배터리 나갔다고 하지 뭐. 자, 이제부터 노래방이라도 갈까요? 나 지금 들어가면 안 돼. 오늘 우리 아들이 수학여행 가서 마누라뿐이거든. 집사람은 12시면 잠드니까 그후에 갈 거야. 마누라가 제일 예쁠 때는 밤늦게 들어갔는데 세상 모르고 자고 있을 때야. 흐흐흐."

아내가 무서워질 나이가 된 중년남성의 음담패설의 90퍼센트는 아내와의 성생활에 관한 것이다. 그런데 이 아저씨들은 술이 좀 들어가면 아내들이 자신들을 '큰 아들'로 취급하는 것도 모르면서 이런 말들을 늘어놓는다. 단언컨대, 음담패설엔 인격이나 학력 차이가 없다. 단지 용어 선택의 차이만 있을 뿐이다.

"넌 의무방어전 잘 치르냐?"

"야, 가족끼리 어떻게 그런 짓을 하냐."

"넌 아직도 잔인하게(?) 애들 엄마랑 하냐."

"그러게 말이다. 난 절대 장모 딸이랑은 안 하지."

"40대 넘어서도 마누라 보고 흥분하는 놈, 비아그라 먹고 마스터베이션하는 놈은 치매야."

"그래도 집에서는 고장 상태이지만 밖에서는 고성능이잖아. 크크크."

호기 좋게 떠들어도 그들은 속으로 뜨끔해 한다. 요 몇 달 동안 마누라를 만족시켜 준 적이 없는 것 같아서다.

부산대 비뇨기과 박남철 교수팀이 미국 세인트루이스 의과대학에서 10개 항목으로 개발한 남성갱년기 질문지로 조사를 했다(2004년 7월, 10월). 그 결과, 40대 이상 중년남성 10명 가운데 9명이 갱년기 증상을 느끼고, 3명 중 1명은 갱년기 치료가 시급한 상태이며, 78.8퍼센트가 성욕 감퇴를 호소했다. 발기가 예전보다 덜 강하다고 응답한 사람은 82.8퍼센트에 이르렀다. 항상 피곤하다, 무기력하다, 아내와의 잠자리가 두렵다 등등이 공통된 반응이었다.

돈도 많이 벌어주지 못하고, 출세해서 명예도 안겨주지 못했는데 성적 만족도 못 준다는 생각에 남편들은 너무 심한 상처를 받는다.

그런데도 그들은 아내와 대화를 통해 문제를 해결하기보다는 몰래 강정제를 마구 먹어대거나 아예 아내를 피한다.

더욱 서글픈 것은, 아내들이 그런 남편들을 다독거리기보다 "으이구, 짐승만도 못한 사람……"이라며 무시한다는 것이다.

백일몽처럼
두루뭉술한
마지막
참사랑의 꿈

　　　　　각종 설문조사를 보면, 기혼남성들의 60~70퍼센트가 아내 외의 대상과 외도를 한 것으로 나타난다. 한 정신과 전문의는 "외도의 정확한 기준이 모호하지만 아내 아닌 다른 여자와 섹스를 한 것이라면 40대 이상의 남성의 경우 80퍼센트는 외도를 했다고 보면 된다"고 했다. 내 생각으론 90퍼센트가 아닐까 싶다. 나머지 10퍼센트 역시 아내를 너무 사랑해 정절을 지키려는 사람들이라기보다, 엄청나게 무서운 조폭마누라를 두었거나 건강상 문제가 있는 남자 혹은 결벽증환자 정도가 아닐까.

　이제 성매매금지법이 발효되어 성을 돈으로 쉽게 사기가 힘들 것 같지만 수요가 있으면 공급은 어떻게든 되나 보다. 성생활이 어렵다고 자살한 총각이나 홀아비들의 기사가 안 나오니 말이다. 바람둥이로 소문난 유부남들 역시 개과천선했다는 소문도 안 들린다. 성의 매매가 금지되었으면 임대차법을 사용하면 된다고 호기를 부린다.

40대 이후가 되면 그때까지 경건하게, 착실하게 살아왔던 남성들이라도 누구나 바람의 유혹을 느낀다. 지나온 삶을 되돌아보니 너무 허무해서이기도 하지만, 아내를 예전처럼 만족시켜 주지 못한다는 것 때문에 마음의 상처를 받고 싶지 않아 자기 마음을 편안하게 해 주는 상대를 찾는 사람들이 많기 때문이다.

주름진 얼굴, 튀어나온 뱃살 등, 자신이 늙어간다는 사실을 잊고 회춘을 하고 싶다는 욕망도 끓어오른다. 젊은 여성의 풋풋함에 한눈을 팔기도 한다. 싱그러운 미소, 탱탱한 몸, 그리고 나의 치부와 약점을 모르는 순진한 여성들에게 존중받고 싶고 젊음바이러스에 감염도 되고 싶다. 젊은 여인의 향기를 맡는 것만으로도 온몸에 싱싱한 기운이 퍼지는 것 같다.

하지만 두렵다. 그들이 과연 이렇게 추하게 늙어가는 나를 진심으로 좋아하고 사랑할까. 노래방에 가도 무슨 가사인지도 알아들을 수 없는 랩만 부르는 그들과 흘러간 트로트만 부르는 자신, 구봉서와 배삼룡의 코미디에 익숙한 나와 개그콘서트의 개그를 보며 키들거리는 그들이 영혼의 교감을 나눌 수 있을까. 안정된 지위나 명품을 척척 사주는 돈을 좋아하는 것이 아닐까. 그리고 만약 이 젊은 여성에게서도 발기가 안 된다면 어떡하나……

들키면 파멸에 이른다는 위험을 감수하면서도 10대 소녀를 찾아 원조교제를 하는 사람들도 있다. 그런데 원조교제를 한 그 소녀, 순진무구한 눈빛에 쥐어주는 돈을 받고 신나서 좋아하고 다음에는 휴대폰을 바꿔주겠다고 하자 좋아서 어쩔 줄 모르던 그 소녀가 상담원에게 털어놓는 이야기는 가히 상상을 초월한다.

"뭐 쉽게 돈을 벌어서도 좋지만요, 나이 많은 아저씨들이 내 앞에서 쩔쩔 매는 것을 보는 것이 더 즐거워요."

이런 맹랑한 10대 소녀에게 수모를 당하면서도 바람을 피우거나 허접스런 권력관계에 집착하면서 자기 무덤을 파고 있는 남자들이 적지 않다.

남성들은 성기능을 단순한 신체적 기능이 아니라 자신의 마지막 힘으로 인식한다. 따라서 성기능이 떨어지면 삶의 의미 자체가 사라지는 것으로 착각해 약이나 수술 등으로 무리하게 확인하려 한다.

또다른 변화는 '로맨틱'이다. 폐경기의 남성은 사춘기 남학생과 비슷하다. 질풍노도의 변화에 휩싸이면서도 부드럽고 감미롭고 애잔한 것에 이끌린다. 마음의 건반을 두드려 파닥거리는 가슴의 진동을 느끼게 해줄 무엇을 찾는다. 굳어진 손가락으로 문자메시지 보내는 법을 익히고, 이메일도 보내보고, 부하 여직원이 회사 행사 끝나고 남아서 아무 생각 없이 꽂아둔 꽃을 보며 "혹시 걔가 나를⋯⋯"이라며 묘한 기분에 휩싸이기도 한다.

학창시절에 듣던 클래식 음악도 다시 들어보고, 옛날 애인들과의 추억에도 잠겨보고, 그리고 현기증이 날 만큼 섹시한 여자가 아니라 대화가 통하고 마음이 편해지는 여성을 만나면 '연애'를 하고 싶어진다. 물론 대부분은 그저 '요망 사항'일 뿐, 몇 사람은 시도했다가 금방 지치거나 부인에게 들킬까 봐 마음을 접는다. 하지만 용감한 몇몇 사람은 인생을 바꾸기도 한다.

여류명사 아내와 몇 년 전 이혼하고 네 살 연상의 여자(절대 미모와 돈이 많은 것도 아닌)와 재혼한 남성은 이렇게 털어놓았다.

"마흔 넘어 자식과 유능한 아내를 버리고 아이도 있는 쉰 살 가까운 여자를 선택했을 때 다들 미쳤다고 했습니다. 나중에 후회할지도 모르지만 지금은 행복해요. 첫 아내와 살 때 전 껍질이었거든요. 뭘 해도 아내에게 인정받지 못했고, 그러다 보니 아이들도 저를 무시했습니다. 그들에게 벗어나고 싶고 모든 인연을 끊고 새로 거듭나고 싶었어요. 그런데 지금의 아내는 만나자마자 대화가 통했어요. 항상 제게 의지하고 수시로 칭찬해 줍니다. 세포 마디마디가 남성임을 이제야 느껴요. 격정적이진 않지만 서로 존중하는 섹스도 만족스럽습니다."

대부분의 남자가 외도에서 찾는 것은 여자가 아니라 인정받고 싶어하는 마음이다. 공자는 '불혹'이라고 주장했지만 80퍼센트가 심리적 위기를 경험하는 시기. 중년기는 외적으로는 별 문제가 없어 보이지만 내적으로는 탐욕, 분노 같은 감정을 지니는 양면성이 있어 불혹이 아니라 유혹의 늪으로 빠지기 쉽다.

회사 문을
나서면
갈 곳이 없다

참 신기하다. 나약하고, 위태롭고, 불쌍한 중년남성들이 왜 과거엔 정체가 밝혀지지 않았을까. 어떻게 우리 할아버지, 아버지 세대엔 헛기침만 하면서도 체면을 유지하고 사셨을까.

곰곰 생각해 보면, 예전의 중년 이상 남성들에게는 그들의 약점을 충분히 가려주고 존엄성을 지켜줄 제도와 공간이 있었다. 고대 부족 사회에서는 남자들만의 집이 있었고, 영국의 남성전용 살롱이나 남자들만의 사교클럽 등은 남자들이 명예롭고 아름답게 늘어가는 주요한 무대로서의 의미가 컸다. 퇴직을 하고서도 그런 곳에 나가 시간을 보내고 폼을 잰 후 집에 돌아올 수 있었던 것이다.

우리나라에도 그런 곳이 있었다. 조선시대엔 '사랑방'이 있어 어르신들은 주로 그곳에 머물렀다. 또 제사라는 거대한 의례의 세계가 있어 그들을 현자의 세계로 인도했다. 인도나 태국에는 중년기 남자들에게 출가를 장려하는 제도가 있다. 즉, 가족부양이란 짐에서 벗어나도 되는 시기가 오면 나이 든 남성들에겐 모든 것을 훌훌 털어버리고 자유롭게 세상을 떠돌며 영적 세계를 탐구하는 구도자가 될 수 있는 선택권이 주어졌다. 이렇게 공간적으로 제도적으로 남성들이 초라하게 늙어가는 모습을 가려줄 장치가 있어서 남자어른들은 존엄성을 유지할 수 있었다.

'중년의 위기'는 세계 공통의 문제다. 1960년대 이후 인간 수명이 늘어나면서, 50대 이후의 젊고 건강한 삶을 노인으로 살아야 하는 이들의 고통과 갈등은 인류 최초로 모두에게 충격을 주었다. 이제 '중년의 위기'를 주제로 한 논문과 책들이 수두룩하다.

그런데 미국 등 서구에서는 이런 위기를 상담 등으로 해결한다. 그곳의 중년남성들은 조금만 스트레스를 받으면 주치의인 신경정신과 전문의를 찾거나 상담전문가에게 수시로 자신의 상태를 말하며 처방을 받는다. 라디오 등에서도 남성들을 대상으로 한 상담 프로그램이 많아 존 그레이, 로라 슐레징어 등 남성과 여성의 차이를 잘 아는 전문가들이 상담을 해준다. 또 남성학회나 남성대회 등이 열려 '이혼·사별 후의 싱글맨이 자녀와 잘 지내는 법', '남자도 울어도 된다' 등의 세미나를 통해 교육을 시켜주기도 한다. 대기업의 경우 인사관리 담당자들은 업무효율이나 자리배치만이 아니라 직원들의 스트레스 정도까지 파악해 병원치료나 상담 등을 받도록 해준다. SOS를 칠 곳도 많고, 그들만의 문화도 다양하다.

반면 우리나라의 중년남성은 숱한 문제를 혼자 속으로 삭혀야 한다. 신경정신과나 상담소가 점점 늘어나고는 있지만 남자들은 그런 곳에 가는 것을 두려워한다. 또 평소에 스트레스를 풀 수 있는 고상한 방법인 문화생활에서조차 철저히 소외되어 있다. 그들은 '문화의 사막지대'에 살고 있는 것이다.

가장 흔히 접하는 텔레비전도 대부분 10대를 겨냥한 오락 프로그램이나 아줌마들이 주 시청자층인 멜로드라마뿐이라 정붙일 곳이 없다. 문화센터도 온통 주부들만 모이고, 연극이나 음악회 같은 곳에 가려 해도 시간과 돈, 여유가 있어야 하는데, 그게 어디 쉬운가.

신경정신과 전문의 정혜신 씨는 "중년은 자기 자신을 뼈저리게 발견하는 시기, 그동안 삶에서 간과했던 부분이 엄청나게 올라오는 시기, 손거울만 보다가 아마 처음으로 전신거울을 통해 자신을 바라보는 시기"라고 강조한다.

그래서 명예퇴직이나 조기퇴직을 한 어떤 사람들은 "이제야말로 내가 평소에 하고 싶었던 일들을 실컷 하면서 자유롭고 신나게 살 수 있을 것"으로 기대한다. 중학교 때 배우다 말았던 기타도 다시 배우고, 요가교실도 다니고, 뜰에 텃밭을 가꿔보리란 계획도 세운다. 무엇보다 그동안 소홀했던 가족들에게 봉사도 하고 해외여행도 해보리란 꿈에 부풀기도 한다. 그러나 그것 역시 꿈이다. 평소 너무 바빠 아이들 소풍은커녕 여름휴가도 동행하지 못했던 한 의사의 말을 들어보자.

"이젠 솔직히 아픈 사람들만 보는 일도 지겨워서 병원을 그만두려고 결심했었어요. 먹고살 만큼은 벌어두었으니 좀 이른 감은 있었지만 결단을 내린 거지요. 그래서 마침 미국에 유학 가 있던 애들이 돌아왔기에 저녁식사를 하면서 은퇴를 선언했어요. '올해 말에 병원 문을 닫을 거다. 그동안 너무 가족들과 보내는 시간이 적었고 가족에 소홀했던 것 같다. 그래서 한 반년 정도 너희들이 사는 미국에 가서 함께 지내다가 엄마와 아빠는 세계일주를 할 생각이다. 같이 서부에서 동부를 횡단하는 자동차 일주를 해도 근사할 것 같고, 카리브 해의 크루즈 여행도 좋겠지.' 제 딴엔 정말 멋지게 발표를 했는데……."

그런데 가족들의 반응이 너무 참담했단다. 환호와 박수 혹은 "그래요. 이제는 쉬실 만도 해요"란 격려는커녕, 시큰둥을 넘어 짜증을 내더란다. 아이들은 이미 편안한 자신들의 미국 생활에 부모가 갑자기 등장하는 것에 대해 불편해 했고, '카리브 해 크루즈'란 환상적인 미끼(?)를 내걸었음에도 불구하고 아내는 "교회에서 중책을 맡아 한 달 이상 떠날 수가 없다, 당신이 성공한 것도 다 내 기도 덕이다"라며 '하나님과 예수님'을 내세워서 자기도 더 이상 할말이 없더란다. 그 의사는 다시 병원 일을 한다. 재산을 자선단체에 기부하고 싶다는 생각을 하루에 열두 번도 더 하면서.

명예퇴직을 한 40~50대의 대한민국 남성들은 네 개의 국제 대학원 과정을 수료해야 한다고 한다. 일단 미국의 명문대인 '하바드' 대학원이다. '하루 종일 바쁘게 여기저기 드나드는' 대학원이다. 이 대학원의 졸업 시기는 개인의 인간성과 비례한다. 직장에 얽매여 만나지 못했던 친구, 동창, 군대 선후배, 친지들을 만나느라 여기저기 찾아다니고 각종 약속을 하느라 바쁘기만 하다. 그런데 평소 인간관계가 안 좋거나 인간성에 문제가 많은 사람들은 입문과 동시에 며칠

만에 졸업한다. 평균시기는 4개월 정도.

다음 코스는 '하와이' 대학원이다. '하루 종일 와이프와 함께 이 일 저 일을 하는' 시기다. 와이프 옆에서 수다도 떨고 와이프가 시키는 대로 마늘도 까고, 빨래도 개고, 시장도 따라가며 시간을 보낸다. 와이프가 나들이를 갈 때 따라가려고 나서면, "돈도 못 버는 주제에 창피하게 어딜 따라 오겠다는 거예요?"라거나 "설거지건 청소건 제대로 하는 일이 없어" 등의 모욕적인 말이나 수치심을 자극하는 말들을 들어야 한다. 끊임없는 인내심을 기르는 수양 과정이 이 대학원의 특징이다. 와이프와의 금슬에 따라 수료기간이 좌우된다.

세 번째는 일본의 '동경' 대학원이다. 주요 교과 과정은 '동네 경치를 두루두루 관찰하는 것'이다. 새벽에 동네 약수터에도 가보고, 공원을 산책하기도 하고, 마누라 심부름으로 슈퍼마켓에도 다녀오고, 비디오 가게, 약국, 책방, 기원 등을 찾아다닌다. 개인의 호기심과 동네 구조에 따라 차이가 있겠으나, 정상인은 한두 달이면 끝난다고 한다.

마지막 코스는 '방콕' 대학원이다. 더 이상 부르는 이도, 찾아갈 곳도 없고 돈도 체력도 의욕도 없어져서 방에 콕 처박혀 지내는 과정이다. 신문과 텔레비전이 유일한 벗이다. 이 방에는 아내도, 자식도 들어오기 싫어해 대부분 독실로 사용한다. 그리고 이 대학원은 졸업식이 따로 없단다.

이 이야기가 너무 재미있어서 어느 날 유명 대학의 경제학 교수들이 모인 자리에서 들려줬더니, 즐겁게 식사하던 그들이 갑자기 숟가락을 내려놓기 시작했다.

"에이, 우리 이야기네……."

사회적으로 존경받고 정년도 한참 남아 있는 그들도 언제나 불안하긴 마찬가진가 보다.

남자들이여, 이제는 스스로를 해방시키자

"도대체 어떤 남성들을 만났기에 이렇게 우울하고 서글픈 이야기만 하는가. 대한민국 중년남성들이 다 우울하고 폐경기를 경험하고 푼수를 떨며 늙어가진 않는다. 50이 넘어도 여전히 건강하고 활기차고 정력적으로 자기 일을 하는 이들이 훨씬 많다. 중년남성들을 이해하는 척하면서 너무 비참하게만 보는 것 아닌가? 이건 무슨 음모인가?"

이렇게 주장하는 이들도 있을 것이다. 옳으신 말씀이다. 내가 만나본 중년남성들은 대부분 훌륭하고 자신감에 가득 차서 심지어는 왕자병으로 여겨지는 사람들이 더 많았다. 그리고 모든 남성들이 다 중년이라고 힘이 빠지거나, 좌절하거나, 가족들에게 소외당하며 사는 것도 아니다. 오히려 "나이가 드니까 더욱 행복해졌다"고 주장하기도 한다. 대한민국에서 가장 자유롭게 늙어가서 부러움을 사는 남자, 조영남 씨가 그랬다.

"나도 폐경기를 경험했다. 환갑이 지났지만 남들도 젊어 보인다고 하고, 체력도 문제없다. 그래도 여전히 자다가 깨어나 화장실에 갈 때마다 '침대에서 안 넘어질까' 걱정하고, 예전에 비해 남들이 내게 퍼붓는 비난이 두렵고 신경 쓰이는 게 사실이다. 하지만 폐경기를 겪다보면 반대급부, 즉 얻는 것도 많다. 섹시한 처녀만 예쁜 게 아니라 어린이, 강아지 등 생물들이 다 귀엽고 사랑스럽다. 젊을 때 읽던 책이나 영화를 다시 보면 몇 배의 감흥을 느끼고 감탄하게 된다. 〈닥터 지바고〉 〈아라비아의 로렌스〉! 몇 번씩 볼 여유와 가슴 뻐근한 감동은 나이 들어서야 가능한 일이다. 또 평소에 관심이 많았던 작가 이상의 시나 민족종교가 나철의 철학! 이제야 그들의 천재성을 이해하겠다. 그리고 내 곁을 지켜주는 지인들, 건강함 등등 내 모든 주변이 고맙고 소중해진다. 오만방자함을 통과하면 이렇게 지혜롭고 겸손해진다. 그래서 얻은 교훈이 있다. '사람은 오래 살고 볼 일'이란 것이다."

불과 40, 50여 년 전만 해도 평균 수명은 50세였다. 늙자마자 곧바로 죽었던 그때엔 폐경기도 없었다. 하지만 이제 90세를 살아야 하는 우리에겐 폐경기를 거쳐야 만날 수 있는 또다른 봉우리가 있다. 그래서 중년을 통과하는 폐경기는 두려움의 계곡이긴 하지만 끝이 아니라 새로운 시작이다. 축구시합으로 치면 전반전이 끝나 한숨 고르는 하프타임이자 후반기를 준비하는 휴식 시간이다.

정부 모 부처의 고위공무원으로 근무하다 퇴직 후 자기 회사를 만든 이선룡 사장은 유학생활, 공직생활 등으로 숨가쁘게만 살다가 중년이 되어서야 자신이 좋아하는 일을 시작했다. 워낙 노래를 잘 부르고 음악에도 소질이 있었지만 시간이 없어 못 하다가 주말에 틈틈이 개인교습을 받아 색소폰을 배웠다. 이제는 거의 프로의 경지에 이르러서, 친구들과 노래방에 갈 때도 가져가고 악기를 연주할 수 있는 곳에서는 무대에 오르기도 한다. 새로 얻은 취미가 주는 기쁨과 행복감 덕분에 그는 멋진 중년신사의 매력을 보여준다. 40대까지 정말 열심히 살았기에 중년에 발견할 수 있었던 행복이다. 만약 그가 20대에 악기 연주에만 심취했다면, 행정고시 합격이며 박사나 사장이란 타이틀은 얻지 못했을 것이다.

명예퇴직, 정리해고 등으로 직장에서 떨려난 50대들은 요즘 '오공사관학교'를 만들자고 인터넷 카페를 신설하기도 하고, 또래끼리 모이거나 자신들의 경험담을 모아 책으로 펴내기도 한다.

작가 최성각 씨는 어느 날 수필집을 읽다가 한 문장을 발견했다.

"새해다. 내 나이 오십이다. 이제 더 이상 삼등열차를 타지 않으리라."

그 말이 왜 그리도 쓸쓸한지, 그 순간 눈가에 이슬이 맺힐 뻔했단다. 그는 자신이 활동하는 '풀꽃평화연구소'란 동호회의 중년 아줌마 아저씨들과 함께 비슷한 또래의 동병상련을 인터넷 게시판에 써 올리다가 의기투합해 아예 『50대 독립선언문, 50 헌장』이란 책까지 만들었다고 한다. 각계각층의 40~50대 중년들이 억울한 마음으로, 또는 '배 째라'란 뻔뻔함으로 50대를 맞아 자신과 주변에 선포하는 헌장성 글을 남겼다.

'나를 더욱 사랑하자, 남 생각도 하고 살자, 멋쟁이가 되자' 등으로 크게 나뉜 이 책에는, 정신연령이 10대임이 분명한 것 같은 치기어리고 귀여운 발상을 가진 사람부터 삶과 생에 도통한 듯한 사람에 이르기까지 다양한 각오담이 담겨 있어 50대가 아닌 사람에게도 공감을 준다. '콩가루 집안을 부끄러워하지 말자. 가급적 동창회에 가지 말자, 부모를 모시라고 하면 "못 해!"라고 말해 버리자, 미운 사람은 대놓고 미워하자, 섹스에 더욱 전념하자' 등 도발적이고 이기적인 발언부터, '신문이나 뉴스 볼 시간이면 코를 후비자, 절대 계단을 뛰어오르지 않는다, '쓸데없이' 화를 내지 말자' 등 소소한 격문, 그리고 '한 번쯤은 꽁지머리를 하고야 말겠다, 남몰래 성형수술을 하자, 질투는 여전히 50대의 힘이다' 등 아직도 식지 않는 열정을 담은 글들을 진솔하게 남겼다.

이처럼 뜻맞는 이들과 동세대의 아픔과 고독을 털어놓고 위로를 받는 것도 중요하지만, 중년남성들에게 가장 필요한 것은 아내·가족의 사랑과 이해다. 사회에서 힘을 다 쏟고 가정으로 돌아오려는 남편을 위로하고 다독거려주고 다시 힘을 얻게 해주는 것은 명의의 치료가 아니라 아내의 사랑과 격려다.

하지만 중년의 아내는 남성호르몬이 증가해 터프해지고 자꾸 밖으로 나가려 한다. 반면 남편은 여성호르몬이 증가해 부드러워지고 가정에 안주하려 하기에 서로 엇박자가 되고 갈등이 커진다. 이런 갈등과 변화를 서로 인정하고 공동의 목표를 만드는 것이 60대, 70대, 80대, 90대까지 남은 인생을 평화롭게 사는 비결이기도 하다.

"IMF 때 직장을 잃었다. 마흔다섯 살. 재취업도 창업도 다 어려운 나이였다. 너무 답답하고 억울해 술만 마시다 보니 건강을 잃었다. 우울증이 심해져 자살도 시도했다. 그때 아내가 내 손을 잡았다. '힘내라'는 입발린 말이 아니었다. '당신은 그동안 충분히 수고했다. 퇴직금으로 몇 년은 버티니 굶어죽기야 하겠냐. 당신 죽으면 나도 죽는다. 난 당신만 믿고 살았으니 이젠 당신도 날 한번 믿어봐라.' 그 말에 난 살아났다. 내 마누라의 굵고 든든한 팔뚝이 정말 사랑스럽다."

부인과 함께 식당을 하는 서장석 씨는 "아내의 격려 한마디가 비아그라보다 낫다"고 강조한다. 반대로 비난의 말은 그 어느 비수나 독약보다도 남편들을 병들게 한다. 중년 남편의 짜증과 잔소리는 "제발 날 이해하고 다독거려줘"라는 사인인 셈이다.

정신분석학자 카를 융은 "중년은 활기와 감성과 열정이 있는 절정기, 인생의 정오(Noon of Life)"라고 표현했다. 융만 아니라 누구라도 그런 정오의 뜨거움을 중년에 만끽할 수 있다. 어떤 사람은 50대를 가리켜 "불도 될 수 있고 얼음도 될 수 있는 나이"라고 한다. 열정도 필요하고 냉정도 필요한 나이라는 뜻일 게다. 혹은 열은 사라지고 정만 남거나, 냉정조차 없어지는 무덤덤한 나이임을 감추고 싶은 속내일지도 모른다.

외모로 나타나는 노화현상보다는 주변에서 먼저 자신을 퇴물로 취급한다며, 중년남성들은 "이렇게 늙다가 죽어야 하냐"며 허망해 한다. 하지만 50대란 나이는 앞으로 살아갈 100세 인생의 절반에 불과하다. 겨우 반환점을 돌아온 나이다. 93세의 나이에 유엔에서 카탈루냐 민요인 〈새의 노래〉를 연주한 첼로의 거장 카잘스의 말은 깊은 울림과 위안을 준다.

"지난번 생일로 나는 93세가 되었다. 물론 젊은 나이는 아니다. 실제로 93세는 90세보다 늙은 나이다. 그러나 나이는 상대적인 문제다. 만일 계속 일하면서 주위의 세계적인 아름다움에 빠져든다면 사람들은 나이라는 것이 반드시 늙어가는 것만을 뜻한다는 것이 아니라는 것을 잘 알게 될 것이다. 적어도 일반적인 의미로는 그렇다. 나는 사물에 대해 전보다 더욱 강렬하게 느끼며, 나에게 있어서 인생은 점점 매혹적으로 변해가고 있다."

93세에 이렇게 인생을 매혹적으로 느낄 수 있다면, 50세엔 어떨까. 그야말로 젊다 못해 어린 나이가 아닌가. 그리고 50이라고 꿈이나 열정을 버리란 법이 있나. 외국어, 요리, 악기 등 새로운 것도 배울 수 있고, 열렬한 사랑에도 풍덩 빠질 수 있고, 직장을 그만두고 백수가 되어 룰루랄라 여유를 즐길 수도 있다. 선배에게 눌리고 386 후배들에게 떠밀려 '긴 세대'로 살아온 50대들이여, 파이팅 하자. 이제 자기 이름으로 독립선언을 하고 '만세'를 부를 수도 있지 않은가.

호주의 상담전문가이자 베스트셀러 저자인 스티브 비덜프는 『남성 심리학자가 남자에게 말하는 남자의 생』이란 책에서 "대부분의 남자들은 참다운 삶을 살고 있지 못하다. 우리는 그저 꾸미는 법만 배워왔다. 남자들은 자기방어에 급급하며, 타인들에게 보여주기 위한 쇼가 그들이 하는 일의 상당 부분을 차지하고 있다"고 분석했다.

내가 관찰해 본 대한민국 중년남성들도 마찬가지다. 남들에게 보여주기 위한, 혹은 남들만을 위한 삶을 살면서 힘들다는 내색도 못했다. 속내를 털어놓는 건 남자답지 못할 뿐더러 실패를 자인하는 것도 용납할 수 없어 했다. '자존심, 자신감 빼면 난 시체나 마찬가지'라고 세뇌시키며 살았다.

남자다움, 가장다움, 상사다움, 어른다움…… 그걸 지키려고 안간힘을 쓰고, 겉으론 근사하게 포장했지만 속에서 눈물을 글썽거리며 소리치는 소년들의 목소리가 들렸다. 나도 사랑하고 사랑받고 싶고, 나를 꽁꽁 묶은 동아줄을 풀고 자유롭게, 나답게 살고 싶다고…….

남자라는 죄로 40, 50년 이상을 착한 아들, 성공한 남편이자 좋은 아빠가 되겠다고 노력하며 열심히 살았다면, 앞으로는 자기 자신을 위해 산다 해도 죄가 될 수는 없다. 무엇보다 그들이 겪는 고통과 아픔이 절대 혼자만의 특별한 병이 아니라, 주민등록증도 없는 노숙자에서 최고권력인 노무현 대통령에 이르기까지 누구나 똑같이 겪을 수 있는 증세란 것만 알아도 충분히 아픔이 덜해질 것이다.

이젠 우리가 그들에게 면죄부를 쥐어주고 '광복절 특사'로 내보내주자. 대한민국 중년남성들의 진정한 해방은 아내와 가족, 우리 사회가 모두 공감대를 형성할 때 가능하기 때문이다.

2장

남자는 꿈꾼다, 화려한 인생 2막을!

이 시대 남자를 이해하는 11가지 코드

서로 잘 이해하지 않으면 여자들에게 남자는 해독불능의 암호문 같고, 남성들이 보기엔 여자들이 아무리 신호를 보내도 구급품을 보내지 않는 무심한 존재로 여겨져 서로 불행하기만 하다. 나이 들수록 견고해져 가는 중년남성들의 코드와 특징을 안다면, 여성들도 '아, 그래서 그렇구나'라고 이해심을 갖거나 따스하게 안아주게 되고 남성들 역시 '이런 점을 이해 못 하니 바뀌봐야겠다'는 의지를 갖게 될 것이다.

남자와 여자는 신체적 특성도 기질도 다르다. 그런 차이점이 서로에게 끌리는 매력이 되기도 한다. 그런데 나이가 들어서 드러나는 남성들의 독특한 면들 가운데 여성들과의 관계는 물론 사회에 잘 적응하기에는 걸림돌이 되는 점들이 있다. 자신들은 의식하지 못하지만 '나는 싸나이'라고 떠들며 강조하는 점들이 '중년남성 사절'로 거부당하는 기준이 되기도 한다.

물론 남자들 중에서도 매우 여성적인 특질이 강한 이들도 있다. 게다가 요즘은 양성평등사회여서 사회적 인식이나 행동도 많이 달라졌다. 그래도 대부분의 중년남성들에게서 발견되는 '특징'들이 있다. 예를 들어 중년남성들의 밥이나 섹스에 대한 집착과 그걸 거부당했을 때 보이는 격렬한(?) 반응은 여자들은 도저히 이해하기 어려운 부분이다.

어디 그뿐인가, 아무리 남자는 화성인이고 여자는 금성인이라고 해도 다른 별에서 와서 그런지 '코드'의 차이가 너무 큰 것 같다. 왜 남자들은 가면을 쓴 것처럼 그토록 감정표현을 잘 안 하는지, 왜 가까운 가족에게조차 제대로 의사 표현을 못 하는지, 어른이라면서 아이처럼 공포에 떠는 이유는 뭔지, 연애에 대한 환상은 크면서 정작 해보라고 하면 왜 진도는 통 못 나가는지…… 하여튼 의문부호투성이다.

그런 특징들을 서로 잘 이해하지 않으면 여자들에게 남자는 해독불능의 암호문 같고, 남성들이 보기엔 여자들이 아무리 신호를 보내도 구급품을 보내지 않는 무심한 존재로 여겨져 서로 불행하기만 하다.

나이 들수록 견고해져 가는 중년남성들의 코드와 특징을 안다면, 여성들도 '아, 그래서 그렇구나'라고 이해심을 갖거나 따스하게 안아주게 되고 남성들 역시 '이런 점을 이해 못 하니 바꿔봐야겠다'는 의지를 갖게 될 것이다.

여성과 남성 모두가 똑같은 생각과 행동을 하라는 것이 아니다. 남성들의 커다란 변화를 바라지도 않는다. 다만 서로 엉뚱한 신호만 보내고, 서로를 이해 못 한다면 그것처럼 불행한 일이 있을까. 또 남성들은 배가 고프면서도 계속 '목마르다'란 신호만 잘못 보낸 거라면 이제라도 신호를 바꿀 필요가 있다. 밥을 못 먹어 굶어죽는 남성들보다는 정에 굶주려 죽어가는 남성들이 더 많기 때문이다.

다음에 나올 11가지의 코드는 평소에 내가 남성들에게 궁금하다고 여겼던 특징들인데, 많은 남성들이 고개를 끄덕여 공감해 주었다. 자신들도 몰랐는데 사실 그렇다면서…….

듣기만 해도
'무장해제'
되는 말,
오빠

이제부터 세상의 남자들을
모두 오빠라고 부르기로 했다

집안에선 용돈을 제일 많이 쓰고
유산도 고스란히 제 몫으로 차지한
우리집의 아들들만 오빠가 아니다

오빠!
이 자지러질 듯 상큼하고 든든한 이름을
이제 모든 남자를 향해
다정히 불러주기로 했다

오빠라는 말로 한 방 먹이면
어느 남자인들 가벼이 무너지지 않으리
꽃이 되지 않으리

모처럼 물안개 걷혀
길도 하늘도 보이기 시작한
불혹의 기념으로
세상 남자들은
이제 모두 나의 오빠가 되었다

나를 어지럽히던 그 거칠던 숨소리
으쓱거리며 휘파람을 불러주던 그 헌신을
어찌 오빠라 불러주지 않을 수 있으랴

오빠로 불리워지고 싶어 안달이던
그 마음을
어찌 나물캐듯 캐내어주지 않을 수 있으랴

오빠! 이렇게 불리워지고 나면
세상엔 모든 짐승이 사라지고
헐떡임이 사라지고

오히려 두둑한 지갑을 송두리째 들고 와

비단구두 사주고 싶어 가슴 설레이는

오빠들이 사방에 있음을

나 이제 용케도 알아버렸다

—문정희, 「오빠」

시인 문정희 씨는 마흔이 넘어 세상 이치에 눈뜨면서 모든 남자들을 '오빠'라고 부르기로 했다고 선언했다.

'오빠'란 말은 나보다 나이 많은 남자 형제를 부르는 호칭이지만, 대한민국에서 '오빠'란 말은 남성, 특히 중년남성을 무장해제시키는, 마음의 문을 여는 마법의 지팡이 역할을 하는 것 같다.

우리나라에선 혈연관계에 상관없이 자기보다 나이가 많은 남자를 무조건 오빠라고 부르고, 심지어 자기 남편까지도 '오빠'라고 부른다. 외국인들이 보기엔 정말 이상한 나라, 근친상간의 천국처럼 보이지 않을까.

네 명의 친오빠, 여인잔혹사를 써도 좋을 만큼 여동생들에게 각종 체벌과 열등감을 주는 언어폭력을 행사했던 오라버니들 밑에서 성장한 나는 다른 남자들에게 오빠란 말을 써야 할 이유를 전혀 느끼지 못한다.

내가 대학 다니던 시절엔 남자선배 호칭은 '형'이었지(사실 그것도 참 이상하긴 했다) 오빠가 아니었고, 직장에선 무조건 '선배'여서 다른 남자들을 오빠라고 부르는 것에 익숙하지 않다. 친오빠나 사촌오빠들 외엔 내게 오빠로 불린 남자는 없다. 장난삼아 남자동료나 후배들에게 '오빠'라고 불러보긴 했지만, 아직까지는 도저히 내 입으로 나와 피를 나누지 않은 남자를 오빠라고 부를 정도로 혀가 돌아가지 않는다.

이럴 경우 신경정신과 전문의들은 "아마도 유년시절부터 친오빠들에 의한 정신적 상처가 깊어 나타난 '트라우마'의 한 현상으로……"라고 분석하겠지만, 난 그저 사전적인 의미나 상식에 충실할 뿐이다. 친오빠들은 어릴 때 좀 무섭게 날 지도편달했지만, 덕분에 나는 그 어떤 환경에서도 꿋꿋하게 견딜 수 있는 인내심과 상사들의 각종 언어폭력에도 상처받지 않는 '좋은(?)' 성격을 갖게 되어 직장에서 무사히 버티고 있다. 다 오빠들 덕분이라고 생각하며 진심으로 감사한다.

그런데 천연덕스럽게 '오빠'란 말을 아무 남자에게나 남발하는 여성들, 조금만 친해지면 사회에서 공적으로 만난 사이에도 '오빠'라고 하는 여성들 앞에서 근엄하고 딱딱해 보이던 아저씨들이 흐물흐물 아이스크림 녹듯 녹아버리면서 그들의 부탁이라면 쩔쩔 매며 다 들어주는 것을 목격하고서는 기가 막혔다.

대통령, 검찰총장, 4성장군, 장관, 대학 학장, 심지어 신부님과 스님들까지 "오빠아앙" 하며 여성들이 콧소리를 내면 눈자위가 풀리고 입가가 살짝 올라가며 "왜에?"라고 응답했다. 그들의 높은 지위도, 가족의 인연을 벗어난 종교조차도 '오빠'란 말 앞에선 의미가 없었다.

한 정부 부처의 연구원을 만났을 때 매우 놀란 적이 있다. 자주 만난 적은 없지만 만날 때마다 그에겐 수시로 여기저기에서 전화가 걸려왔고, 그럴 때마다 그는 "아, 그거 오빠가 잘 처리했어. 공항에 가서 네 이름이랑 주민등록증만 보여주면 돼", "지금 오빠가 바쁘거든? 한 시간 후에 다시 걸래?" 하면서 응답하느라 바빴다. 순진한 나는 "여동생이 참 많으신가 봐요? 제가 아는 분 중에도 여동생이 여덟 명인 딸부잣집 아들이 있는데……"라고 물었다. 그는 "아뇨. 그냥 아는 여자애들인데 워낙 애들이 착해서 부탁을 들어주다 보니……"라고 말했다. 그 부인은 그 복잡한 시누이들을 어떻게 관리하는지 궁금했다.

얼마 전 88세 생일잔치를 치른 민관식 전 문교부장관을 인터뷰할 때도 참 재미있었다. 지금도 장학사업 등 언제나 열정적으로 일하고, 테니스는 젊은이들이 무릎을 꿇을 만큼 놀라운 운동실력을 보이는 민 전 장관은 수첩에 작은 기사를 항상 끼워갖고 다니며 사람들에게 보여준다. 약사협회 명예회장인 그를 인터뷰한 기사인데 제목이 '우리들의 영원한 젊은 오빠'였다. 장관, 국회의원, 국회의장 대행 등 눈부신 관직운과 업적을 자랑하는 그분에게 엔돌핀을 돌게 만들어주는 것이 '오빠'란 말이었다.

사회학자들은, 남성들이 자기보다 어리고, 연약하고, 부족한 여성들에게 호감을 느끼며 그들에게 자신의 힘으로 뭔가를 해줄 수 있을 때 보람과 뿌듯함을 느낀다고 했다. 그래서 여성들이 촉촉한 눈빛으로 도움을 청하면 남자들은 모두 '홍도야, 우지 마라. 오빠가 있다~'라며 해결사 역할을 자처하나 보다.

한국근대문학사 연구자인 연세대 국문과 이경훈 교수는 『오빠의 탄생』이란 책에서, 우리 문학에 반영된 근대성을 오빠라는 코드를 가지고 풍속사로 풀어냈다. 이교수에 따르면, 이광수 등의 근대소설에서 오빠는 남녀의 연애를 표현하는 기호로 작용하면서 평등하고 독립적인 일인칭과 이인칭이 맺는 계약구조로서 사랑의 약속을 가능하게 했다고 지적한다. 그래서 친오빠가 아니어도 '누구 오빠' 하는 관계가 생기고, 『젊은 느티나무』 등의 소설에선 친오빠는 아니지만 오빠 관계인 남자와의 애틋한 사랑이 마음을 적셨다. 그러다 70년대에 들어오면서 여권신장, 유니섹스 열풍과 함께 '오빠'가 '형'으로 바뀌었다. 난 아직 그 시대에 머물러 있고…….

그런데 '형'으로 불리던 남자들이 이제 아저씨가 된 다음에 들어보는 '오빠'란 말에 몸과 마음이 흔들리고 있다. 모 회사 부장은 2년 전에 '오빠' 노릇을 하다가 혹독한 레슨비를 물었다. 자기 회사에 아르바이트로 일하던 여직원 때문이다. 그 무렵, 중요한 프로젝트를 맡아 야근을 자주 했는데 집이 같은 방향이라기에 차로 데려다주다 보니 많은 이야기를 나누게 되었다고 한다.

"어린 나이에도 얼굴이 밝지 않아 사연이 있는 애로구나 짐작은 했지만, 참 사정이 딱하더라구요. 자궁암으로 투병 중인 엄마, 폭력 전과가 있다는 첫째 남동생, 대학에 다니는 막내 남동생, 아버지는 가출했는데 연락도 안 된다더군요. 각종 아르바이트를 하고 두 번 정도 휴학해 전문대학을 겨우 마친 그애가 소녀가장이라고 하더라구요. 알고 보니 같은 충청도 출신이라 더 정이 갔지요. 그래서 오빠라고 부르라고 했지요. 절 무척 따르고 일도 잘 했는데……."

그후의 사건은 삼류드라마에 나오는 것과 같다. 엄마 병원비가 급하다, 동생이 차 사고를 냈는데 합의하지 않으면 전과자라 또 구속되고 그러면 우리 엄마 기절한다, 동생 대학등록금이 부족하다…….
그녀가 갖가지 레퍼토리로 눈물을 흘리며 "오빠한테 이런 이야기하는 것 너무 싫은데……"라고 말하면, 그는 지갑, 통장, 적금 등을 다 털어서 주었으며 대출까지 받아 3천만 원 정도를 건네주었단다. 그리곤 6개월 만에 아르바이트 계약기간이 끝났는데, 그녀는 계약 종료 한 달 전에 사라졌다. 인사부에 있는 주소지도 달랐다.

"찾자고 마음먹었다면 잡을 수도 있었겠지만, 그러고 싶지 않았어요. 거액이긴 하지만 다른 사건이 안 터진 게 다행이구요. 안 믿겠지만, 정말 깨끗한 사이였거든요."

지금도 별로 원망하지 않는 눈치다. 오빠의 힘은 정말 크다.

일본 긴자의 호스티스 세계를 그린 『여제』란 만화가 있다. 그중 한 재미있는 호스티스 이야기가 남성들의 오빠 심리를 잘 표현해 준다. 연예인 부럽지 않은 미모와 패션 감각, 그리고 어떤 대화도 막히지 않을 정도의 화술을 갖춰야 하는 것이 긴자의 호스티스들이다. 그런 데 유명살롱에 나타난 30대 중반의 소박한 용모의 호스티스가 모든 손님들을 사로잡는다. 다른 호스티스들이 섹시하고 화려한 명품으로 치장하는 반면, 그 여자는 수수한 기모노 차림에 호스티스치고는 환갑 수준인 30대 중반의 나이인데도 화장도 별로 하지 않았다. 그랬는데도 남자 손님들은 그 여자만을 찾는다. 다들 그 비결이 뭔지, 또 그 여자가 어떤 사람인지 궁금해 한다.

그런데 그의 단골손님들은 그 여자에 대해 각기 다른 정보를 갖고 있다. "남편이 암에 걸려 목돈이 필요해 나왔단다", "몇 년 전 남편과 사별한 과부인데 친정식구까지 도와줘야 한다더라", "남편이 사고로 식물인간이 되어 지금도 병원에 있단다" 등등. 그 호스티스가 거짓 말쟁이인가? 그 호스티스는 나중에 이런 말을 한다.

"전 그저 손님이 물으면 가만 있었을 뿐이에요. 손님들이 '그 나이에 처녀는 아니겠고…… 결혼은 했나?', '남편이 아파서 병원비가 필요해서 나왔나?', '이 나이에 이런 곳에 나온 걸 보면 과부인가?' 등등을 묻는데, 굳이 그게 아니라고 설명할 이유가 없어서 조용히 웃기만 했죠. 그러면 다들 자기 말이 맞다고 생각하고 저를 동정하면서 팁도 듬뿍 주고 올 때마다 저를 찾는 거예요."

그 호스티스는 남자들이 쓴 시나리오의 주인공이 되어주는 대가로 돈을 벌었다. 남자들은 자기가 상상하는 이미지에 그녀를 대상화한 다음, 자기의 우월함을 과시한다. 그 여자의 남편과 달리 자기는 아직도 살아 있고, 암에 걸리지도 않았고, 룸살롱에 와서 양주를 마시고 팁을 뿌릴 만큼 능력도 있다는 것에 뿌듯해 하면서, 자신을 존경 어리고 감사에 가득 찬 눈빛으로 보는 그녀에게 사랑을 느끼기도 한다. 어쩌면 이런 중년남성들의 심리가 여동생 콤플렉스인지도 모르겠다.

직장생활을 편안하게 하려면 상사에게 오빠의 역할을 하도록 만들면 된다고 조언하는 사람들이 있다. 사무실 안에서는 오빠라는 호칭을 쓰면 안 되지만, "평소에 늘 부장님을 제 친오빠처럼 생각하고 있어요"라거나, "사실 제가 소녀가장이나 마찬가지여서 연봉이 많은 다른 직장을 알아봐야 할 것 같아요" 같은 동정심을 불러일으키는 발언을 하며 홍도 같은 표정을 지으면 "그럼, 우선 살고 봐야지"라며 적극적으로 다른 회사를 알아봐주기도 한단다.

나이와 신분에 관계없이 대부분의 남자들이 연육제 뿌린 고기처럼 부들부들해진다는 '오빠'란 말. 그래서인지 중년남성들의 동창회 홈페이지들에는 '오빠'와 '아저씨' 구분법이 즐겨 퍼 날라져 게시되어 있다. 아마 자신들도 오빠라고 불리고 싶다는 일념에서인가 보다.

| 오빠·아저씨 구분법 |

5위 핸드폰

허리에 차면 아저씨, 주머니에 넣으면 오빠, 없으면 할배

4위 노래방에서

책 앞에서부터 찾으면 아저씨, 뒤에서부터 찾으면 오빠, 찾아달라 하면 할배

3위 덥다고

바지 걷으면 아저씨, 윗단추 풀면 오빠, 내복 벗으면 할배

2위 목욕탕에서 거울 볼 때

가슴에 힘주면 오빠, 배에 힘주면 아저씨, 코털 뽑으면 할배

1위 블루스 출 때

왼손 올리면 아저씨, 허리 감으면 오빠, 발 밟으면 할배

—지나가는 여자를 앞에서 보면 오빠, 힐끔 돌아보면 아저씨, 끌끌
  혀 차면 할배

—술 먹고 돈 걷으면 오빠, 서로 낸다고 하면 아저씨, 이쑤시개질
  만 하고 있으면 할배

—식당종업원에게 '아가씨'라고 부르면 오빠, '언니'라 부르면 아저
  씨, '임자'라 부르면 할배

—식당에서 물수건으로 손 닦으면 오빠, 얼굴 닦으면 아저씨, 코 풀

면 할배

—머리도 자르러 가면 오빠, 머리만 자르러 가면 아저씨, 염색도
하러 가면 할배

— '배낭여행' 가면 오빠, '묻지마관광' 가면 아저씨, '효도관광' 가
면 할배

—오빠라는 소리에 덤덤하면 오빠, 반색하면 아저씨, 떽 하고 소리
지르면 할배

—근사한 식당 많이 알면 오빠, 맛있는 식당 많이 알면 아저씨, 과
부 주인 많이 알면 할배

—벨트라고 부르면 오빠, 혁대라고 부르면 아저씨, 허리띠라 부르
면 할배

무섭게 생겨서 별명이 게슈타포인 56세의 법조인에게 물어봤다.
친여동생이 아닌 다른 여자에게 '오빠'란 말을 들으면 기분이 어떤
지, 좋다면 왜 좋은지.

"나쁘지 않죠. 친근한 느낌도 들고 뭐랄까, 제가 괜히 젊어진 듯한
느낌이거든요. 아저씨라고 불리는 것보다 낫잖아요."

그러나 중년남성들은 이걸 알아야 한다. 그들을 '오빠'라고 안 부
르는 여성들이 오히려 그들을 인격적으로 존중하고 그들을 진짜 남
성으로 느끼고 있다는 것을.

한국 남자로
살려면
꼭 필요한 것,
허세

남자들은 모두 주식회사 사장이
다. '뻥&구라'란 회사를 각자 운영하면서 뻥튀기한 말들과 각종 거짓
말을 마구 쏟아낸다.

"무슨 소린가? 여자들이 더 심하지 않은가? 빈약한 가슴을 감추는
뽕브라, 가짜 속눈썹과 화장발, 그리고 온갖 내숭을 다 떠는 거짓말
쟁이들 아닌가?"

그들은 이렇게 반박할지도 모른다. 맞다. 여자들은 위장술에 강하고
내숭덩어리들이다. 하지만 남자들처럼 허풍과 허세는 떨지 않는다.

아주 내성적이거나 병약한 성격이 아니라면 대부분의 남자들은
일생 동안 수천 명의 적들과 싸움을 한다. 대부분 혼자서 열일곱 명
정도를 상대로 싸웠으며, 돌려차기와 찌르기 등등 각종 권법이 다

등장한다. 조금 더 과장법이 심한 사람들은 자신들이 폭력조직과 맞서 싸웠다는 전설 같은 비화도 전한다.

"명동에서 애들이랑 잠시 놀 때 말야, 누가 시비를 걸길래 쓱 봤더니 신상사야. 이름은 들어봤지? 그 유명한 신상사파의 보스!"

"양은이도 어릴 땐 나한테 참 깍듯했는데……. 나한테 맞아서 실려간 애들만 모아도 잠실운동장을 채운다니까."

손에는 전혀 군은살이 박힌 흔적도 없고 어깨도 한복이 잘 어울리는 소담한 크기인데 언제 그런 내공을 쌓았는지, 화려한 무공담이 신기하기만 하다.

낚시나 사냥 등이 취미인 남자들이 잡은 물고기와 동물은 또 얼마나 엄청난가. 잡았다가 놓아줬다는 물고기는 기네스북에 오를 정도이고, 사냥을 했지만 무거워서 갖고 오지 않았다는 짐승은 다 모으면 과천동물원을 채울 정도다.

어디 그뿐이겠는가. 자기가 울린 여자들, 자신의 놀라운 정력에 까무라쳤다는 여자들, 자기에게 공부나 기술을 전수받은 사람들, 자신이 키운 스타들, 자신과 호형호제하는 친분이 두터운 유명인들을 입술에 침 한 방울 묻히지도 않고 말하는 걸 보면, 정말 남자들은 타고난 과장법의 대가들이다. 내가 순진하던 시절엔 아저씨들의 그 말씀을 모두 진실이라고 믿었다. 그들의 능력에 찬사를 보냈으며 '사람은 절대 겉모습으로만 판단해서는 안 된다'고 나의 편견을 고치려 애쓰기도 했다. 하지만 몇 번의 확인과 점검 끝에 대부분은 '뻥'이란 걸 알았다.

어떤 유명인을 취재한다고 하면 꼭 말을 거드는 분들이 있다. "야,

정말 이젠 출세했더라. 걔, 내가 키웠잖아. 배고프다고 찾아와서 설렁탕 먹이고 일 없다고 징징대면 소개해 주던 때가 엊그제 같은데 말야. 만나면 내 이야기해 봐, 잘 해줄 거야."

"전에 나랑 같이 일했었어. 그때는 지금처럼 성공할 줄 몰랐는데…… . 나랑 술도 많이 마셨지. 그때 회사 때려치우고 사업하겠다고 나한테 상의하더라구. 그래서 내가…… ."

그런데 정작 그 유명인들에게 이름을 전해주거나 어떤 사이냐고 물으면 이름도 잘 기억하지 못하거나 뜨악한, 혹은 심드렁한 표정을 짓는 경우가 대부분이었다. 하긴 나와 한 번 정도 만난 아저씨들도 나와 매우 친하다고 동네방네 떠들고 다녀서 곤혹스러운 적이 많았다.

한 친구는 얼마 전에 대판 부부싸움을 했다. 남편의 고교동창회에 함께 참석했는데, 남편이 회장 후보로 나서서 당선됐단다. '가문의 영광'이 아니냐니까 그 영광 덕분에 가산이 탕진될 지경이라고 했다.

"회장을 하건 반장을 하건 그거야 자기 마음이지. 그런데 그 인간이 글쎄 턱 하니 3천만 원을 동창회 후원금으로 내놓겠다고 발표하는 거야. 나한테는 3만 원을 주면서도 벌벌 떠는 구두쇠가 말야. 아니 불우이웃 성금이나 후배 장학금이라면 내가 이해를 하겠어. 그런데 동창회 후원금이란 게 연말파티나 여행경비에 쓰는 거잖니. 자기가 이건희 회장이라도 되는 줄 아나봐. 이제 겨우 먹고살 만한데 말야. 그래서 집에 와서 막 신경질을 부렸더니 오히려 화를 내더라. 학교 다닐 때 자기 무시하던 자식들, 판검사나 박사들한테 자랑 좀 하려고 자기 돈 낸 건데 왜 마누라가 난리냐구…… . 왜 한풀이를 그렇게 할까?"

너무나 많은 무공담과 독특한 체험담을 전해주는 언론사 간부가 있다. 집에 초대받아 갔을 때 부인에게 "항상 마음 편하신 날이 없으셨겠어요. 늘 위험한 싸움도 많이 하시고 협박도 받으시니까요"라고 걱정스러운 듯 물었더니, 그 부인은 피식 웃으면서 말했다.

"저와 결혼할 때도 똑같은 이야기만 하더니 환갑이 가까운데도 녹음기처럼 반복하네요. 그런데 자기도 자기가 한 말에 세뇌되어 이젠 진짜라고 믿는 것 같아요. 남자들은 왜 그렇게 철이 안드는지……"

중년남자들은 '지구'에서만 허세를 부리는 게 아닌가 보다. 일본 지성을 대표하는 작가 다치바나 다카시는 우주비행을 하고 돌아온 우주인들을 취재해 『우주로부터의 귀환』이란 책을 썼다. 그 책에 이런 얘기가 있다.

우리가 살고 있는 이 지구가 아주 작은 초록별로밖에 안 보이는 광활한 우주를 여행한 우주인들은 산소통의 깨끗한 산소로만 호흡해서 뇌도 깨끗하게 청소되어 우주비행을 체험한 후에는 세계관이나 인생관도 달라진다고 한다. 그런데 우주선 안에서는 화장실이 없기 때문에 우주복을 입고 있을 때는 채뇨 봉지를 사용한단다. 이것은 콘돔 형태의 고무봉지에 역류방지 밴드를 붙인 것인데, 소변이 조금이라도 새면 무중력 상태인 우주선 안 여기저기에 떠다니게 되므로 채뇨 봉지와 페니스 사이에 틈이 생기지 않도록 꼭 맞는 사이즈를 골라 잘 붙이는 것이 필수다. 그런데 크기에 따라 대, 중, 소 세 종류가 있는데도 모두 자기 사이즈보다 한 치수 큰 것을 고르기 때문에 소변을 공중에 흘리는 경우가 많았다고 한다.

하긴 2차 세계대전을 승리로 이끈 영웅 처칠 수상도 소변을 보는 중에 소련 서기관이 옆자리에서 볼일을 보자 황급히 자신의 물건을 감추며 이렇게 말했단다. "당신네 나라는 무조건 큰 것만 보면 국유화하려 드니 못 보여주겠소." 그러던 그가 나이 들어 국회 화장실에서 바지 지퍼를 올리지 않고 나왔다. 사람들이 지적을 하니까 "늙은 새는 새장이 열려 있어도 나가지 않는다오"라고 했단다. 하긴 그리스로마 신화에 나오는 온갖 신들, 플루타르코스를 비롯한 수많은 영웅들의 이야기를 들으며 자라고 홍길동, 임꺽정, 로빈훗, 슈퍼맨 등 설화와 만화의 영웅들까지 지긋지긋할 정도로 영웅담을 들어서 세포 마디마디에 스며들었을 테니 그런 허풍은 애교로 봐줄 만하다.

허풍이나 과장법은 재미있고 귀여운 면이라도 있지만, 더 무서운 것은 '피력증'이다. 자신이 조금이라도 알고 있는 일이나 사람에 대해서는 꼭 언급을 하거나 지적을 하고 넘어가야 직성이 풀리는 증세, 또 말할 기회가 주어지면 적절한 시간을 넘어 독무대를 만드는 증세 말이다. 이건 대한민국 중년남성들이 80퍼센트 이상이 앓고 있는 지병 수준이다.

참치회를 먹는 자리에서는 "이 참치가 말야, 특히 어느 부분이 맛있냐면……" 하고 침튀기며 참치학 개론을 꺼낸다. 황우석 박사에 관한 이야기가 나오면 "황박사가 사실은 대전이 고향이고 어릴 땐 지지리도 가난했다는데……"라고 마치 고향사람처럼 설명한다. 그런데 그 내용이 대개는 신문이나 잡지, 방송 등 매스컴에 다 소개된 것으로, 조금만 관심 있는 사람이라면 다 아는 것들이다.

혹은 만났을 때마다 항상 똑같은 레퍼토리여서 "내가 전에 이 얘기 했던가?"라고 말을 꺼내면 갑자기 가슴이 답답해진다. 나처럼 산

전수전을 다 겪으면 157번째 듣는 이야기일지라도 생전 처음 듣는 말처럼 "어머어머, 정말 그러셨어요?"라고 장단을 맞춰주지만, 인내심 없는 젊은 사람들에게는 견디기 힘든 상황이다. "상무님, 한 번만 더 하시면 그 이야기 100번 듣는 거예요. 그만 하세요"라고 쏘아대는 신세대들도 있지만, 그래도 그 병은 치유되지 않는다.

사회적 덕망을 갖춘 분들이라고 예외는 아니다. 젊은 시절, 패기와 신선함과 날카로움으로 무장했던 이들도 일단 50세란 관문을 통과하면 '피력증'에 감염된다. 그래서 결혼식 주례, 출판기념회나 전람회 오프닝 등 각종 행사의 축사를 맡으면 역할을 착각하거나 망각하기도 한다. 그런 행사에선 주인공들이 간단하게 소감을 말한 다음 '덕담'을 해주실 명망 높은 분들을 소개하는 것이 정해진 시나리오다. 그런데 그런 어르신들이 단상에 올라 재킷 안쪽 주머니에서 편지지 같은 '문건'을 꺼내고 돋보기를 쓰는 순간, 사람들은 머리가 아파오기 시작한다.

"바쁘신데도 이렇게 많이 와주신 분들께 감사드립니다. 오늘 이 훌륭한 책을 쓴 저자 아무개 군은 저와는 20년 전부터 친분을 나눠온 사이올시다. 아무개 군이 대학 신입생 시절에 저는 민주화운동에 참여하여……."

결국 주인공과의 인연을 1분 정도 소개한 후 자기 이야기가 30분 이상 이어지는 경우가 다반사다. 앉아서 들으면 괜찮지만, 서 있어야 하는 경우라도 될라 치면 허리가 아프고 다리가 쑤셔와 정말 뛰어가서 "그만 하세요"라고 소리치고 싶어질 때도 있다. 나이가 들면 입은 다물고 지갑만 열면 되는데, 서로 잘못 열리고 닫히는 남자들이 너무 많다.

그러나 더욱 서글픈 것은 솔직하게 털어놓으면 얼마든지 도움을 받을 수 있는데 체면과 평생 체질화된 허세 때문에 고생해야 한다는 것이다. 실직을 했다거나, 부도위기에 처해 있다거나, 아들 등록금이 없다거나 해도 친구들이나 친지에게 털어놓지 못한다.

"나야 뭐 괜찮지. 지긋지긋한 출퇴근 안 해도 되니까 편하고, 또 아직은 여기저기 오라는 데도 많고……."

아내에게 들들 볶여 어쩔 수 없이 성공한 고향 후배를 찾아가지만, 취직시켜 달라는 부탁은 못 하고 속 쓰리게 커피만 얻어 마시고 돌아서는 중년남성들…….

미국의 작가 존 업다이크는 "남자들은 다 꿈에 패배한 소년"이라고 했다. 어른이 된 후, 자신들의 모습이 어릴 적에 상상했던 것보다 훨씬 영웅성이 부족하다든가 혹은 영웅과 전혀 동떨어진 존재가 되어버린 것을 발견한 순간, 그 슬픈 사실을 숨기기 위해 그는 자신이 할 수 있는 모든 과장법을 다 동원하는 것이다.

그래도 너무 솔직하게 앓는 소리만 하는 남자들보다는 속이 보여도 허풍을 좀 떠는 남자들이 더 귀엽긴 하다. 하도 자주 말하다 보니 스스로도 진실이라고 믿는 거짓말을 늘어놓는 남자들을 구박만 하지 말고 그저 감동 어린 눈빛으로 맞장구를 쳐주자. 어쩌면 그게 남성들의 수명을 연장시켜 주는 방법은 아닐까.

어느덧
그의
뒷모습을
닮아간다,
아버지

 "이제야 아버지를 이해할 수 있을 것 같아
요. 전엔 정말 원망도 많이 했는데, 이젠 그저 측은한 마음뿐입니다."

 "아버지처럼은 살지 말자가 제 인생의 화두였어요. 그런데 요즘은
거울 앞에 선 제 모습이나 아들을 대하는 모습에서 섬뜩하리만큼 아
버지와 닮은 모습과 행동을 봅니다. 미국에 사는 제 여동생은 저와
전화할 때마다 '오빠, 꼭 아버지랑 통화하는 것 같아 이상해'라고 하
더군요. 그런 이야기를 들으면 기분이 참 묘해요."

 중년남성들은 대부분 '아버지'다. 그리고 자기가 '아버지'가 되어
서야 아버지를 마음으로 받아들이거나 아버지가 자신을 나름대로
사랑했다는 것을 알게 된다. 그런데 중년이 되어서도 아버지와 화해
를 하지 못 하면 자기도 아버지 역할을 제대로 못 하게 되고, 두고두

고 가슴에 덩어리 하나를 안은 채 살아가게 된다. 대화 중에 자꾸만 아버지와의 추억이나 아버지에 관련된 이야기를 하는 자신을 발견하게 되는 것도 이 무렵이다. 아버지이면서도 자신 속에 있는 어린 아들의 모습을 꺼내야만 중년기를 통과하게 되는 것 같다.

아버지와 아들의 관계는 어머니와 딸과의 관계와는 다르다. 오이디푸스 콤플렉스처럼 아버지를 죽이고 싶은 깊은 증오심까지는 아니더라도 친자매처럼 지내는 모녀 사이는 흔한데 형제처럼 허물없는 부자 관계는 정말 드문 것 같다. 주변에는 딸과 똑같은 옷과 머리 모양을 하고 쇼핑도 함께 다니고, 결혼 후에는 서로 배우자와의 섹스 이야기까지 하며 친구처럼 지내는 모녀들이 뜻밖에 많다. 그러나 아무리 주위를 둘러봐도 같이 팔짱 끼고 돌아다니거나 옷과 구두를 공유하는 부자 사이는 잘 보지 못했다. 가업을 이어 같은 일을 하는 부자(父子)들은 오히려 더 예우를 갖추고 엄격한 상하관계를 유지한다.

예전의 우리 아버지들은 항상 밖에서 일하는 사람이었고, 집에 오면 피곤한 표정으로 신문만 보는 어려운 분이었고, 수시로 어머니를 구박하거나 드문 경우 구타를 하는 권력자였고, 술에 취해서야 노래를 흥얼거리며 가끔 다 터진 봉투에 풀빵을 담아오던 분이었고, 때론 어머니에게 부지깽이로 맞아 맨발로 달아나던 한심한 사내였다. 똑같은 남자여서 공통점이나 공감대도 많았으련만, 아버지는 가끔은 추억하려 해도 얼굴이 잘 떠오르지 않아 막막한 존재다.

아버지를 이름으로 부르기도 하는 미국에서도 아버지란 존재는 우리와 별 차이가 없나 보다. 바비 인형을 제작·판매하는 매틀 사는 '따뜻한 가족'이란 이름으로 인형가족을 판매할 계획을 세운 적이 있다. 판매에 앞서 아이들을 대상으로 그 인형세트를 실험해 보았다. 그 인형세트는 엄마, 아빠와 두 명의 아이로 구성되어 있었다. 그런데 대부분의 아이들이 아버지 인형은 제쳐 놓고 엄마와 아이 인형들만 갖고 놀았다. 왜 그러느냐고 물었더니 이렇게 답했단다. "아빠 인형을 갖고 뭘 해요? 아빠는 일하러 나갔는데……."

아직도 아버지와는 서먹한 관계라는 한 중년남성은 어린시절부터 그래 왔다고 했다.

"아버지는 장남인 저에 대한 기대가 너무 크셨어요. 제가 학교에서 반장이 되었을 때나 상장을 타왔을 때, 아버지는 저의 자랑거리나 승리에 대해 흐뭇한 표정으로 '잘했다'라고 칭찬해 주셨죠. 자전거 타는 법이나 야구를 보는 법도 아버지에게 배웠어요. 그런데 제가 동네 친구에게 맞고 들어오거나, 성적이 나쁘게 나오거나, 억울한 일을 당해서 그걸 하소연할라치면 아버지는 갑자기 난감해 하며 화를 내시거나 갑자기 자리를 떠나버리셨어요. 제가 성공할 때만 아들로 인정해 주고 제가 실패하면 한심해 한다는 생각에 아버지가 야속할 때가 많았습니다. 그때마다 울적하고 황당한 저를 위로해 주고, 저의 하소연에 귀 기울여주고 따뜻하게 껴안아주는 사람은 언제나 어머니였어요. 어머니와는 시시콜콜한 이야기도 나누지만 아버지와는 별 대화가 없었어요. 지금 아버지가 80이신데, 같이 살면서도 어느 날은 한마디도 안 하기도 해요. 작심하고 물어본다는 말이 '건강은 어떠세요'인데, 아버지도 '뭐 나야 늘 그렇지, 이제 갈 때가 됐지'라는 정해진 대답만 하실 뿐이에요. 가끔 일요일엔 바둑을 두기도 하는데, 솔직히 고문이 따로 없어요. 두 시간 내내 한마디도 안 할 때가 있거든요. 나도 늙어서 아들과 이런 관계를 유지해야 하나 싶어 가슴이 철렁해지지만 솔직히 별로 다를 것 같지도 않아요."

그러나 줄줄이 이어지는 친구 아버지들의 장례식장을 다니고, 암이나 노인질환 등으로 연약하고 가련한 노인이 되어버린 아버지를 보면서 중년남성들의 아버지에 대한 애증이나 분노는 연민과 이해로 바뀐다.

"아버지는 두집살림을 하셨어요. 주사도 심했구요. 그땐 뭐 그리 드문 일도 아니었지만, 어릴 땐 그런 아버지를 도저히 이해하기 힘들었죠. 경제적 능력도 없는 남자가 무슨 염치로 첩까지 두었을까, 어른이 되어 힘이 세지면 아버지를 한번 흠씬 패주겠다는 생각을 할 정도였어요. 아버지 도움 없이 삼남매를 키우며 우리 어머니가 한 고생은 필설로 형용하기 어려울 정도죠. 아버지와는 인연을 끊고 살았어요. 기독교라 제사도 안 지내니 특별히 모일 일도 없었죠. 그런데 보름 전에 연락이 왔어요. 아버지가 간암 말기인데 저를 보고 싶어한다나요. 정말 가고 싶지 않았는데, 어머니가 그래도 아들 도리는 해야 한다며 등을 떠밀어서 병원에 갔죠. 30년 만에 보는 아버지는…… 그냥 할아버지였어요. 추하게 늙고 병든, 노인병동 다큐멘터리에서 흔히 볼 수 있는 그런 할아버지요. 물이 차서 부푼 배 위로 제 손을 잡아 끌어 앙상한 손으로 만지면서 '미안하다'고 하시더군요. 용서해 달라고도 하신 것 같아요. 늘 때려주고 싶었는데 이젠 그런 분노조차 안 느껴지대요. 고개만 끄덕거리다 왔는데, 아 그날 정말 기분 더러웠어요. 못 마시는 술을 퍼마셔서 다음날 출근도 못했죠. 아이들을 데리고 가서 할아버지라고 인사를 시켜야 하는 건지,

돌아가시면 장례식장에서 상주 자리에 서 있어야 하는 건지 혼란스러워요."

착한 아내와 자식을 버리고 기세등등하게 집을 떠났던 중년의 아버지는 이제 중년이 된 아들 앞에 초라한 노인으로 고개를 숙인다. 30년 이상을 잘 살아야 한다고 동기부여를 했던 아버지에 대한 증오와 분노가 이젠 다 허망해진다. 그걸 계속 안고 있다는 것은 자신 역시 뒤틀린 노인으로 늙어가야 한다는 저주 같아서다.

그런데 자신의 아버지와는 화해를 하거나 이해를 할 수도 있지만, 정작 자신은 이상적이고 훌륭한 아버지 역할을 하기가 힘든 것이 요즘 중년남성들의 공통된 고민이다.

"밖에서 피말리는 전쟁을 치르고 집에 돌아오면 위안을 받고 싶지요. 그런데 집에서는 마치 내가 '투명인간'이 된 것 같아요. 가족들 눈에 뜨이지조차 못하는……. 어쩌다 눈에 띄어도 왕따지요. 마누라와 자식 먹여 살리느라 하루 종일 땀흘리는데, 그건 못 알아줘도 인사조차 못 받으니……. 불경기라 회사도 어렵고, 집에서도 웃을 일도 없고…… 담배 피려고 베란다에 서 있으면 가끔 떨어져 죽고 싶은 충동을 느껴요."

가정의 달 5월. CF에선 가족들이 사랑 가득한 표정으로 "아빠, 힘내세요"라고 노래하고, 어깨가 축 처진 남편을 바라보는 안쓰런 표정의 아내는 "외로워도 슬퍼도 나는 안 울어"라며 남편의 손을 이끌지만, 정작 어디서도 진짜 아버지는 보이지 않는다. 주인공이면서도 얼굴을 못 드러내는 아버지가 바로 지금 중년남성들의 모습인 것이다.

2005년, 대한민국 뉴스에 등장한 아버지 관련 기사를 보자. 남편 3명

중 1명은 아내에게 폭력을 당한다(여성가족부 통계자료), 남성 3명 중 1명은 암에 걸린다(여성은 5명 중 1명이다), 40대 남성의 자살률이 여성의 4배(반면 우울증은 여성이 남자의 10배가 넘는다), 고교생 아들의 성적부진을 비관한 아버지, 온가족 동반자살(아들만 살아났다)……. 존경스럽기는커녕 멀쩡한 아버지를 찾기도 힘들 지경이다.

텔레비전 드라마를 봐도 〈전원일기〉의 김회장처럼 당당하고 위엄 있는 아버지는 없다. 밥상에서도 마누리 눈치 보느라 맛있는 반찬에는 젓가락도 못 가져가고(드라마 〈신입사원〉), 생업전선에 나선 아내를 대신해 아이 키우고 살림하는(드라마 〈불량주부〉) 등, 무능하거나 푼수로 그려진다. 한 남성 심리학자는 "남성들은 후기 자본주의 시대에 숲속에서 길을 잃었다. 그것도 앞으로 내뻗은 한쪽 발은 바나나 껍질을 밟고 있다"고 했다. 내디딘 발에 힘을 주는 순간, 직장이건 가정이건 어이없이 미끌어질 수밖에 없다.

직장생활도 잘 버텨야 하고, 가정에선 친구처럼 잘 놀아주는 친구 같은 아빠여야 하고, 장보기도 함께 하고, 설거지 정도는 기본으로 하는 양성평등한 남편이어야 겨우 괜찮은 아빠란 소리를 듣는다. 물가보다 더 높게 오른 것이 아버지에 대한 기대치인 것 같다.

사실 그동안 아버지들이 가정에 소홀했던 것이 사실이다. 직장에 더 충실했고 1순위는 언제나 일이었다. 그러나 회개하고 가정으로, 가족 곁으로 돌아오려 해도 가족들은 반겨주지도 않는다. 그래도 IMF 무렵에만 해도 아버지들은 견딜 만했다. 온나라가 나서서 고개 숙인 아버지, 불쌍한 아빠를 감싸고 위로해 주는 분위기였다. 그러나 이젠 그런 온정마저 기대하기 힘들다. 사오정, 오륙도 등 조로화된 사회에서는 직장에서도 버티기 힘들다. 평균수명은 자꾸자꾸 늘어나고, 이제 유전자지도가 다 밝혀지고 줄기세포도 대중화되면 100살은 너끈히 산다는데, 앞으로 50~60년을 계속 왕따로 살아야 한단 말인가.

아버지란 직업에 비상등이 켜진 것은 어제 오늘의 일이 아니다. 가부장문화가 사라지고 호주제 폐지를 앞둔 지금, 아버지들의 심리적 불안감과 박탈감은 더해진다. '억울하면 출세하라'는 노래를 부르며 아이들에게 항상 성공만 강조하고 엄격함만을 요구했던 아버지들은 이제 흘러간 유행가, 철 지난 우스갯소리 같은 존재가 되었다. 어머니들은 항상 온몸과 마음으로 아이들 곁에 있으면서 그들의 요구를 들어주었지만, 아버지들은 밖에서 딴 세상만 보느라 아이들과도 아내와도 학습 진도가 너무 차이가 난다.

가정경영연구소 강학중 소장은 "아이들은 친구 같은 아버지를 원하지만 아버지는 여전히 슈퍼맨 같은 모습을 보이고 싶은 것 때문에, 또 아버지들의 사춘기와 아이들의 사춘기가 같은 시기에 존재해서 갈등이 일어난다"면서, "이제 과거에 자신을 옭아맸던 가장이란 갑옷을 벗어던지고 스스로 보다 자유로운 인격체로 평화로워질 필요가 있다"고 강조한다.

신경정신과 전문의 김병후 씨는 '이 시대의 아버지의 추락'은 너무 당연하다고 본다.

"남성들은 본능적으로 자신을 강한 수컷, 멋진 권력자의 모습으로 보이고 싶어해 자신의 약점을 가장 가까운 가족에게도 노출시키지 않습니다. 직장에선 상사에게 무능하다고 야단 맞아도 집에 오면 큰소리치는 왕의 역할을 하고 싶어하죠. 그동안은 밖에서 먹이를 가져오는 역할만 했지만 이젠 들어와서 정서적 관계도 해야 하니까 당혹스럽고, 또 자신의 약점이 드러날까 봐 전전긍긍하는 겁니다. 미국 등 서양의 경우에도 이렇게 큰소리만 치는 권위형 가장은 아내와 아이들에게 버림받고 몇 차례나 이혼당하는 등 '수난'을 겪었고, 그런 혹독한 시기를 거친 후에야 비로소 부드러운 가정형 아버지가 등장했습니다. 우리나라 남성들도 자신이 왜 소외당하는지, 왜 이혼을 요구받는지 모르는 채 억울함만 호소하는 이들이 많은데, 아마 이런 과정을 거치면서 변화할 겁니다. 앞으로는 여성성이 가미된 아버지, 친구 같거나 엄마 같은 아버지 등 다양한 아버지상이 등장하겠죠."

그러나 배우도 아닌데 갑자기 장군 역할을 하던 아버지들이 상냥한 친구역으로 변신할 수 있을까. 권위로 굳게 걸어잠갔던 빗장을 풀고 여린 속내를 보여줄 수 있을까. 자신의 약점이 노출되는 것을 치명상으로 아는 아버지들에게 가족들의 따스한 위로가 치료제가 될까. 그러나 이제 스스로 변신을 하지 않으면 아버지들은 뼈빠지게 일만 하다가, 혹은 안방에서 혼자 가장놀이를 하다 더 외롭고 쓸쓸하게 죽어가야만 한다.

가족관계 전문가들은 "너무 엄격하고 완벽한 아버지보다 '우리 아버지가 나보다 못하는 것도 있네'란 것을 보여주는 것이 자녀와의 관계 회복에도 도움이 된다"고 말한다. 아이들에게 필요한 것은 아버지와의 다정한 스킨십과 공감대라는 것이다. 먼저 아이들과 손잡고 산책을 하거나 그저 옆에서 가만히 앉아서 머리를 쓰다듬어주는 연습을 하는 것만으로도 좋은 아버지가 될 수 있다고 한다. 행복은 바로 곁에 있는데 아버지들은 너무 멀리 있다고 보기만 하고, 또 우회

해 가느라 도착하기도 전에 지친다.

아이들 앞에서도 마음껏 웃고, 울고 싶다면 실컷 울고, 때론 아주 유치한 모습을 보이면서 가장 자유롭게 자신을 표현하는 것, 그것이 이 땅의 아버지들이 건강하게 버티고 가족들에게 이해받고 사랑받는 비결이 아닐까. '가장'이란 부담과 권위의 갑옷은 벗고, 이제 가볍고 따스한 사랑의 옷으로 갈아입어 보자. 아내와 아이들이 원하는 아버지는 완벽한 슈퍼맨이 아니라, 다정한 친구나 허물이 많지만 그래도 우리를 사랑하고 노력하는 그런 남자다.

〈한때 인터넷에 떠돌아 많은 남자들을 가슴속으로 울게 했던 아버지에 관련된 글이다.〉

아버지란……

아버지란 자기가 기대한 만큼 아들, 딸의 학교 성적이 좋지 않을 때, 겉으로는 "괜찮아, 괜찮아" 하지만 속으로는 몹시 화가 나는 사람이다.

아버지의 마음은 먹칠을 한 유리로 되어 있다. 그래서 잘 깨지기도 하지만, 속은 잘 보이지 않는다. 아버지란 울 장소가 없기에 슬픈 사람이다.

아버지가 아침 식탁에서 성급하게 일어나서 나가는 장소는(그곳을 직장이라고 한다), 즐거운 일만 기다리고 있는 곳이 아니다. 아버지는 머리가 셋 달린 용(龍)과 싸우러 나간다. 그 용은 피로와, 끝없는 일과, 직장 상사에게서 받는 스트레스다.

아버지란 '내가 아버지 노릇을 제대로 하고 있나? 내가 정말 아버지다운가?' 하는 자책을 날마다 하는 사람이다. 아버지란 자식을 결혼시킬 때 속으로는 한없이 울면서도 얼굴에는 웃음을 나타내는 사람이다. 아들, 딸이 밤늦게 돌아올 때에 어머니는 10번 걱정하는 말을 하지만, 아버지는 10번 현관을 쳐다본다. 아버지의 최고의 자랑은 자식들이 남의 칭찬을 받을 때다.

아버지가 가장 꺼림칙하게 생각하는 속담이 있다. 그것은 "가장 좋은 교훈은 손수 모범을 보이는 것이다"라는 속담이다. 아버지는 늘 자식들에게 그럴듯한 훈계를 하면서도, 실제 자신이 모범을 보이지 못하기 때문에 이 점에 있어서는 미안하게 생각하고, 또 남모르는 콤플렉스도 가지고 있다.

아버지는 이중적인 태도를 곧잘 취한다. 그 이유는 '아들, 딸들이 나를 닮아주었으면' 하고 생각하면서도, '나를 닮지 않아주었으면' 하는 생각을 동시에 하기 때문이다.

아버지에 대한 인상은 나이에 따라 달라진다. 그러나 그대가 지금 몇 살이든지, 아버지에 대한 현재의 생각이 최종적이라고 생각하지 말라. 일반적으로 나이에 따라 변하는 아버지의 인상은 이렇게 변한다.

4세 때―아빠는 무엇이나 할 수 있다.

7세 때―아빠는 아는 것이 정말 많다.

8세 때―아빠와 선생님 중 누가 더 높을까?

12세 때—아빠는 모르는 것이 많아.

14세 때—우리 아버지요? 세대차이가 나요.

25세 때—아버지를 이해하지만, 기성세대는 갔습니다.

30세 때—아버지의 의견도 일리가 있지요.

40세 때—여보! 우리가 이 일을 결정하기 전에, 아버지의 의견을 들어봅시다.

50세 때—아버님은 훌륭한 분이었어.

60세 때—아버님께서 살아 계셨다면, 꼭 조언을 들었을 텐데…….

아버지란 돌아가신 뒤에도, 두고두고 그 말씀이 생각나는 사람이다. 아버지란 돌아가신 후에야 보고 싶은 사람이다.

아버지는 결코 무관심한 사람이 아니다. 아버지가 무관심한 것처럼 보이는 것은, 체면과 자존심과 미안함 같은 것이 어우러져서 그 마음을 쉽게 나타내지 못하기 때문이다.

아버지의 웃음은 어머니의 웃음의 2배쯤 농도가 진하다. 울음은 10배쯤 될 것이다.

아들, 딸들은 아버지의 수입이 적은 것이나 아버지의 지위가 높지 못한 것에 대해 불만이 있지만, 아버지는 그런 마음에 속으로만 운다.

아버지는 가정에서 어른인 체를 해야 하지만, 친한 친구나 맘이 통하는 사람을 만나면 소년이 된다.

아버지는 어머니 앞에서는 기도도 안 하지만, 혼자 차를 운전하면서는 큰소리로 기도도 하고 주문을 외기도 하는 사람이다. 어머니의 가슴은 봄과 여름을 왔다갔다 하지만, 아버지의 가슴은 가을과 겨울을 오고간다.

　아버지! 뒷동산의 바위 같은 이름이다. 시골마을의 느티나무 같은 크나큰 이름이다.

권위와
동일시되는
이름, 밥

　　　　　　남자, 특히 중년남자들에 대한 것들 중
이해하기 힘든 것이 '밥'이다. 사람은 남녀노소 모두 밥을 먹어야 살
지만 남자들에게 밥의 의미는 여자들과 다른 것 같다. 여자들은 누
구나 스스로 밥을 짓고, 혼자서도 밥을 잘 먹으며, 남들에게 '밥'을
기대하거나 그것 때문에 자신의 존재 가치를 의심하지는 않는다.

　그런데 남자들은 밥이 자신의 생명연장을 위한 수단이기도 하고,
남성으로서의 권위를 나타내는 상징물이기도 하고, 어머니와 연결
지어 자신의 생명의 근원으로까지 확대되는 의미를 갖는 것으로 생
각하는 것 같다. 오죽하면 IMF 무렵에 김한길 의원이 펴낸 에세이집
제목이 『아침은 얻어 먹고 다니십니까』였을까. 남자구실을 제대로
못 하면 아내에게 밥도 못 얻어 먹는다는 이야기다. 물론 아내들 역

110

시 남편에 대한 불만이 있을 때 가장 손쉽게 응징하거나 복수하는 방법이 밥을 안 해주는 것이긴 하지만……

야근을 하고 12시 가까이 되어서야 집에 가려고 택시를 탔더니 나를 알아본 기사 아저씨가 대뜸 이렇게 물었다.

"지금 이 시간에 집에 가면 남편 밥은 어떻게 합니까?"

"뭐, 알아서 먹겠죠. 워낙 집에 늦게 들어오는 데다가 살림 도와주는 아줌마도 있고……"

말이 채 끝나기도 전에 그 아저씨는 격앙된 목소리로 날 나무랐다.

"아니 밖에서 식당 아줌마가 차려준 밥이랑 부인이 차려준 밥이랑 같아요? 직장에 다니더라도 남편 밥은 제때 챙겨줘야지요. 이렇게 여자들이 다 밖으로 나오니 우리 남편들이 골병이 드는 겁니다."

열변을 토하는 아저씨가 혹시 시댁 친척인가 싶었지만, 워낙 밥에 맺힌 게 많은 듯해 아무 말도 하지 않았다. 변명을 하는 것보다 야심한 시간에 무사히 집에 도착하는 것이 중요했기 때문이다.

다른 남자들이 털어놓는 아내에 대한 불평불만도 '따뜻한 밥상 한 번 안 차려준다'가 1순위를 차지한다. 특히 중년남성의 경우, 아내들이 밥을 잘 안 차려준다거나 반찬이 초라해질 때, 혹은 자녀와 차별을 받을 때 엄청나게 소외감을 느끼는 모양이다.

화려한 연애 경력을 자랑하다가 39세에 결혼한 한 남자는 2년 만에 결국 이혼했다. 이혼의 원인은 '밥'이란다.

"혼자 살면서 전혀 불편이 없었어요. 늦게 들어간다고 바가지 긁을 마누라도 없고, 놀아주고 학원비 대줄 아이도 없고, 모든 가전제품이며 생활용품들이 독신용으로 잘 나오는 데다가 언제든지 만날 수 있는 여자들도 많았으니까요. 그런데 갑자기 마흔이 가까워 오니까 결혼해야겠다는 생각이 들었어요. 식당에서 사먹는 조미료 잔뜩 들어간 음식이 아니라 제대로 된 밥을 먹어야겠다는 간절한 욕구가 생기더군요. 마흔이 넘으면 아내가 차려준 윤이 자르르 흐르고 김이 모락모락 나는 밥, 보글보글 끓는 된장찌개, 정갈한 밑반찬을 놓고 함께 식사를 하며 살아야 할 것 같더라구요. 그래서 그 무렵 만나던 세 명의 여자 중 제일 나이도 많고 밥도 잘 지을 것 같은 여자에게 청혼해 결혼했죠. 그런데 그 여자가 밥을 잘 안 차려주는 거예요. 술 잔뜩 먹은 날 아침에도 해장국을 끓여주는 게 아니라 팍팍한 토스트를 내놓질 않나, 즉석국, 3분카레 등 인스턴트 식품만 잔뜩 사들이더군요. 어느 날은 햇반, 도시락김, 맛김치, 통조림 참치를 포장만 벗겨 상에 늘어놓는데, 이건 아니다 싶었죠. '제대로 된 밥상을 받고 싶다'고 했더니 그렇다면 '조리사나 요리가 취미인 여자와 결혼할 것이지 왜 자기처럼 음식 만드는 걸 싫어하고 직업도 있어서 바쁜 여자를 선택했냐'고 따지더군요. 결국 1년간 살면서 싸우기만 하고, 1년 별거생활을 거쳐 이혼했어요."

이처럼 '이혼'에 이르는 극단적인 경우는 드물다 해도 많은 부부싸움의 원인에 밥은 중요한 역할을 차지한다. '밥'에 관한 남자들의 이야기를 들어보자.

"신혼 때부터 아내는 아침잠이 많아 잘 못 일어났어요. 그래서 저도 아침밥은 안 먹는 것이 습관이 되었는데, 얼마 전 건강검진을 받아보니 위에 염증이 있다면서 의사선생이 세 끼를 규칙적으로 먹되 소식을 하라고 하더군요. 그런데 그 이야기를 했더니 아내가 측은히 여기면서 아침밥을 차려주는 게 아니라 홈쇼핑으로 생식을 배달시켜 주더군요. 아니 남편은 위가 다 헐었을 만큼 이렇게 고생하는데 그럴 수 있습니까?"

"아들이 수험생인데 완전히 우리집 상전입니다. 집사람은 쇠꼬리도 삶아주고, 홍삼도 다려주더라구요. 그런데 정작 내 밥상엔 꼬리탕이 안 올라오는 거예요. 그래서 왜 난 안 주냐고 했더니 한우 쇠꼬리가 얼마나 비싼 줄 아냐, 돈이나 잘 벌어와 봐라, 삼시세끼 꼬리를 흔들어주마, 하며 오히려 큰소리를 칩디다. 나 참……."

"그래도 제가 직장에 다닐 때는 외출했다가도 일찍 들어와서 밥을 차려줬어요. 그런데 올 초에 제가 퇴직하고부터는 아내가 아주 배짱이에요. 점심때는 라면을 끓여주질 않나, 오후에 나가면서 나보고 챙겨 먹으라고 하고선 밤늦도록 안 들어오질 않나. 정말 너무 무시당하고 배신당한 기분입니다. 우리 어머니는 아파서 몸을 잘 움직이지 못하실 때에도 아버지 밥상은 꼭 차려주셨는데……."

남성들의 이런 발언을 들으면 천하의 악처들과 사는 것 같지만, 그 부인들은 보통의 아내들일 뿐이다. 여자들의 반론을 들어보자.

"모처럼 집에 일찍 들어와서 하는 말이라곤 '밥 줘'뿐이에요. 아니 제가 자기한테 밥해 주려고 사는 사람이냐구요. 저도 이제 나이 드니까 몸도 아프고 귀찮아서 솔직히 남편이 일찍 들어오는 것이 하나도 안 반가워요. 와봤자 밥 달라고 하고, 과일이나 주면 먹고 텔레비전 뉴스 보면서 꾸벅꾸벅 졸기만 하는데요, 뭘."

"늦게 들어와서 밥 달라기에 찬밥을 주면서 국에 말아 먹으라고 했더니 불같이 화를 내는 거예요. 돈 벌어다 주는 가장인 자기가 왜 찬밥을 먹어야 하냐구요. 전 집에서 360일 만날 혼자서 찬밥이나 남은 밥만 먹고 사는데 말이죠."

"밥을 안 해주는 것도 아니고, 요리솜씨가 나쁜 것도 아니에요. 그런데 결혼생활 20년이 지난 지금까지도 우리 남편은 시댁에만 가면 걸신들린 듯 밥을 먹어대고 시어머니에게 '엄마, 나 어릴 때 먹던 묵밥 해줘'라면서 이것저것 해 달라고 해요. 칠순이 넘은 시어머니는 구시렁거리시면서도 음식을 해주시는데, 꼭 저보고 '애, 너도 그만큼 우리 애랑 살았으면 입맛 맞출 때도 되지 않았니'라고 하셔서 둘다 너무 얄미워요."

"저도 직장 다니기 때문에 정말 피곤해요. 저 역시 집에 오면 따뜻한 밥상 차려놓고 옷 걸어줄 마누라가 있었으면 좋겠어요. 그런데도 남편은 손가락 하나 까딱 않고 소파에 누워 신문을 보거나 텔레비전만 보니 화가 나죠. 어쩌다 회식이 있거나 모임 때문에 늦을 때가 있어요. 그런 날은 또 왜 그렇게 일찍 집에 와 있나 몰라요. 더 얄미운 건 분명히 전기밥솥에 따뜻한 밥이 들어 있고, 가스레인지 위에 놓여진 냄비엔 국도 있고 냉장고에 반찬도 있어서 몇 번만 손을 움직이면 충분히 잘 차려 먹을 수 있는데, 절대 혼자서는 안 차려 먹는다는 거예요. 10시가 넘도록 굶었다며 꼬르륵 소리를 내면서 그때라도 밥 차려 달라고 요구하거나, 정 배가 고프면 라면을 끓여 먹더라구요. 냄비에 물 끓여 라면 삶을 힘이 있으면 그냥 밥상을 차리면 되겠구만, 정말 이해를 못 하겠어요."

중년남자들의 밥에 대한 애착도 문제지만, 혼자서 밥을 해결하지 못하는 것은 더욱 치명적이다. 신세대 남성들 중에는 학교에서 '가사

수업' 시간에 밥짓기 등을 배우고, 패스트푸드점에서 혼자 식사를 하거나 홀로 자취생활을 하며 요리를 취미로 하는 사람들도 많다. 그러나 하숙생활이나 자취생활을 오래 한 남성들도 일단 결혼만 하면 밥과 손을 끊는다.

어린 시절부터 '남자가 부엌에 얼쩡거리면 뭐가 떨어진다' 등의 거짓말에 세뇌되고 어머니가 차려준 밥상에만 익숙해진 중년남성들은 자신의 손으로 밥을 짓고 차리고 혼자서 먹어야 하는 사실에 거의 공포감을 느끼는 것 같다.

최근에 결혼해 신혼의 단꿈에 젖어 있던 한 여성의 표정이 어느 날 이야기 도중 갑자기 어두워졌다. 혹시 결혼생활에 무슨 문제가 있냐고 물으니, 한숨부터 쉬었다.

"미국에 사는 시누이가 아기를 낳아서 시어머니가 산후조리를 도와주신다고 미국에 가셨어요. 그런데 가시면서 '네 시아버지는 절대 혼자서 식사를 못 하시니까 네가 저녁을 차려드려라. 아침은 선식을 드시니까 괜찮고 점심은 회사에서 해결하시지만 저녁은 꼭 집에서 드시니 네가 가서 챙겨드려라' 하며 신신당부를 하시는 거예요. 그래서 지난주부터 저녁마다 시댁에 가서 밥을 차려 드리고 함께 식사를 하는데, 밥 차리는 것도 힘들지만 남편이 늦을 때는 시아버지랑 둘이서 밥을 먹으려니 참 민망해요. 앞으로도 한 달은 더 해야 하는데, 돌아버리겠어요. 아니, 왜 남자들은 혼자서 밥을 못 먹죠?"

나도 그게 궁금해서 남성들, 그리고 신경정신과 전문의와 사회학자들에게 물어보았다. 그랬더니 남자들에게 밥은 단순한 '밥'이 아니었다. 밥은 자신과 어머니를 이어주는 생명줄이기도 하고, 자신이 가장이며 집안의 식량을 공급해 주는 실력자라는 것을 알려주는 수단이기도 하며, 자신의 능력과 부인에 대한 애정을 체크하는 척도이기도 했다.

그래서 아내들이 밥 차려주기를 거부하거나, 밥상의 반찬이 초라해지거나, 혼자서만 밥을 먹으라고 하면, 남편들은 "난 당신이 싫다. 당신은 무능력하다. 난 당신이 필요없다"는 메시지로 인식해 거의 공포에 가까운 충격과 거절당하고 소외당하는 고통을 느낀다는 것이다.

50년 가까이를 그렇게 성장하고 그런 생활을 해온 중년남성들에게 갑자기 '이제 세상이 달라졌으니 직접 밥을 하고 혼자 밥도 먹어라'라고 요구하는 것은 무리일지도 모른다. 하지만 아내는 물론 나중에 늙어서 자식들에게라도 구박받거나 정말 찬밥 신세가 되지 않으려면 중년남성들도 밥과 몸이 친해지도록 노력해야 한다. 밥을 해주던 부인이 자기보다 먼저 세상을 뜰 수도 있고, 또 아내가 여행이나 외출을 할 때도 '내 밥 걱정하지 말고 잘 다녀와'란 말을 해주는 것이 사랑받는 비결이기 때문이다.

최고령국가인 일본에서 10여 년 전에 베스트셀러가 된 책이 있다. 『할아버지의 부엌』이란 책이다. 독신 커리어우먼인 저자의 어머니가 돌아가시자 팔순이 넘은 그녀의 아버지가 혼자 남게 되었다. 자신은 출장이 많은 직업 때문에, 언니들은 각자의 가정 때문에, 막내아들은 형편이 안 좋아서 아무도 아버지를 모시지 못할 처지였다. 그래서 마흔이 넘은 딸은 팔순의 아버지에게 혼자 식사를 마련하는 요령—영양도 충분하고 소화도 잘 되고 만들기도 쉬운 요리법—을 알려주고

시장보는 법, 이웃에 사는 아주머니들과 잘 지내는 법 등을 찬찬히 알려준다. 혼자 밥해 먹기에 익숙해지는 과정이다.

이젠 중년남성들도 혼자 밥 차리기와 혼자서 먹기를 훈련해야 한다. 그래야 할아버지가 되어서도 며느리나 손주들에게 '찬밥' 신세가 되지 않는다.

'그것' 없으면 정말 할 말도 없다고? SEX

하루 일과 중 가장 짜증나는 일 중의 하나가 수백 통씩 쏟아져 들어오는 스팸메일 지우기다. 교묘하게 '전화 드려도 안 받으시기에', '상여금 목록' 등 도저히 궁금해서 안 열어볼 수 없는 제목도 많지만, 정말 놀랄 만큼 압도적으로 많이 날아오는 스팸메일은 '중년남성 고민 해결!'이라는 제목을 단 것들이다. 열어보면 십중팔구 성기능 강화와 관련된 각종 상품, 수술, 정력 강화 식품 등의 내용들이다.

점잖은 신문과 잡지에도 '성의학 칼럼'이 빠지지 않는다. "예전과 달리 아침에도 발기가 잘 되지 않아 고민하던 회사원 양씨(47)는 비뇨기과를 찾아……"로 시작하는 기사들과 비아그라 등 성기능강화제 관련 기사들이 빠지지 않는다. 대한민국 중년남성들은 매일 섹스

118

만 생각한단 말인가? 놀랍게도 정답은 '그렇다'란다. 섹스를 매일 하거나 섹스만 생각하는 것은 아니지만, 매일 밥 먹듯이 섹스 생각을 한단다. 이것은 다른 나라라도 다를 것이 없다.

미국의 목사이자 남성학 연구가인 케빈 르먼이 자신의 교회신도들에게 설문 조사를 한 내용은 약간 충격적이다. 마냥 신실한 기독교인 남자들이 섹스에 대해 생각하는 횟수가 하루에 33회라고 응답했다. 반면 여성들은 평균 1회였다. 그것도 남편이 먼저 이야기를 꺼내거나 성과 관련한 기사를 봤을 때 등에만 섹스에 관해 생각을 한다고 했다.

결국 남자들이 보통 하루에 16시간 깨어 있다고 생각하면 한 시간에 두 번은 섹스에 대해 생각한다는 것이다. 하루에 10시간씩 일하는 직장이라면 남성들은 업무 중에만 20회나 섹스에 대해 생각한다는 계산이 나온다. 난 오로지 남자들이 성실하게 일에만 매달리는 줄 알았는데, 머릿속은 섹슈얼 판타지로 가득하다니…….

성욕은 식욕과 더불어 인간의 본능이자 강렬한 욕구이니 어찌 보면 당연한 것이라고 할 수 있겠다. 하지만 전문가들의 이야기를 들어보면, 남성들이 더 많은 시간을 자주 섹스에 대해 생각한단다. 청년들이야 욕구해소가 고민이겠지만 중년남성들은 능력 부족이 고민이어서 그걸 회복(?)하느라 그렇게 깊게 자주 사고를 하는 게 아닐까.

40대의 한 대중문화 평론가는 하나님이 참 심술꾸러기 같다고 했다. 피가 들끓는 청년 시절에는 여자와 자고 싶어도 안 된다고 하도 말려서 참느라 애썼는데, 합법적으로 결혼해 이제 호기심도 별로 없고 체력도 저하된 중년이 되면 아내들이 왜 제대로 자주 안 하냐고 난리를 치니 미치겠단다. 상대방인 여성들의 경우, 개인 차이가 있겠지만 20대 무렵엔 지식 및 경험 부족으로 욕구도 별로 없다가 실습 및 호르몬의 영향으로 욕망이 절정에 이르는 때가 30대 후반에서 40대 초라고 한다. 그때 남편들은 적어도 아내에게만은 성욕이 수그러들고 의무방어전마저 고문처럼 여겨질 때이니, 얼마나 얄궂은 운명인가.

한국성과학연구소장이며 비뇨기과 전문의인 이윤수 씨는 "남성은 성적 능력이 강하면 매사에 자신있어 하고, 성적 능력에 문제가 있다고 생각하면 위축된다"며, "동물적 본능 때문인지, 성적 능력에 모든 것을 걸려는 성향을 갖고 있다"고 한다.

내과전문의 김혜영 씨는 "중년남성들은 소화불량이나 만성피로 등을 호소하면서도 정작 나중에는 자신의 질병과 관계없이 무조건 비아그라를 처방해 달라고 부탁한다"면서, "성적 능력만 강해지면 모든 것이 해결될 것으로 믿는 것 같다"고 말했다.

다국적 제약회사에서 각국의 기혼 남성들을 대상으로 성에 대한 관심과 실생활에서의 섹스 횟수를 물어 발표한 자료에 따르면, 우리나라 남성들의 성적 관심도는 거의 세계 1위 수준이지만 정작 부부관계 횟수는 거의 꼴찌에 가까웠다. 의욕은 높으나 실전에 약하다고 해야 할까. 그러니 다들 욕구불만이 될 수밖에 없을 것 같다.

'크기'에 대한 집착과 열등감도 상상을 초월한다. 여자들의 얼굴 성형만큼이나 다양한 시술이 비뇨기과에서 이뤄진다. 그리고 화장실 옆자리에서, 대중목욕탕에서, 수영장에서 남성들은 서로의 사이즈를 비교하며 희비를 교차시킨다.

야구해설가 하일성 씨는 한 방송 출연자들의 모임에서 남자들의 목욕탕 탈의실 풍경을 특유의 넉살로 전해줬다.

"자신 있으면 있는 거지, 왜 옷을 벗을 때는 재빨리 바지랑 팬티부터 벗고 나중에 옷 입을 때는 넥타이까지 매고 양말까지 신고서 맨 나중에야 팬티를 입냐구. 어느 때는 벌거벗고 휴게실을 왔다갔다 하면서 휴대폰으로 한참 통화를 하는 자들도 있어. 물론 여자들처럼 수건으로 몸을 가리고 고개까지 숙이고 다니는 사람도 있지만……."

남자들은 '아무리 부부싸움을 심하게 해도 그저 잠자리에서 만족시켜 주면 아내들은 다음날 아침에 콧노래를 부르고, 아침상이 달라진다'고 확신한다. 그래서 폭언을 하고, 때려서 아내를 만신창이를 만든 후에도 화해의 방법으로 섹스를 시도한다. 아내가 거부하면 더욱 거센 폭력을 행사하고…….

이혼소송 중인 한 부인의 이야기를 들어보자.

"남편은 40세가 되자 당뇨병을 앓기 시작했어요. 평소에도 자주 부부관계를 갖는 편은 아니었지만 당뇨는 특히 정력이 약해진다고 들었고, 저 역시 몸도 약하고 체질적으로 섹스를 별로 좋아하지 않아 아무 문제가 없었습니다. 그런데 남편은 제가 살림살이며 아이들 돌보느라 피곤해서 섹스를 거부하면 너무 화를 내고, 억지로 하려고 하다가 제대로 안 되면 마구 때리기 시작했어요. 10년을 맞다가 몸과 마음이 다 상해서 도저히 못 견뎌 이혼소송을 냈습니다. 절대 합의이혼을 해줄 사람도 아니고, 그랬다간 맞아 죽을 것 같아서요. 그런데 재판이 시작되자, 남편은 폭력 부분은 별로 인정을 하지 않고 제가 성적 불만이 많아서 이혼하려 한다고 주장하는 거예요. 전 그 남자가 때리지만 않는다면 앞으로 평생 섹스를 하지 않아도 아무런 문제가 없어요."

여자들은 차라리 그 커다란 손으로 청소와 빨래를 하느라 시큰거리는 어깨나 허리를 안마해 주면 좋으련만, 남편들은 헛고생을 참 많이 한다.

발기부전 등 남성들의 성 기능에 관한 기사가 나간 날에는 신문사로 문의전화가 많이 온다. 재미있는 것은 대부분 아주 조용하고 차분한 목소리로 "오늘 신문 아주 잘 봤습니다"라고 덕담을 한 후 "에, 그런데 하나 물어볼 게 있는데요. 저 17면에 나오는 기사 말입니다. (목소리는 더욱 줄어들고) 하단에 있는 박스 기사에 나오는 그 비뇨기과, 전화번호를 알 수 있을까요"라고 묻는다. 친절하게 알려주면 너무나 고마워한다. 그런데 이렇게 예의바른 사람들이 정말 모두 다 성적 기능이 약한가?

발기부전치료제 회사에선 고객상담 전화도 받는데, 담당자들은 "남자들에게 진정한 성교육이 필요한 것 같다"고 한다.

"발기부전 환자들 중에는 자기 인생이 끝났다고 생각하는 분들이 많아요. 발기도 잘 안 되는데 더 살아서 뭐하냐고 울먹이는 분도 있구요. 자기의 즐거움이 사라졌다기보다는 여자들을 더 이상 만족시킬 수 없다는 것, 남자구실을 못 한다는 점에서 더 두렵고 공포스러운가 봐요. 정작 여자들은 그렇지 않잖아요. 그래서 성교육이 학생들에게만 필요한 게 아니라 중년남성들에게 꼭 필요하다고 생각해요."

신경정신과 전문의 정혜신 씨는 "섹스는 남자의 본질이 보이는 하나의 통로"라면서 "남자들은 섹스 중에 늘 자신의 힘을 과시해 보여야

122

한다는 강박관념이나, 여자를 만족시켜야 한다는 의무감, 우월감 따위에 사로잡혀 행복하고 즐거운 섹스를 하기가 어려운 동물이다"라고 측은지심을 보였다.

중년의 아내와 남편의 섹스에 대한 생각과 태도는 이처럼 다르다. 아내란 존재가 변강쇠 남편만을 원하거나, 소설에 나오듯 온몸의 세포가 불꽃이 되어 터지는 그런 극치감만을 원하는 것은 아니다. 오히려 정다운 말, 부드러운 스킨십 등을 훨씬 사랑스럽게 여긴다. 그런데도 남자들, 특히 힘이 떨어지기 시작하는 남자들은 오로지 힘으로 모든 것을 증명하고 승부하려 들기 때문에 각종 비극과 코미디가 생기는 것 같다.

한 중년부인이 전해준 계모임 이야기가 있다.

"너네들은 섹스하다가 남편 얼굴 제대로 본 적 있니?"

한 부인이 이렇게 묻자 다들 부끄러운듯 "불을 끄고 하는데 뭘", "부끄러워서 어떻게 눈을 떠?" 등의 반응을 보였다. 그래서 다음달 모임에는 꼭 남편 얼굴을 보고 와서 감상문을 말하기로 했단다. 그리고 다음 모임을 가진 날, 한 부인이 한숨을 쉬며 이렇게 말했다.

"우리 남편, 귀에서 위로 머리 넘어놓은 대머리인 거 알지? 한참 하는 도중에 눈을 떴는데 나 까무라치는 줄 알았잖아. 웬 성삼문이 땀을 흘리며 끙끙대고 있는 거야. 머리 풀어헤치고 목에는 나무칼 찬 성삼문 말이야."

아내를 만족시키기 위해 고문당한 사육신 성삼문의 모습이 된 남편. 남의 일이지만 가슴이 짠해진다. 의무방어전을 치르기 위해 그렇게 애썼건만 아내의 반응은 코믹사극 분위기니 말이다.

그런데 또 신기한 것은, 남성들은 섹스에 대해 이렇게 중요하고도 심각하게 생각하면서도 정작 그 행동에는 어떤 의미도 부여하지 않다는 것이다. 만약 섹스가 정말 아름답고 중요하며 부부생활의 정절을 의미하는 것이라면, 어떻게 그렇게 많은 유흥 향락업소가 성업 중이고, 친구들 사이에서 자신의 여성 경험담을 그렇게 자랑스럽게 떠들 수 있단 말인가.

바람피우다 현장에서 들켜도 대부분의 남자들은 그 탈선 행동을 전혀 아무것도 아니라고 강변한다. 자기 몸을 다른 여자 몸 속에 집어넣어 놓고도 아무것도 아니란 말을 믿으란다. 아무리 생각 따로 몸 따로라지만 어불성설이지 않은가. 그런데 황당한 것은, 그게 꼭 거짓말만은 아니란다.

남자가 한 말이니 100퍼센트 믿긴 어렵지만, 디트리히 슈바니츠는 『남자』란 책에서 이렇게 설명했다.

"(비록 바람을 피웠다 해도) 그는 아내를 계속해서 마음속 깊이 그리고 정직하게 사랑한다. 그리고 그가 벌인 그 행동은 자신과 전혀 상관이 없다는 것이다. 남자에게는 자신의 몸의 친밀 구역을 내주는 일이 큰 의미가 없다. 바람을 피워도 그의 몸은 아무런 충격도 받지 않는다. 상징적으로 중요한 행동은 어떤 장소에서 이뤄진다. 따라서, 그 모든 일이 전혀 아무 의미가 없다고 주장한다면 그는 정직한 심정으로 그 말을 하는 것이다. 섹스파트너의 교체는 자신들이 남자라는 것을 확인하는 행동일 뿐이다. 여자를 점령하는 것이 아니라 스스로를 점령하는 것이기 때문이다."

그렇다면 남편들이 아무리 밖에서 다른 여성들과 섹스를 한다 해

124

도 아내들은 그저 격렬한 운동 정도로 여기고 결혼의 정절을 어기거나 배신을 한 게 아니라고 태연히 받아들여야 한단 말인가. '아무 의미 없는 일'을 위해 남자들은 왜 그렇게 잔머리를 굴리고 온갖 위험을 감수하려 할까.

얼마 전 미국의 토크쇼인 〈오프라 쇼〉에 바람피우다 들킨 남편 여덟 명이 등장했다. 채팅이나 메일 등 정서적 바람이 아니라 성행위까지 한 사람들이었다. 이들은 한결같이 "실수였다, 하지만 아직도 아내를 사랑한다"고 강조했다. 남편들의 고백을 지켜본 아내들이 잠시 후 그 옆에 앉았다. 오프라가 왜 그랬냐고 따지듯 묻자 남편들은 또다시 한결같이 이렇게 말했다.

"특별한 이유가 있어서가 아니라 그저 호기심에, 삶이 권태로워 다른 여성들에게 눈을 준 것뿐이다. 아내에게 미안하긴 하지만 우리 가정을 깰 생각은 전혀 없다."

그들은 마치 잘못을 저질러 교무실에 끌려온 학생처럼 반성하는 표정(한두 명은 눈물도 흘렸다)으로 아내 옆에 다소곳하게 앉아 용서받기만 바라고 있었다. 아내들은 말썽꾸러기 아들 때문에 함께 온 엄마처럼 보였는데, "절대 우리 애는 그럴 애가 아니다"라고 항변하는 엄마들처럼 "남편이 바람피운다는 걸 전혀 눈치 못 챘다"고 했다. '사랑이 지속될 때만 결혼생활도 유지되는 것'으로 믿어 너무 쉽게 이혼하는 미국에서, 돌아온 탕자 같은 남편의 손을 꼭 잡고 이를 악물고 있는 부인들이 많다는 게 신기했다.

주변의 바람둥이들을 봐도 그렇다. 상습적으로 애인을 여러 명 거느리고 전국의 모텔 지도를 꿰고 있는 남성들은 결코 아내와 불화가 있다거나 아내에게 소홀하지 않다. 오히려 아내의 생일날 장미꽃 100송이를 배달시키고, 저녁엔 근사한 레스토랑에 촛불을 밝히고 와인도 곁들인 식사를 사주고 공연장에도 데려간다. 그뿐만이 아니다. 주말엔 아이들과 놀이공원에도 가는 자상한 아빠이기도 하다. 그런 남자들이 평일 낮과 저녁 시간에 아무 의미는 없지만 마음과 따로 노는 '몸이 요구하는' 다른 여성과의 섹스 행각을 즐기는 것이다.

한 중년남성이 갑자기 교통사고로 죽었다. 그런데 장례식장에 어느 여인이 나타나 아주 서럽게 울기에 부인이 물어보니 남편의 '애인'으로 몇 년간 함께 지냈다고 했단다. 부인은 "그럴 리가 없어요. 그이는 가정에 완벽히 충실한 사람이었어요. 주말에 항상 집에 있었고 단 한 번도 월급을 안 가져온 적이 없는데 어떻게 이중살림을 한단 말이에요?"라고 따졌다. 그 애인은 차분하게 대답했다.

"우리는 점심시간이나 출장 때, 그리고 상여금으로 충분히 만족했습니다."

여자들에게 이 이야기를 해주면 부르르 떨지만, 남자들은 충분히 이해한다는 듯, 혹은 부럽다는 듯 빙그레 웃는다.

보기만 해도 성욕이 일어나는 젊고 싱싱한 섹스파트너를 둘 경제적 능력도 안 되고, 가장 만만한 아내를 만족시킬 성적 능력도 저하된 남성들은 자괴감에 빠져 매사 의욕을 상실하거나 오히려 포르노 등 이상한 섹스에 병적으로 집착하기도 한다. 인터넷 동영상이나 비디오로 포르노를 보며 자위하는 남편에게 환멸을 느꼈다는 부인들도 많다.

중년남자들에게 섹스는 그저 성적인 행위가 아니라 자신의 생명력이고, 남성성이며, 또다른 능력이므로 아내가 그걸 무시하고 거부하면 "존재가치 자체를 부정당하는 것과 같다"고 전문가들은 말한다. 그래서 아내에게 성관계를 거부당하면 자연스럽게 받아들이는 것이 아니라 열등감을 느끼거나 분노해서 억지로 관계를 가지기도한다. 이 때문에 최근 '부부강간죄' 도입 논란이 일기도 했다.

텔레비전 토론 프로그램에까지 등장했던 이 '부부강간죄'에 대해 중년남성들은 대부분 "말도 안 되는 소리"라고 일축했다. 또 어떤 아저씨들은 "복에 겨운 여자들의 투정"이라며, 그렇다면 "남성들 역시 의무방어전 거부권을 행사하거나 외주업체(?)에 용역을 맡기는 수밖에 없다"며 흥분했다.

또 올 여름 직지사의 하계수련회에 참석하고 온 중년남성은 의기양양한 태도로 이렇게 말했다.

"스님이 설법을 하시면서 그러셨어요. 남편에게 사랑받으려고 노력을 안 하는 아내들은 도둑질하는 절도범과 같다구요. 결혼만 하면 남편 사랑을 당연하게 여기면서 푹 퍼져 있는 것은 남편 사랑을 갉아먹는 절도범이란 말이죠. 특히 남자들은 시각적인 것에 약하잖아요. 그러니 아내들에게도 보기 좋게, 섹시하게 자신을 외적으로 가꾸는 것이 필요하지요. 자기는 남편이 얼마나 고생하는지엔 관심도 없고 속 터진 만두처럼 지내면서 예쁜 여자들에게 눈 돌리는 남편만 나무라면 안 되는 것 아닙니까?"

일단 수긍을 하면서도 참 신기했다. 스님이 참 여러가지 연구를 하시는 것 같아서 말이다. 항상 벽만 바라보며 마음을 비우시는 줄 알았는데 신도들을 위해 부부문제까지 연구하시다니, 스님들도 바쁘시겠다.

그나저나 아내들이 핑크빛 레이스 잠옷을 입고 향수를 뿌린다고 고개 숙인 남편들이 모두 사랑의 불꽃을 일으킬 수 있을까. 내일 막아야 할 어음 때문에, 정리해고 명단에 들어 있을지도 모른다는 불안감 때문에 머리가 복잡한 남편들에게도 아내의 그런 갸륵한(?) 노력이 도움이 될까⋯⋯.

전문가들은 고개 숙인 중년남성들을 회복시켜 매사에 자신감을 갖게 하려면 전문의사들이나 약물의 도움보다 아내의 역할이 가장 중요하다고 말한다. 정력에 좋다는 이상한 강장식품을 먹이기보다 남편에게 수시로 칭찬을 해주고, 좋아하는 음식을 식탁에 올리고, 존경의 눈빛을 보이라는 것이다. 중년남편들의 치료약은 아내의 뛰어난 연기력일지도 모른다.

솔직한 대화는 대충 피하련다, 가면

    나의 본업은 기자이지만, 가끔 강의도 하러 다닌다. 특별한 전공이 없다 보니 대상도 딱히 없어 중학생부터 노인들까지 남녀노소를 가리지 않는다. 제일 기분 좋게 강의를 하는 곳은 물론 강의료를 많이 주는 곳이지만, 대학생들이나 신입사원들에게 강의를 할 때 신명이 난다. 무슨 말을 해도 흡수지처럼 쫙쫙 받아들이듯 반응을 확실히 보이고, 자주 웃고 박수도 친다. 또한 강의를 마치고 돌아오면 벌써 감사의 메일이 와 있어 감동하게 되고 더 보람을 느낀다.

    반면 가장 맥 빠지고 힘이 드는 대상은 중년남성들, 특히 간부급의 공무원들이다. 대부분 몹시 화가 난 사람처럼 입을 꾹 다문 채 뚱한 표정에 팔짱을 끼고 있다. 또 조는 건지 묵상 중인지 알 수 없이 눈을 감고 있으며, 눈을 떠도 내가 아니라 허공을 바라본다. 마치 얼굴에 석고팩을 하고 있는 듯 얼굴 근육이 굳어져 있다.

"혹시 제가 뭐 잘못한 것 있나요? 아니면 제가 못마땅하세요? 왜 들 이렇게 화난 표정이세요?"

처음엔 놀라서 이렇게 묻기도 했다. 나중에서야 그렇게 무슨 생각을 하는지 전혀 짐작도 할 수 없고 '가면을 쓴 것 같은' 모습이 그들의 '고유한' 표정이란 걸 알았다.

"어머어머, 정말?", "저런저런, 어쩌면", "야, 신난다", "와우, 멋지다", "아흐, 미치겠다" 등의 감탄사와 함께 희로애락을 일기예보처럼 온 얼굴에 드러내는 아이들이나 여성들에 비해, 중년남성들은 포커 칠 때 패를 감추듯 포커페이스를 유지한다.

언젠가 1천여 명의 중년남성들이 모인 자리의 단상에 선 적이 있는데, 그들은 마치 정지화면처럼 똑같이 무표정하게 날 바라보았다. 그 순간, 숨이 막힐 것 같아 도망쳐 내려오고 싶었다. 분명히 그들도 어린 시절엔 부모 앞에서 온갖 표정을 지어가며 재롱을 떨고 연인 앞에선 지상에서 가장 행복한 미소도 지었을 텐데, 세월이 지나면서 온통 얼굴에 빳빳한 풀을 먹인 모양이다.

남자들이 모두 그렇게 굳고 화난 표정만 짓는 것은 아니다. 한 은행의 이사는 항상 미소 짓는 표정이다. 입매가 위로 살짝 올라가 있고 늘 눈웃음을 짓고 있다. 업무 특성상 스트레스가 만만치 않은 데다 거의 매일 폭탄주를 돌리는 교제가 이어진다는데 어쩌면 그렇게 희희낙락한지 신기했다. 그런데 그가 목을 숙이는데 보니 목근육이 뭉쳐 있는 것 같았다. 워낙 자세도 나쁘고 하루 종일 컴퓨터 앞에 앉아 있어 직업병으로 어깨와 목이 아픈 나는 만져보지 않아도 상대방의 근육 상태를 알 수 있다. 쇠고기의 안심과 등심이 분명 다르듯, 말랑말랑한 부분과 신경들이 뭉친 근육은 달라 보인다.

"혹시 어깨랑 목이 많이 아프지 않으세요?"

이렇게 묻자 그는 잠깐 놀라더니 고개를 끄덕였다.

"사실 어깨가 하도 굳어서 돌 같아요. 이제 목까지 뻗쳤는데 지금 치료하지 않으면 뇌혈관에 문제가 생긴다고 하더군요."

그런데 그는 왜 그렇게 항상 웃는 표정일까.

"직장인 은행에서 고객에게 항상 친절해야 한다고 교육을 받았고 또 제 성격이 원래 불 같아서 억지로라도 웃음을 짓고 살자고 생각해 연습을 했지요. 하도 연습을 했더니 이제 제2의 얼굴이 되었어요. 이젠 울려고 해도 울음이 나오지 않아요. 얼마 전에도 절친한 친구가 죽어서 상가에 갔는데, 눈에서 눈물은 나는데 얼굴의 긴장은 풀어지지 않아서 당황했어요."

안면근육 자율신경실조증이라고 해야 하나. 양미간에 주름이 진 신경질적인 표정으로 굳어진 것보다야 낫지만, 자신의 감정과 무관하게 따로 노는 표정은 웃고 있어도 좀 슬프다.

굳이 다른 남자의 예를 들 필요도 없다. 내 남편이 그렇다. 코미디 프로그램을 보면서 나와 딸아이는 정신없이 키득거리며 웃는데, 그는 표정만으로는 재미있어 하는지 유머에 동감하는지 파악이 안 된다. 슬픈 드라마를 보며 눈물콧물 범벅이 된 내가 같이 보던 남편을 살펴보면, 그는 코미디 프로그램을 볼 때와 똑같은 표정이다. 부모님 상을 치를 때도 그는 거의 울지 않았다. 부도의 위기에 처했을 때도 얼굴과 몸에 진땀을 삐질삐질 흘리면서도 표정은 변함없었다. 알고 보니 통풍환자여서 수시로 발이 붓고 통증도 심하다는데, 찡그린 얼굴도 본 적이 없다. 술이 많이 취하면 그나마 표정이 수시로 변하는데, 이때도 밀가루 반죽처럼 일그러지거나 웃을 일이 아닌데 크게 웃을 뿐이다.

물론 표정의 변화를 보일 때가 있다. 나의 무식함이나 잘못을 지적하거나, 자신의 공적에 대해 잘난 척할 때는 만면에 미소를 지으며 득의양양한 표정을 짓긴 한다. 하지만 승리자로서의 표정 외에는 슬픔, 분노, 외로움, 고통, 기쁨, 만족 등의 표정이 잘 읽히질 않는다. 왜 그럴까.

지구에서 '가장 특이한 종족'이라고 남성을 정의한 디트리히 슈바니츠의 분석은 이렇다.

"(남자의) 낯이란 승자의 표정이다. 그는 항상 그것을 가면처럼 유지한다. 결코 그것을 떼어내려 하지 않는다. 여자는 결코 남자의 진짜 얼굴, 고통으로 주름진 얼굴을 볼 기회가 없다. 심지어 부부 사이에도 아내는 남편의 이런 모습을 볼 수 없다. 왜냐하면, 그런 모습을 목격하는 순간에 아내는 남편에게 동정과 연민을 느끼는데, 남자가 이 세상에서 가장 증오하는 것이 연민과 동정이기 때문이다. 위로도 마찬가지다. 위로하려 들다니? 감히 누가 그런 무례한 행동을 한단 말인가. 그는 승리자다. 승리자는 부러움을 살 뿐이지 위로받아야 할 존재가 아니다. 남자에게 내면은 위험한 구역이다. 그에게 그곳은 지뢰밭이나 다름없다. 자칫하면 그는 자신의 남성적 정체성을 갈기갈기 찢어놓을 감정 지뢰를 밟을 수 있다. 그런 지뢰밭에 발을 들여놓도록 강요하는 사람들에 대해 반감을 품는다. 남자들은 항상 냉담함과 무감동을 가장한다. 그들은 냉정한 모습을 보인다. 남자는 항상 가면을 쓰고 살아간다."

오랜 세월, 남자들은 감정을 숨기라는 교육을 받아왔다. 사나이는 울면 안 된다, 그렇게 방정맞게 웃지 말아라, 거칠게 화를 내면 분별력이 없어 보인다, 아무리 아파도 이를 악물고 신음소리를 내지 말아라, 승리의 순간에도 교만하지 말고 침착해라, 자신의 감정을 드러내는 것은 철없는 아녀자들이나 할 짓이다…….

그렇게 세뇌당하면서 자신의 감정을 감추기 위해 그들은 가면을 썼다. 가면 속에서 얼마나 처절하게 눈물을 흘렸는지, 부글부글 끓어오르는 화를 삭였는지 알 길이 없다. 가면은 그들에겐 또 하나의 얼굴이어서 이젠 떼어지지도 않는다.

가면을 써서 그들이 포근히 숨어 평화로워진다면 그것도 괜찮은 일이다. 하지만 자연스러운 감정의 표출을 못 해 그들은 병들어 가고 있다. 실제로 한 번 통쾌하게 웃는 것은 에어로빅을 30분간 한 것보다 더 커다란 효과를 주며, 우리가 흘리는 눈물은 97퍼센트의 수분과 함께 스트레스 호르몬을 배출한다. 처음에 흘리는 눈물의 맛이 찝찔하지만, 계속 흘리면 밍밍한 것도 이 때문이다. 울면 감정의 카타르시스도 느끼지만 스트레스 호르몬을 배출해 신체적인 건강이란 이익도 얻는다. 여자들이 남자들보다 오래 사는 이유는 몰래 비축해 둔 비상금과 더불어 평소에 눈물을 잘 흘리는 것, 그리고 남자들보다 풍부한 체지방 덕분이라고 전문가들은 분석한다.

반면에 남자들은 모두 무대에 선 배우다. 다양한 배역이 아니라 오로지 강인하고 용맹한 영웅 역할만을 하려고 하고, 자신의 배역에 충실한 것이 아니라 자신이 주인공 역할을 하기에 적당하다는 것을 관객들에게 알리려고만 한다.

하지만 이젠 감성의 시대, 이미지의 시대다. 억지로 붙여둔 무표정한 가면을 벗고 생생한 자기 표정을 드러내 보이는 것이 필요하다. 지난 대선 때의 이회창 후보와 노무현 후보의 광고를 보자. 이회창 후보는 한결같이 대쪽 같은 표정으로 지성적인 느낌의 광고(자동차를 운전하려면 1년, 비행기를 운전하려면 10년, 나라를 운전하려면……)를 내보냈지만, 노무현 후보는 별말도 없이 그저 눈물을 죽 흘리는 모습을 보여줘 덩달아 우리의 콧등을 시큰거리게 만들었고 "저 우직한 바보 노무현을 찍어야겠다"는 생각이 들게 했다.

수십 년을 써온 가면이 갑자기 떨어질 리는 없다. 그리고 모든 중년남성들이 아이들이나 계집애들처럼 수시로 삐치고 웃고 울고 찡그리면 사회 전반에 혼란이 야기될지도 모른다. 나 역시 툭 하면 울고 작은 일에 키득거리는 남편을 보면 "여보, 멋져. 이제 그렇게 살아"라기보다는 "아이구, 늙어서 갖은 주책을 다 부리네"라고 비난할 게다.

하지만 가면을 벗기보다 그 가면의 두께라도 좀 얇고 가볍게 만드는 것은 필요하지 않을까. 억지로 울음을 참거나, 정말 재미있어도 점잔을 빼느라 피식거리지 말고, 감정에 조금씩 충실해 보는 훈련을 해보자.

더 나이 들어 영감이 되면 눈꺼풀을 비롯해 모든 얼굴 근육이 만유인력의 법칙에 따라 축 처져서 다 비슷비슷한 얼굴이 되는데, 로맨스 그레이의 중년일 때 자신의 자연스런 얼굴 표정을 스스로 확인할 수 있는 기회를 만들어보자.

남자들만 여자의 눈물에 약한 것이 아니라 여자들도 남자의 눈물에 약하다. 악어의 눈물이 아니라면, 억지로 강인한 면만을 보여주려는 남자보다는 어려웠던 시절이나 어머니 이야기를 하면서 눈가가 촉촉해지며 살짝 눈물이 비치는 남자, 혹은 펑펑 울 줄 아는 남자에게 더 매력을 느낀다. 또 '싸나이'가 매운 라면을 먹을 때만 눈물을 흘린다면 눈물에 대한 예의가 아니지 않은가.

이제는
'엄마'보다는
'여자'였으면······
아내

"올해가 결혼 20주년이라 마누라를 캐나다에 보냈어."

"대단하군. 그럼 30주년엔 대체 어딜 보내줄 건데?"

"그땐 데려와야겠지······."

"아무리 마누라가 별볼일없어도 결혼한 게 다행이야. 독신남들이
유부남들보다 빨리 죽는다잖아."

"그치만 우리들은 마누라 때문에 하루빨리 죽어버리고 싶을 때가
많잖아."

"당신 아내를 납치했다. 현금 1억 원을 주지 않으면 당신 마누라를
죽여버리겠다."

"만약 그 여자를 무사히 풀어준다면…… 당장 경찰에게 당신을 신고하겠다!"

인터넷에 떠도는 아내 관련 유머들을 보면, 우습긴 하지만 기분이 상큼해지지는 않는다. 남편들에게 '오래된' 아내란 더 이상 사랑스러운 존재가 아니겠지만, 그래도 이 정도일 줄은 몰랐다. 그러면서도 왜 남편들은 다시 태어나도 현재의 아내와 결혼하겠느냐라는 질문에 70퍼센트 정도가 "네"라고 답하는 것일까.

여자는 사랑과 결혼생활이 남자를 변화시킬 거라고 기대하면서 남자와 결혼하지만, 남편은 바뀌지 않는다. 남자는 여자가 결코 변하지 않으리란 기대를 갖고 결혼하지만, 아내는 바뀐다.

주부들의 스트레스 해소 방법 중 하나가 남편 흉보기다. "살아보니 남편은 내 편이 아니고 남의 편이더라", "큰 아들이라고 생각하고 키운다", "아니다, 웬수다" 하며 친구들에게 흉을 본다. 결국은 "아유, 돈도 못 버는 주제에 손은 커서…… 내 생일날 보석반지를 사왔더라구. 분명히 카드로 긁었을 텐데 자기가 용돈 모은 거라나 뭐라나……"라면서 자랑으로 끝나긴 하지만…….

그러나 40대가 넘어가면 아내에게 남편의 존재는 0순위나 1순위가 아니다. 무엇보다 한창 자라고 공부하는 자식들에게 온 신경과 정성과 돈이 투자되기 때문이다. 그리곤 중년이 넘으면 남편과의 오붓한 대화보다는 마음 맞는 친구들끼리 맛있는 것 먹고 쇼핑하고 "김래원이 마음에 든다", "착실한 지진희가 내 타입이다" 등의 수다도 떨면서 새로운 미용술이나 재테크 정보를 나누는 것이 더 재미있다는 여성들이 많다. 그리고 신혼 시절엔 수시로 전화를 걸어 "빨리 와, 보고 싶단 말야"라던 아내들이, 중년이 넘으면 남편이 일찍 들어오기라도 하면 입술이 튀어나오고 장기출장을 간다면 너무 즐거워한다. 심지어 남편이 지방 발령이 나도 아이들 핑계 대고 따라가지 않으려 한다.

여성학자 박혜란 씨는 『나이 듦에 대하여』란 책에서, "남편이 '내가 한 일 중 제일 잘한 일이 당신하고 결혼한 거야'라고 너스레를 떠는데 감동받기는커녕 '저 사람이 저렇게 이익을 봤다고 생각하는 걸 보니 정말 내가 큰 손해를 보긴 봤구나'란 생각이 든다"고 했다. 중년은 아내에게도 남편이 보내는 애정과 감사가 고맙기는커녕 삐딱하게 받아들이게 되는 시기다.

50이 넘으면 여성들은 가정 안에만 머물러 있던 몸과 마음과 시선이 밖으로 향한다. 아이들도 어느 정도 자라서 별로 손이 가지 않고, 젊음과 미모에 대한 집착도 사라져서 진정한 자신을 찾기 위해 외출을 시도한다. 동창회나 문화센터, 계모임에도 참가하고 자원봉사 활동에서 보람을 찾기도 한다. 생리학적으로 이 무렵의 여성들은 여성호르몬이 줄어드는 반면 남성호르몬이 늘어나 씩씩해지고 활동적이 된다.

남편이 보기엔, 평생 자기 손으로 10원 한 푼 번 적 없고 직장생활에서의 수모와 고통도 체험하지 않고 자신이 벌어다 준 돈으로 안락하게 살아온 여자, 전에는 모든 관심이 자신에게 집중되어 있어 지긋지긋했고 자기가 눈만 크게 떠도 금방 꼬리를 내리던 순종적이던 아내가 나이 들수록 기세등등하고 목소리가 커지기만 하니, 이 모든 게 가당치 않게 여겨질지도 모른다.

그리고 분명히 나의 '씨'임에도 불구하고 밥먹여 보살펴줬다는 이유로 엄마만 옹호하는 자식들도 야속하기만 하다. 심지어 아내가 무서운 존재가 아니라 적으로 느껴지기도 한다.

『중년남자의 위기』의 저자 짐 콘웨이는 "중년남자는 사회가 자신에게 기대하는 일을 이미 다 했는데 이제 자신은 어디로 가야 하나란 막막함과 함께, 자신을 책임과 의무의 덫에 걸린 불쌍한 존재로 여긴다"면서, "그래서 허물어지는 자신의 몸과 더불어 삶의 동반자인 아내조차 자신의 적으로 여겨져서 억울함과 분노를 느낀다"고 설명한다.

자신을 돈 버는 기계로 취급하면서도 잠자리는 만족시켜 주길 원하는 아내, 자신의 가장 적나라한 실상과 약점을 모두 지켜보았다가 이젠 대놓고 무시하는 아내, 자신은 속 풀어진 만두처럼 푹 퍼졌으면서 젊고 싱싱한 여자에게 눈길만 돌려도 경멸 어린 표정을 짓는 아내, 이젠 밥 차려주는 것조차 귀찮아하는 아내……

중년남편들이 아내에게 가장 분노하는 이유는 이 같은 아내들의 이중성이다. 그렇다고 마누라들이 남편들을 볶듯 "당신은 도대체 왜 그런 거야?"라고 비난할 수도 없고, 여자들처럼 친구에게 아내 욕을 하거나 상담실을 찾아가 하소연할 수도 없다. 또 "속 터져 미치겠으니 제발 진실을 말해 봐"라고 하는 아내에게 자신의 진심을 털어놓을라치면 공감하기는커녕 "어떻게 그런 말을 할 수가 있냐"며 펄펄 뛴다. 만약 남편들이 아내에게 진실만을 털어놓는다면 우리나라의 이혼률과 아내들의 쇼크사나 자살률이 늘지 않을까. 난 절대로 남편이 내게 갖고 있는 진심과 진실을 알고 싶지 않다. 나의 정신건강을 위해서라도 말이다.

우리 아버지 세대엔 무능해도 큰소리를 쳤고 어머니는 삯바느질로 아이들을 키우면서도 아버지에게 항상 따뜻한 밥상을 차려드렸다. 외국에 유학 가거나 출장 갈 때도 혼자 떠났다가 돌아와선 아이 하나 만들어놓고 다시 가도 어머니는 원망 한 번 하지 않았다. 그런데 요즘 아내들은 왜 그리 요구하는 것이 많은지, 그리고 전에는 종달새처럼 종알거리고 말도 잘 하더니 이젠 남편이 들어와도 본 척도 안 한다.

20년 이상의 결혼생활을 통해 멋진 남자로 포장했던 자신의 적나라한 실체가 다 드러나고, 뭔가 보여줘야 한다는 강박관념이 깊어지면 아내는 사랑스럽고 포근한 대상이 아니라 원망과 공포의 대상이 된다.

남자들이 술자리에서 주고받는 음담패설 가운데는 부부관계를 다룬 것들이 많다. 그런데 대부분 아내와의 정상적인 관계가 안 되는 것을 비유한 것들이다. '이 여자는 내 아내가 아니다'란 주문을 100번쯤 외운 뒤에야 부부관계에 성공한 남편, '아내가 만져주면 머리칼이 솟고 애인이 만져주면 심볼이 솟는다' 등등 아내를 비하한 것들이 참 많다. 그것은 아내에 대한 성적 호르몬의 분비량이 떨어져서일지도 모르지만, 막연한 공포감이 그렇게 표현된 것은 아닐까.

신경정신과 전문의 유상우 씨는 "남편들은 아내에게 가장 힘 있고 능력 있고 멋진 남자로서의 모습을 보여주려고 하며, 남자는 누구나 부부 사이에 나누는 이야기를 모두, 가령 그것이 지금 당장은 아니

140

라 해도 언젠가는 반드시 실행에 옮겨야 한다는 강박관념 비슷한 생각에 짓눌리기 때문에 아내에게 쉽게 속내를 털어놓지 못하는 경우가 있다"고 말한다.

최근엔 폭력아내나 아내의 외도 때문에 상담실이나 병원을 찾는 남성들이 늘고 있단다. 아내들은 남편이 바람을 피우면 일단 남편에게 항의도 하고, 언니와 친구, 친정부모는 물론 시댁까지 찾아와 고자질하고 하소연한다. 그리고 자신의 여성적인 매력이 부족해서 남편이 외도를 한 게 아니라, 남편의 바람기와 수컷의 본능 때문이라고 생각한다. 그리고 만약 남편이 "사실은 잠깐 실수한 거야. 그 여자가 어찌나 달려드는지"라고 말하면 대충 용서하고 연합전선을 펴서 그 여자를 응징하려 한다.

반면 남편들은 아내의 외도를 눈치 채도 혼자 끙끙 앓을 뿐이다. 자신이 성적으로나 경제적으로 혹은 어떤 면이건 만족을 시켜주지 못해서 아내가 다른 남자에게 빠진 거라고 생각해 자기혐오와 열등감을 느낀다. 그래서 가까운 친구에게도 잘 털어놓지 못한다. 신경정신과를 찾아와서도 이들은 "이유없이 숨이 답답하고 소화도 안 되고 뭔가 속에서 차오르는 게 있다", "수시로 자다가 벌떡 깨고 진땀이 흐른다" 등의 증상만을 호소한다. 한참 동안의 상담과정을 거쳐야 "사실은 집사람이 어떤 놈이랑⋯⋯" 하며 털어놓는단다. 살의를 느낄 만큼 분노가 치밀지만, 아이의 엄마라는 이유로, 그리고 남들에게 공개되는 것이 두려워 이혼요구도 하지 못한다.

얌전하고 조신한 아내도 중년이 넘으면 변한다. 남성호르몬이 많이 분비되어 씩씩하다 못해 무서워지고, 자식들 앞에서도 "으이구,

귀신은 뭐하나 몰라. 저 애물단지 안 잡아가구", "넌 제발 절대로 니 아빠 같은 남자랑 결혼하지 마라" 등 비아냥거리는 것이 취미다. 헛헛해서 눈에 띈 케이크나 과일이라도 먹으면, 아이들 줄 간식인데 손댔다고 야단을 치기도 한다.

그런데 더욱 억울하고 비참한 것은 무섭고 더러워도 아내 없이는 노후생활이 힘들 거란 것을 알기에 제대로 반항도 할 수 없다는 사실이다. 밥도 혼자 차려 먹지 못하고, 영화구경이나 나들이갈 친구도 없고, 자식들과는 더더욱 소통이 안 되는 남자들은 아내의 비위를 맞춰야 덜 구박받고 노후가 편하겠기에 중년부터 혀를 깨문다.

물론 평생 열정적으로 사랑하는 아내와 남편도 있다. 내가 보기엔 약간 가증스럽기도 하고 신혼 때의 콩깍지가 아직 안 벗겨진 것 같아 안타깝기도 하지만, 그들은 진심으로 서로에게 애정을 느끼고 신뢰한다. 사랑이 뇌에 미치는 영향을 연구한 헬렌 피셔 박사는, 노년까지 사랑을 유지한 부부의 경우 아내는 유머를, 남편은 섹스를 비결로 꼽더라고 전한다. 유머라면 진기함, 예상하지 않은 일에 바탕을 두어 도파민을 높여주는 것이고, 섹스는 테스토스테론의 수치와 관계가 있다. 유머감각으로 웃겨주건 섹스로 만족시켜 주건 머리와 몸을 부지런히 사용한 부부가 해로한단다.

중년 이후엔 아내를 사랑해야 할 대상으로, 나를 존경하는 팬클럽 회원으로 착각해서는 안 된다. 그저 좋은 동반자로, 혹은 연민의 대상으로 여겨야 한다.

아내들은 남편들이 젊은 시절 밖에서 즐겁고 신나게 보낸 시간에 혼자 양푼에 밥과 남은 반찬을 비벼 흥부마누라처럼 혼자 꾸역꾸역

142

먹었으며, 당신을 위해 시장에서 치사한 흥정도 하고, 그대의 후손들을 낳고 키우느라 목숨 건 출산과 희생도 감수하지 않았는가. 남편이 외박할 때마다, 몸이 아파 끙끙 앓는 아내에게 태연하게 "아무리 아파도 마누라가 남편 밥을 차려줘야지"라거나 굉장한 처방책인 듯 "약 사먹어"라고 말하고 친구들과 고스톱 치러 갈 때마다, 와이셔츠에 립스틱 묻혀올 때마다, 아내들은 그 '반칙'들을 치부책에 다 기록해 두었다. 중년 이후 그걸 앙갚음한다거나 복수를 한다는 것이 아니라 이제 아내들도 자기 목소리를 내고자 하는 것이니 '그러려니' 하고 관대하게 봐주는 것이 남편들의 정신건강에도 좋다.

부부학이나 가족학 전문가들은 부부불화를 야기하는 네 가지 요인이 비판, 자기방어, 모욕, 비협조라고 한다. "그렇다니까요, 우리 마누라가 꼭 이 네 가지로 날 괴롭힌다니까요"라고 말하는 남편들이 수두룩할 게다. 반면 아내와 사이좋게 지내고 사랑받는 남편의 다섯 가지 비결은 다정한 말, 행동, 선물, 함께하는 시간, 신체접촉이란다.

남편들이 수십 년간 아내의 잔소리에도 습관을 잘 못 고치듯, 무섭게 변한 아내들도 벼락을 맞거나 안수기도를 받는다 해도 갑자기 상냥스런 새댁으로 바뀌기는 힘들다(그래서 차라리 아내를 바꾸는 남편들도 있긴 하다).

제일 편하고 쉬운 방법은 내 생각과 마음을 바꾸는 것이다. 내 아내가 무서워졌다, 이상해졌다고만 여길 게 아니라, '저 나이의 여성들은 남성호르몬이 왕성히 분비되어 저렇게 변한다더라', '나 아니면 누가 저 여자를 거두랴' 등으로 생각을 바꾸는 게 현명하다. 솔직히 고백하자면 나이 든 아내들이 '그래도 남편이 필요할 때'라고 생각하는 경우는 '졸려 죽겠는데 방 불을 꺼야 할 때', '귤을 깠는데 너무 시어서 먹기는 아깝고 버리기도 아까울 때', '도저히 손이 닿지 않는 등 가운데가 가려울 때'밖에 없단다.

그래도 갈수록 무심해지고 무서워지는 아내에게 아래의 시를 한 번 들려주면 어떨지. 아니 같이 읽고 난 후 손을 한 번 잡아주면 아내는 더 이상 남편들의 적도, 마귀할멈도 아닌 영혼의 동반자로 함께할 것이다.

들어주세요

당신에게 무언가를 고백할 때
그리고 곧바로 당신이 충고를 하기 시작할 때
그것은 내가 원한 것이 아니었습니다.
내가 그렇게 생각하면 안 되는 이유를
당신이 말하기 시작할 때
그순간 당신은 내 감정을 무시한 것입니다.
당신에게 무언가를 고백할 때
내 문제를 해결하기 위해 당신이
진정으로 무언가를 해야겠다고 느낀다면
이상하겠지만
그런 것은 아무런 도움도 되지 못합니다.
기도가 사람들에게 도움을 주는 것은
아마 그런 이유 때문이겠죠.

왜냐하면

하나님은 언제나 침묵하시고

어떤 충고도 하지 않으시며

일을 직접 해결해 주려고도 하지 않으시니까요.

하나님은 다만 우리의 기도를 말 없이 듣고 계실 뿐

우리 스스로 해결하기를 믿으실 뿐이죠.

그러니 부탁입니다.

침묵 속에서 내 말을 귀 기울여 들어주세요.

만일 말하고 싶다면

당신의 차례가 올 때까지 기다려주세요.

그러면 내가 당신의 말을

귀 기울여 들을 것을

약속합니다.

―작자 미상

새로운
사람은
안 만나면
좋겠다,
관계장애

        나는 인간관계가 복잡하다 보니 본의 아니게 사람복덕방 역할을 할 때가 많다. 누군가 만나게 해달라고 부탁한 사람, 혹은 내가 판단하기에 만나면 서로 도움이 되거나 행복할 거라고 생각되는 사람들을 무료로 연결해 준다.

    재미있는 것은, 여자들끼리의 만남을 주선하면 내가 좀 늦게 가도 서로가 어떻게 알아보고 먼저 인사를 나누고 수다를 떨고 있는데, 남자들의 경우엔 서로 얼굴을 아는 사이라 해도 등을 돌리고 앉아서 고개를 숙이고 있거나 휴대폰을 거는 등 '아는 척'을 하지 않는다는 것이다. 그러다가 내가 나타나 서로 소개시켜 주고, 서로 명함을 교환하고 난 후에야 화기애애해 진다.

    물론 남자들은 여자들의 넓은 오지랖과 뻔뻔할 만큼 금방 친숙해지는 관계가 이해하기 힘들 것이다. 도대체 어떻게 생전 처음 본 사람들끼리 백화점에서 옷 고르다가 "어느 색깔이 제 얼굴에 더 잘 어울려요?"라고 묻고, "분홍보다는 노란색이 더 나은 것 같은데요"라고 친절히 컨설팅을 해줄 수 있단 말인가. 또 언제부터 알았다고 이사온 지 일주일만에 옆집 여자와 서로 집을 뻔질나게 드나들며, 언니 동생하면서 집 안 숟가락 숫자까지 다 파악할 수 있을까. 그리고 집에서도 아이들이나 시아버지하고도 조곤조곤 계속 웃고 떠들 수 있는 비결이 뭘까, 남자들은 무척 궁금할 게다.

젊은 남성들에게도 '타인에게 말 걸기'는 쉬운 일이 아니다. 그런데 중년남성들은 직장에서는 물론 가족과의 관계에서까지 의사소통의 어려움을 겪고 있어 '관계장애'를 호소하는 경우가 많다.

"사는 게 정말 재미없어요. 직장에선 중간에 끼여서 죽을 맛이죠. 상사들이 억지를 부려도 대꾸할 힘도 없고, 후배들이 잘못해도 야단치거나 나무랄 용기도 없어 그저 입만 다물게 됩니다. 친구들도 다들 자기 살기 바쁘고 자기 고민이 많으니 속내를 잘 털어놓지 못해요. 그냥 정치나 골프 얘기하면서 허허거리다 오죠. 아이들과 함께 있을 물리적인 시간도 적지만 정작 대화를 하려 해도 할말이 없어요. 마누라와 이야기하다 보면 자기 말만 옳다고 주장하니 싸움이 되고, 대꾸하면 또 시비를 걸고…… 억지로라도 웃어보려고 텔레비전의 코미디 프로그램을 봐도 도무지 우습지가 않아요. 무슨 말인지 전혀 못 알아듣겠더라구요. 계속 키득거리는 중학생 딸에게 '저게 뭐가 우습냐? 너는 왜 웃니?'라고 물으면 '아빠는 설명해 줘도 몰라' 하는 겁니다. 나중에 물어보니 요즘 유행하는 CF, 드라마, 영화 등을 다 알아야 그런 유머를 이해할 수 있다더군요. 텔레비전 뉴스도 겨우 보는데 어떻게 그런 것들을 다 보고 파악합니까. 이젠 코미디 프로그램을 보고 웃을 권리마저도 박탈당한 것 같아요."

요즘 인기절정의 직장인 공기업의 간부직에다 재테크에도 뛰어나 압구정동에 사는 박씨는 마냥 행복하고 웃을 일만 가득할 것 같다는 다른 사람들의 예상을 깨고 최근 몇 달간 웃은 기억이 없다고 했다. 남들이 보기엔 부러울지 모르지만 자기 역시 항상 불안하고, 무엇보다도 그 누구와도 흉금을 털어놓는 대화가 안 된다는 것이다.

박씨만이 아니라 대한민국 중년남성들의 고질병 중 하나가 '관계장애증'이다. 관계장애란 부부관계, 자녀관계, 직장 등 사회적 관계에 어려움을 느끼고 소외감과 불안감에 시달리는 현상이라고 한다. 급격한 세대교체와 기존 권위와 질서의 붕괴, 그리고 사회가치가 혼돈 양상을 보이면서 우리나라 중년남성들이 겪는 일종의 '화병'이다.

중년남성들의 모임에 초대받아 강연을 한 적이 있다. 종합병원 원장, 교수, 인테리어회사 사장, 대기업 간부 등 그야말로 '잘나가는' 남자들이었다. 그런데 그들이 부탁한 강연 주제가 '가족에게 사랑받는 법'이었다. 나는 전공 영역이 아니어서 대충 이야기를 마무리하고 질문을 받겠다고 했다. 하도 그 남자들이 강의 중에 눈을 감고 있거나 무표정한 얼굴로 있기에 아무런 질문도 없을 것 같아 일어서려는데 웬걸, 마구 질문이 쏟아져 나왔다.

"가족과의 대화가 중요하다는 건 압니다. 집사람도 아이에게 관심 좀 가지라고 해서 어쩌다 일찍 들어가면 고등학생인 아들 방에 들어가서 말을 거는데, 정말 할말이 없어요. 책상에 앉아 컴퓨터만 바라보는 아들에게 '공부 잘 되냐?'고 물으면 '네'라고 하고 그만이에요. 그래도 대화를 이어보려고 '여자친구는 없냐'라고 했더니, 굉장히 뜨악한 표정으로 날 쳐다보며 '없어요'라고 하더니 입을 다뭅니다. 지 엄마랑은 잘 떠드는데 왜 아비와는 말을 안 하려 들까요. 아들이랑 어떻게 대화를 하죠?"

"여자들은 참 이상해요. 왜 그렇게 고장난 레코드처럼 똑같은 이야기를 항상 반복합니까. 아내는 사소한 일로 시비를 건 후에는 언제나처럼 '당신이 나한테 해준 게 뭐 있냐. 내가 스물세 살에 당신에게 속아 결혼해서는 단칸 지하방에서 숟가락 두 개로 시작해서…… 첫애 임신했을 때 그렇게 딸기가 먹고 싶다고 했는데도……'란 고정 레퍼토리를 23년째 반복합니다. 만날 같은 소리만 하니까 '지금 왜 그 이야기가 나오냐, 왜 만날 똑같은 이야기만 하냐'고 하면 '언제 내 말 끝까지 들어준 적 있냐'고 하고……. 이렇게 반복되는 아내의 이런 잔소리를 언제까지 들어줘야 합니까? 그리고 그런 말 좀 그만하게 하는 방법은 없을까요?"

"가족은 아닙니다만 회사에서도 여직원이나 젊은 남자직원과 잘 지내기가 참 힘듭니다. 어떤 애들은 지나치게 당돌하고 거침없이 말해 뭐 저런 자식이 있나 싶어 울화가 치밀기도 하고, 술이라도 마시면서 편하게 충고를 해주려고 하면 아예 화제를 돌려버리거든요."

하긴 남자들만이 아니라 여자들 역시 그 어떤 교과서나 교육과정 중에서도 '인간관계 잘 하는 법'을 배우지 못했다. 그저 수학공식 외우고 영어단어 달달 암기하면 성공하는 줄 알았으니까. 그리고 예전엔 실력과 권위만으로도 충분히 버텼지만, 이젠 가족이나 후배들과 잘 지내지 못하면 왕따를 당해 이혼이나 퇴직당하기 십상이다. 그렇다고 인간관계라는 게 책을 읽거나 교육을 받는다고 해서 당장 해결될 문제도 아니다.

여의도에서 작은 카페를 운영하는 진주 씨는 우리나라 중년남자들이 너무 '불쌍하다'고 한다.

"혼자 오는 남자들이 많아요. 그냥 조용히 술만 마시다가 가거나, 제가 말을 걸어야 이 얘기 저 얘기 주절주절 늘어놓기도 하구요. 그나마 단골들은 직장 상사나 후배 흉도 보고, 욕도 하고, 마누라에게 구박받거나 자식 걱정, 세상 돌아가는 이야기도 잘 해요. 그런데 모두 참 유머러스하고 다정다감한 분들인데 왜 그렇게 혼자 오는지 몰라요. 아마 제가 자기와 아무 상관이 없는 사람이란 생각에 속내를 다 털어놓나 봐요. 저야 와서 매상 올려주니 고맙지만, 참 안쓰러워요."

올해 마흔 살의 진주 씨는 이혼녀다. 남편과 성격 차이로 7년 전에 이혼했다는데, 만약 결혼생활 중에 이 카페를 열었다면 "남편을 이해해서 이혼하지 않았을 것 같다"고 했다.

대화를 풀어가는 요령 부족도 그렇지만 급속도로 변화하는 사회 환경과 정보화에 취약한 점이 중년남성들을 '사오정'으로 만든다. 45세에 정년을 당하기 때문이기도 하지만, 남의 말귀를 제대로 이해하지 못하기도 해서 '사오정'이다. 새로 나오는 각종 신상품들과 그 기능, '도촬(도둑촬영)·즐·헐' 등의 신조어, 그 얼굴이 그 얼굴 같은 신세대 연예인들을 잘 모르니 세대차이만 느낄 뿐이다.

10년차의 한 신문사 여기자는 중년남자들이 관계장애를 겪는 것이 남들을 배려하지 못해서가 아니라 자기 자신이 없기 때문인 것

150

같다고 주장한다.

"취재를 가면 중년남성들은 '사장이랑 친하다', '모 국장과 고교동창이다' 하면서 아는 사람들과의 친분 관계부터 자랑해요. 그러면 그들에 대한 존경과 신뢰감이 생기는 게 아니라 거리감과 거부감이 생겨 경계하게 되는데, 그들은 그걸 왜 모를까요."

자신이 아는 사람이 자기의 증명서나 추천서라도 되는 양 풍부한 인간관계를 늘어놓지만, 결국 그 사람은 '자기'는 없고 '자기가 아는 사람뿐'인 인간으로 비춰진다. 그래서 그들을 연결시켜 주는 사람들과 관계가 희박해지거나 내세울 사람이 없으면 조용히 입을 다문다.

가족을 비롯한 타인과의 관계에 문제가 있다면 뭐가 문제인지를 파악해야 한다. 그런데 중년남성들은 자신이 관계장애를 겪고 있다는 것도 인정하려 들지 않는다. 아버지한테 인사도 제대로 안 하는 자식이 버릇없는 거고, 그런 아들을 감싸고 도는 마누라가 얄밉고, 수시로 영어를 섞어 쓰고 버릇없이 구는 후배들이 '싸가지' 없지, 자신은 전혀 문제가 없다고 생각한다.

자녀와의 경우엔 그들의 관심사를 파악하는 것이 우선이다. 좋아하는 가수나(본인의 취향과 다르더라도 제발 '왜 이런 놈을 좋아하냐'는 소리는 말기를. 엄마인 내 경우를 보면, 딸아이가 좋다는 연예인을 내가 더 좋아하는 척하면 금방 딸아이의 대상이 바뀌었다) 디지털카메라 작동법 등을 물어보며 말을 걸기 시작하면 일단 창문 하나는 열린 셈이다.

아내의 항상 똑같은 '고정 레퍼토리 읊기'는 그저 묵묵히 들어주면 된다. 치매에 걸리기 전까지는 아내의 과거사 암기 습관이 끝나기 힘들 것이다. 아내가 녹음테이프 작동을 시작하면 머릿속으로는 딴 생각을 해도 좋지만 가끔 눈은 마주쳐주는 게 좋다. 여기에다 눈빛이 애절하면 완벽하다. 자신 없으면 게슴츠레 뜨면 된다. "이제 좀 그만해!"란 비명이 나올지라도 혀를 깨물어라.

그럼, 후배들과의 관계는 어떻게 해야 할까. 신세대인 척 인터넷 용어로 말하고, 노래방에 가서 최신곡만 부른다고 후배들과의 관계가 좋아지지는 않는다. 가끔 "그랬삼?" 정도로 대꾸해 주는 정도면 충분하고, 그들이 힘들어 하고 그들이 손을 내밀 때 다독여주고 경청해 주면 된다.

사람들 사이에 떠도는 섬처럼 고독한 중년남성들. 그들의 관계장애가 반드시 그들만의 죄는 아니지만, 그렇다고 치유불능의 병도 아니다. '이제 와서 뭘', '이 나이에 무슨' 하면서 관계 개선을 시도조차하지 않은 채 평생 외딴 섬으로 지내기보다는, '그런데 그게 왜 그리 재미있다는 건가' 호기심을 갖고, '또 그러려니' 하는 관대함을 가져보자.

가야금의 명인 황병기 선생을 인터뷰했을 때 참 재미있었다. 자녀들에게 남긴 가상 유언장에 "얘들아, 절대 아버지는 재혼시키지 마라"고 당부한 부인 한말숙 씨(소설가)와 황선생은 각자 1, 2층에서 지내며 프라이버시를 지킨다. 그런데 겉모습이 너무나 고고하고 엄숙한 황선생과의 인터뷰 도중에 전화가 걸려와 인터뷰가 자주 중단됐다. 일부러 엿들은 것은 아니지만 전화기 밖으로 새어나오는 목소리는 거의 젊은 여성들이었다. 오늘 저녁 모임이 있는데 선생을 모시러 자동차를 갖고 가겠다거나, 다른 약속의 주인공이 확인하는 내용이었다.

"제자들도 그렇고 젊은 여성들에게 인기가 많으시다면서요?"라고 물었더니, 그분은 특유의 진지하고 단아한 표정으로 이렇게 말했다.

"네. 저는 항상 새로운 것에 관심이 많고 사람들과 이야기하는 것을 좋아하거든요. 햄버거도 잘 먹고 대화도 잘 통해서인지 다들 잘 따르네요."

존경받는 가야금의 명인도 깔깔한 햄버거를 씹을 줄 알아야 젊은 여성들과 신선한 관계를 유지할 수 있단다. 그리고 아내에게는 그녀만의 공간을 허락해야 칠순이 넘어서도 친구처럼 지낼 수 있고…….

밤낮으로
기대하지만
실속은 없다,
로맨스

"얼마 전에 제 첫사랑을 우연히 만났어요. 대학교 1학년 때 만나서 2년 정도 사귀다 헤어졌는데…… 뭐 이젠 완전히 할머니더군요. 옛날 생각을 하면 그 여자한테 참 미안해요. 가난한 학생이라 돈이 너무 없어서 제대로 해준 게 없었거든요. 데이트라고 해봐야 줄창 걸어다니는 것뿐이었고, 막걸리 집에나 데리고 가고, 생일에도 선물 하나 좋은 것 사주질 못했어요. 또 아르바이트다 시험공부다 바빠서 늘 허둥대기만 했지. 매사 서툴러서 감정 표현을 잘 못 하니까 사소한 일로 쉽게 싸웠죠. 그리곤 어쩔 줄 몰라 끙끙거리기만 한 것 같아요. 그야말로 남성호르몬만 넘치는 수컷이었지 진짜 남자는 아니었던 게지요. 지금은 누굴 만난다면 정말 멋진 연애를 할 자신이 있다오! 세상물정도 알고 감정도 성숙해지고 경제적 여유가 있으니까 애인이 뭘 원하는지 알아서 처리해 주고, 투정도 다 받아주고, 값비싼 선물도 사주고, 세계 어디로나 여행도 갈 수 있는데…… 아, 다 괜찮은데 우리 마누라가 반대하겠네요. 하하하."

업계에서 성공한 50세의 건축가는 농담처럼 이렇게 말했다.

물론 설익은 과일처럼 풋내나고, 지갑은 텅 비어 있고, 매사 불만 투성이인 20대 청년보다는 관록과 중후함과 재력을 갖춘 중년남성이 애인으로 훨씬 나을 수도 있다. 여자들에게는 남성의 외모보다는 권력이나 돈, 즉 남성의 능력이 섹시함이니까, 땀 냄새 나는 후줄근한 옷에 "야, 너 돈 있으면 밥 좀 사라"는 빈티 나는 청년보다야 프렌치 레스토랑에 초대해 "잠깐, 눈 좀 감아봐"라고 했다가 티파니나 카르티에의 보석반지가 든 박스를 살짝 내미는 은발의 신사가 더 마음을 움직일 수 있겠다.

하지만 중년신사에게 여자들이 끌리는 것은 그들의 지갑과 배경이지 그의 흰머리나 늘어진 주름살은 아니다. 물론 일렉트라 콤플렉스가 있는 여성의 경우, 아버지뻘 되는 남자들에게만 연정을 느끼기도 한다지만 그런 미성숙한 여자와의 연애는 아름답지 못할 뿐더러 스트레스 받을 일이 더 많다.

중년남성들은 연애에 대한 욕망과 기대가 굉장히 크다. 어디 한국의 중년남성뿐이랴. 그 옛날 단테영감도 베아트리체를 만나려고 피렌체 베키오 다리를 후들거리는 그의 다리로 서성거렸고, 팔순이 넘은 괴테 역시 18세 처녀에게 구애를 했었다. 위대한 문학작품을 남긴 대문호들이니 어느 정도 이해가 되고, 남자들은 부러워할지도 모르겠다. 하지만 솔직히 아줌마들이 보기엔 주책이다.

하긴 누가 사랑과 연애의 달콤한 감정을 거부할 수 있으랴. 『왜 우리는 사랑에 빠지는가』란 책에서 사랑에 빠지는 이유와 과정들을 수많은 임상실험 결과를 통해 연구한 인류학자 헬렌 피셔는, 남성들이 사랑에 빠질 때 낭만의 화학물질인 도파민이란 호르몬이 분비된다고 밝혔다. 이 도파민 분비는 나이와 상관이 없다고 한다. 다섯 살 꼬마도 아흔 살 노인도 '로맨틱한 감정'을 느낄 수 있으며, 나이 들었다고 그 분비가 중단되는 것은 아니란다.

다만 요즘 대한민국의 중년남성들은 마치 유행병처럼 '연애'에 대한 환상을 갖고 있는 것 같다. 초등학교 동창생들과 매달 모임을 갖는다는 한 아주머니는 입에 거품을 물며 이렇게 말했다.

"내일모레면 쉰 살인 동창녀석들이 만나기만 하면 애인을 소개시켜 달래요. 다들 유부남에다 별 능력도 없으면서 그러니 더 기가 막히는 거죠. 그리고 어떤 여자를 원하냐니까 '나이는 30대, 섹시한 몸매면 더욱 좋고, 대화가 통하는 여자, 돈까지 많으면 금상첨화'라는 거예요. 아니 그런 여자들이 왜 자기들을 만나줄 거라고 생각할까요? 애처가로 소문난 친구까지 그러니까 믿을 놈 하나도 없다 싶더라니까요."

사업을 하는 40세의 여사장도 비슷한 말을 했다. 교육 프로그램을 판매하는 그 여사장은 이혼녀이고 돈들여 가꾼 미모를 잘 유지하고 있다. 사업상 공무원, 학계, 금융계 간부들과 비즈니스 미팅을 해야 하는데, 애로사항이 '연애'란다.

"우리나라에서는 맨정신에 사무실에서만 계약이 이뤄지진 않죠.

식사, 술자리도 해야 하고, 골프도 치러 가야 합니다. 그런데 참 신기한 건 겉으론 교양 있어 보이는 아저씨들도 좀 친해지면 '우리 교육사업보다 청춘사업이나 합시다'라고 치근댄다는 거예요. 그때마다 조폭 오빠가 있다거나 트랜스젠더라고 농담을 해서 넘기지만 어쩜 한결같이 그럴까요."

내가 대한민국 중년남성의 로맨스에 관심을 갖게 된 것은 로비스트 '린다 김' 사건 때였다. 무기 관련 로비스트인 그녀의 정확한 사업 내용은 기억이 안 나지만 국방부장관, 국회의원, 전직 장관 등 50대의 남성들이 다들 린다 앞에만 서면 작아져서 각종 청탁도 들어주었고, 마냥 딱딱하고 무미건조할 것 같은 이들이 '사랑하는 린. 산타바바라의 추억을……'이라는 연서를 쓴 것이 아직도 생생히 기억난다.

연예인 출신이라니 젊었을 때야 미모였겠지만 50이 가까운 나이, 쌍꺼풀수술 자국이 뚜렷한 눈에 짙은 화장, 걸걸한 목소리에 화려한 선글라스 등, 같은 여자들에겐 비호감인 린다 김에게 왜 그 권력자들이 허물어졌을까 참으로 의아했다. 이성을 잃을 만큼 매력적인 젊은 여성도 아니고, 스캔들을 우려해 매우 조심했을 텐데 말이다. 그러자 이성문제에 매우 관심이 많은 패션디자이너가 이런 분석을 해줬다.

"장관이건 국회의원이건 우리나라 중년남성들은 '로맨스 결핍 증후군'에 걸려 있다는 증거라니까. 열악한 60~70년대에 중고교 시절을 보낸 아저씨들이 무슨 제대로 된 연애를 해봤겠어? 항상 시험공부하느라 바빴고, 혹시 동네에 마음에 드는 여학생이 있다 해도 그저 같은 버스를 탔을 때 가까이 다가가 비누향기나 킁킁거리며 맡아

보거나 좀 용기 있어야 밤새 쓴 유치한 연애편지를 책가방에 살짝 끼워두는 게 전부였을 텐데 뭘. 그땐 남학생이건 여학생이건 다들 순진해서 말도 제대로 못 붙이고, 또 진짜 마음에 있어도 괜히 관심 없는 척하다가 나중에 후회했지. 빵집도 여학생들은 잘 못 갔잖아. 그리곤 사회생활 하면서는 출세를 목표로 앞만 보며 전차처럼 달려 왔고, 뒷바라지한 마누라 눈치보고 자기관리 하느라 술김에 호스티 스랑 호텔에 갔을지는 모르지만 연애다운 연애는 못 해봤을 거야. 그러다가 이제 어느덧 중년이 된 거지. 어느 정도 성공도 했고, 여유 도 있고, 그런데 아직 열정은 남아 있고 자기가 생각하기엔 청년 같 은 마음인데 돌아보니 너무 허무한 거야. 그때 어떤 여자가 나타났 는데, 너무 어려서 죄책감이 들거나 세대차이를 느끼지도 않고, 미 국에서 온 당당한 커리어우먼이 '절 도와주세요'라고 간청하는데 어 떻게 가슴이 안 흔들리겠어? 업무상 만났다곤 해도 충분히 그들의 잃어버린 로맨스에 불을 당길 만하지."

그 말을 듣고 보니 이해가 간다. 성공, 출세, 노후 걱정을 하지 않 을 만큼의 재산, 가정이 있다고 해도 어느 순간 회의가 밀어 닥쳐올 것이다. 일에만 미쳐서 자신의 기쁨, 사랑 등은 신경 쓰지 못했다. 아내는 다이어트나 성형수술 등에만 관심 있지 남편에게 별로 신경 을 쓰지 않고, 자식들과는 이제 대화가 잘 통하지 않는다. 친구들을 만나도 서로 잘난 척만 하거나 겉도는 이야기뿐이다.

누군가 날 이해해 주고, 인정해 주고, 포근히 감싸줄 여성이 나타 난다면 온몸의 세포가 다시 태어날 것도 같은데……. 파드닥거리는 새의 날개짓 소리 같은 가슴 떨림, 그리움을 참느라 심장에 바늘이

158

박힌 듯한 통증을 다시 느끼고 피가 끓어오르는 것을 재확인하고 싶어지는 때가 중년기다. 그래서 진짜 연애를 할 상대를 찾고, 불륜인 줄 알면서도 아슬아슬한 모험을 감행하기도 하며, 때론 서봉수 9단처럼 22살의 베트남 처녀와 재혼해서 전혀 다른 삶을 시작하기도 한다.

3년 전 국내에서도 소개된 일본만화 〈황혼유성군〉은 그런 중년남성들의 심리를 적나라하게 그려 화제가 됐다. 작가는 역시 남자들의 세계를 잘 묘사했던 〈시마부장〉을 그린 히로카네 겐시다.

"마흔을 넘기며 많은 사람들은, 죽기 전에 다시 한 번 불타는 사랑을 해보고 싶다는 생각을 한다. 그것은 마치 석양에 사라지는 유성처럼 마지막 불꽃이 될지도 모른다. 그 열정을 가슴에 품고서 방황하는 사람들을 '황혼유성군(黃昏流星群)'이라고 한다."

이렇게 시작되는 만화는, 2차 세계대전 직후 베이비붐 시대에 태어나 항상 치열한 경쟁 속에 살아야 했고 대학에 다닐 때는 혁명의 깃발을 내걸고 격렬한 학생운동을 벌인 '전공투'로 불렸으며 고도 성장의 경제적 시혜를 처음으로 경험했지만 거품경제가 스러지는 아픔까지도 고스란히 맛본 일본의 '단카이(덩어리)'세대를 주인공으로 하여 그들의 마지막 불꽃 같은 사랑을 다룬다.

'회사형 인간'으로 불리며 단지 돈버는 기계로 전락한 중년층. 그러나 직장도, 가정에서도 아무도 그를 배려해 주지 않는다는 사실을 알았을 때, 그들은 일탈을 꿈꾼다. 첫사랑을 다시 만나기도 하고, 우연한 여행길에서 만난 미지의 여성과 사랑에 빠지기도 하고, 시한부 생명이란 걸 알면서도 기꺼이 간병을 해주며 자신을 이해해 주는 여성과 마지막 시간을 나누려 한다는 내용들이 단만극처럼 그려져 있다. 남자 작가가 그린 작품이라 늘 해피엔딩으로 끝나긴 하지만, 그들의 흔들림을 읽을 수 있어서 무척 흥미롭다.

서울대 사회교육학과 이미나 교수는 『흔들리는 중년 두렵지 않다』란 책에서, "중년남성들은 매력 있는 여성보다 정 많은 여자를 추구한다"고 주장했다. 그 무렵의 남성들은 내면에 억압되어 있던 여성성이 발휘되어 그때까지 알지 못했던 감정적 요구를 의식하고, 따뜻하며 위로를 주는 정 많은 여자를 구한다는 것이다. 무엇보다 자신이 아직도 수컷이며 괜찮은 남자임을 확인해 주고 인정해 주는 '친절한' 여자를 원한단다.

그런데 중년남성의 로맨스는 그들의 '판타지'일 뿐, 정작 자신들이 원하는 친절한 여자를 만나도 남성들은 연애의 실전과 진행과정에는 서툴다. 불꽃을 다시 피우고 싶다는 갈망이 큰 만큼 화상을 입으면 어쩌나 하는 두려움도 크고, 자신이 쌓아올린 업적에 대한 회의가 클수록 그걸 잃어버리면 추락할 거란 공포심도 크기 때문이다. 한 중년남성의 고해성사를 들어보자.

"어떤 모임에서 자연스럽게 옆자리에 앉은 어떤 여자와 인사를 나눴어요. 굉장히 세련된 용모에, 성격도 서글서글한데다 무엇보다 대화가 잘 통했어요. 처음 본 여자와 그렇게 편안하게 이야기해 본 적이 없었거든요. 헤어질 때 악수를 하는데 가슴이 막 두근거리는 겁니다. 집에 돌아와서 잠을 자려는데 자꾸 그 여자 얼굴이 떠올라 잠이 안오는 거예요. 다음날도 생각이 나고, 모습이 어른거리고……. 이틀을 참다가 전화해서 만났어요. 그날 이후로 매일 전화하고, 뒤늦게 문자메시지 보내는 법도 배웠어요. 너무 신기한 건 제가 다시

스무 살 청년이 된 것 같더라구요. 거의 붕 뜬 기분이었죠. '아, 내가 사랑에 빠졌구나……'라고 생각했어요. 처음 한두 달은 안 만나겠다고 하고, 거절도 하고, 몸을 사리던 그 여자도 절 사랑한다고 하더군요. 제게 명품 옷도 선물해 주고, 건강보조제도 챙겨주고, 정말 헌신적인 여자로 변해갔어요. 그런데 그런 변화가 감격스러운 게 아니라 갑자기 망치에 맞은 것 같은 충격을 받았어요. '그 여자도 날 사랑한다구? 그럼 이제 어떡하지? 이렇게 나한테 잘해주는데 마누라랑 이혼하고 이 여자와 결혼해야 하는 것 아닌가? 하지만 마누라는 이 여자만큼 매력적이진 않지만 괜찮은 여자이고 훌륭한 엄마인데…… 또 아이들은 뭐라고 할까? 아니 앞으로 더 출세하려면 사생활도 깨끗하게 관리를 해야하는데 지금 내 자리, 미래의 자리를 다 포기하고 사랑을 선택해야 할까? 그런데 정말 내가 사랑을 하긴 하는 걸까? 맞아요. 사랑한다는 것만으로 모든 걸 다 포기하기엔 전 비겁할 수밖에 없는 나이든 남자란 걸 깨달았어요. 가장 이상적인 건 서로 신중하게, 머리를 굴려 완전범죄(?)를 하는 거지만 그럴 자신도 없더라구요. 너무 피곤할 것 같아서요. 그러다 보니 전화도 자주 안 걸게 되고, 여자가 만나자고 해도 핑계를 대고…… 그 여자는 너무 황당하겠지만 설명할 수도 없습니다. 아니, 절대 사랑하지 않는 것도 아니고 장난친 것도 아니에요. 어쩌면 그게 그 여자를 위하는 길이라고 생각합니다."

　물론 나는 겉으론 고개를 충분히 이해한다는 듯 끄덕였지만 속으론 화가 났고, 이기적이고 비겁하고 옹색한 변명이라고 생각했다. 하지만 신경정신과 전문의 김병후 선생의 도움말을 들으니 이해가 되긴 했다. 김선생은 그 중년남성이 대한민국 남자로선 보기 드물게 매우 솔직하며 순수한 사람이라고 칭찬까지 했다.

남자와 여자는 사랑에 관한 한 뇌 구조도 다르고, 용량도 다르기 때문에 이런 문제가 발생한다는 것이다. 남자들의 삶에서 사랑에 필요한 총알은 10알 밖에 없단다. 나머지는 사회생활 등 다른 곳을 공격하는 데 쓰인다고 한다. 반면 여자들은 사랑용 총알을 100알 정도 갖고 있단다. 이것이 남녀의 차이인 셈이다.

그런데 남자들은 처음에 여성들을 공략할 때 10알의 총알 중에 7, 8알을 한꺼번에 써서 여자들을 함락시키려 한다. 여자의 경우 남자들이 구애를 할 때 '과연 이 남자가 나를 정말 사랑하나? 앞으로 내가 믿고 의지할 만한 인간인가? 결혼하면 나와 아이를 보호해 줄 능력이 있나?' 등을 탐색하느라 3, 4알 정도를 사용한다. 이건 인류 역사의 환경적인 유전자 때문이다. 맹수, 폭풍 등 조악한 환경에서 아이를 낳아 길러야 했던 원시시대의 여성들에게 남자란 존재는 사랑의 대상만이 아니라 보호와 식량보급자의 역할을 해야 했기 때문이다. 따라서 몸은 튼튼한가, 부지런한가 등 조건을 따져보게 되는 것이다.

어쨌든 결국 두 사람이 서로 사랑한다고 합의한 순간, 남자에게 남은 사랑 총알은 2, 3알 정도이고 여자들은 96, 97개의 총알이 잔뜩 남아 있다. 그래서 사랑의 본격적인 과정에 들어가면 남자들은 시큰 둥해지면서 말이 없어지고 열정도 떨어지는 반면, 여자들은 뒤늦게 불이 붙어 남자들의 일거수일투족을 간섭하고, 뭐 하는지 궁금해 하고, 몸이 달아서 '속았다', '애정이 식었다'고 배신감을 느끼기 마련이란다. 게다가 중년이 되면 남자의 남은 2, 3알의 총알마저 불발탄일 경우가 많다.

'총알 이론'만이 아니다. '백마 탄 왕자와 숲속의 공주'도 그렇다. 동화책에서는, 백마를 탄 왕자가 가시덤불과 머리 셋 달린 용 등 갖가지 고난을 헤치고 나타나 숲속에 잠들어 있는 공주를 키스로 깨우고 "그후로 둘이는 영원히 행복하게 살았습니다"로 끝이 난다.

하지만 현실은 어떤가. 백마 탄 왕자의 목적과 기쁨은 숲속의 공주님이 아니다. 왕자는 머리 셋 달린 괴물과의 싸움에서 승리하는 것, 그리고 잠들어 있던 공주를 키스로 깨워주는 임무를 수행하는 것에서 자부심과 희열을 느낀다. 그래서 그 공주가 깨어나면 다시 백마를 타고 다른 숲속에 갇혀 있는 또다른 공주를 '깨워주기' 위해 달려간다. 키스해 준 왕자님과 계속 키스하면서 사랑하며 살 것을 기대했던 공주에겐 실컷 깨워놓고는 다른 숲으로 달려가는 왕자가 얼마나 야속할까.

중년남성들은 연애를 원하고 이상적인 애인이 나타나길 원하지만, 정작 사랑하는 방법은 제대로 모른다. 그들에게 연애란 요망 사항이거나 기획서일 뿐, 현실에선 미수에 그치기 십상이다. 또 남자들은 여자를 있는 그대로 보고 사랑하는 것이 아니라 자기가 그렇다고 생각하는 여성상을 상대에게 투사한다. 그러다가 나중에 자신의 생각과 다르면 실망한다. 어쩌면 "남자는 여자를 사랑하는 것이 아니라 자신의 자화상을 사랑한다"는 디트리히 슈바니츠의 말이 맞을지도 모른다.

2001년 방영되었던 〈푸른 안개〉는, 겉으로는 모든 걸 다 갖춘 것 같은 46세의 남자가 자기 나이의 반밖에 안 되는 23세 처녀와 만나 정신적 사랑을 나누는 이야기로 충격을 주었다. 나무랄 데 없이 완벽한 아내에게 "미안해, 태어나서 어느 상대에게 이렇게 떨리는 감정을 느끼는 것은 처음이야"라고 고백하는 남자주인공을 보면서, 중년남성들은 '나도 저런 사랑을 해봤으면……' 하며 아내 몰래 동네 호프집으로 가서 그 드라마를 보기도 했다. 그러나 그 드라마 역시 중년남성과 젊은 여성의 사랑의 완성으로 끝나는 것이 아니라 각자의 결별과 독립생활로 막을 내려 아저씨들의 원성을 샀다. 시인 박철 씨가 문화일보에 기고한 그 드라마에 대한 감상문은 중년남성들의 로맨스 심리가 어떤 것인지 잘 묘사했다.

40대면 아직 젊은 나이다. 그러나 왠지 불안하고 무언가에 쫓기는 듯한 마음을 지울 수 없다. 넓게 생각하면 쉽지 않는 생활에서 어느 정도 이루어놓은 것 같은 자부심에 잠시 안도의 숨을 쉬다가도 다시 생각하면 아직 갈 길이 멀다. 나름대로 열심히 살아왔다고 스스로 자위하다가도 불현듯 이렇게 살아도 되는 것인가, 하는 못 미더움이 저녁 어스름처럼 따라붙는 세대. 그런 흔들리는 세대의 마음 깊은 곳에는 늘 모성에 대한 그리움이 있다. 그걸 아마 사랑이라고도 하는 모양이다. 제2의 사춘기라 해도 좋다.

모든 남성들에게는 나이를 초월한 모성에 대한 그리움이 있다. 나는 결국 그 모성애가 사랑으로 나타나며, 마침내 그 모성애와도 결별을 하는 세대가 바로 40대라고 생각한다. 사실 위기의 사내에 대한 글과 영상은 동서양에 고루 나타나는 주제다. 하지만 젊은 이성을 통해 순수의 계절로 돌아가고자 하는 한 사내의 순수한 욕망은 쉽게 이루어질 수 있는 일이 아니다.

그리고 더욱 불행한 일은 다른 곳에 있다. 가능하다면, 허락만 된다면 다시 한 번 사랑을 하고 싶은 욕망에 가슴을 졸여보지만 불행히도 그렇지 못한, 그러면 안 된다는 자기검열의 불합리가 가슴 깊이 자리하고 있는 것이다. 약한 모습을 보일 수 없는 약한 자의 뒷모습이 오늘도 길거리를 메우고, 도저히 이해되지 않는 쓸쓸한 미소가 지하철역사의 의자에 묻어 있다. 사랑하는 것이 왜 죄가 되는지 묻고 싶지 않은 마지막 용기의 시절도 한때이리라. 그리고 그건 남녀가 구별되지 않는 우리의 마지막 아름다움이라고 치부해도 되지 않을까…….

중년남성들의 로맨스가 미수에 그치거나 공허하게 끝나는 것은 간통죄, 마누라, 사회적 매장 등의 외부 요인이나 엄격한 자기검열 탓만은 아니다.

어쩌면 남성들은 다른 여자보다 자기를 더 사랑하기 때문에 진짜 로맨스를 완성하지 못하는 게 아닐까. 남자가 사랑하는 것은 자신의 자화상이다. 영감이 되어가도 모든 남자들은 물에 비친 자기 모습에 도취된 미소년 나르키소스의 원형을 갖고 있다. 사랑한다고 믿는 것은 그 상대에 비친 자기의 모습이다. 젊을 때는 상대에 비친 자기의 열정적인 모습이 너무 뜨거워 사랑에 눈먼 것처럼 행동하지만, 나이가 들어서 상대에 비친 자신의 모습을 확인하면 상대로부터 눈을 돌리고 싶어지기 때문에 중년의 로맨스는 허망한 게 아닐까.

가족, 미래, 사람, 죽음에 떤다, 이유 없는 공포

인류 역사적으로도 남성은 용감하고 힘이 세며 어떤 일이건 다 이겨내는 강인한 정신을 갖고 있다고 알려졌다. 원시시대부터 아내와 자식을 위해 돌도끼 하나 달랑 들고 들판에 달려가 멧돼지도 잡아오고, 맹수와 싸움도 하고, 돌아와서는 그들을 보호해 줘야 했다.

백마를 타고 달려와 괴물을 무찌르고 공주를 구출해 주던 동화 속 왕자가 허구라 해도 실제로도 그 숱한 전쟁에 나가 피흘리며 전사한 사람들, 불굴의 도전정신으로 남극과 북극, 히말라야 산 등을 정복한 사람들은 거의 다 남자가 아닌가. 또 지금까지도 여전히 먼저 데이트를 신청하거나 사랑을 고백하는 것은 남자들의 몫이다. 무모하리만치 겁도 없고 무서운 게 없는 사람들, 그게 남자들이라고 믿었다. 남자들은 아녀자를 보살피기 위해 자신의 목숨도 내거는 용감한 전사들이 아니었던가.

그런데 남자들을 가까이 지켜보니, 왜 그렇게 소심하고 쫀쫀하고 겁이 많고 심지어 공포에 떠는 이들이 많은지 놀랍기만 하다. 직장에서 쫓겨날까 봐, 상사에게 야단맞을까 봐, 상대에게 거절 당할까 봐, 아내에게 비난받을까 봐, 그들은 전전긍긍하며 새가슴을 쓸어내린다.

디트리히 슈바니츠는 "남자는 겁이 없지만 겁을 먹게 될까 봐 두려워한다. 그는 모든 일에서 자유롭지만, 부자유하게 될 수도 있다는 염려로부터는 자유롭지 못하다"고 분석한다.

흥미로우면서도 가슴 아팠던 것은, 취재를 하며 만났던 중년남성들에게 "지금 뭐가 제일 걱정인가"라는 질문을 던지면 직종이나 지위고하에 상관없이 "장래가 두렵다"는 반응을 보인 것이다. 정권의 실세, 장관직, 대기업 간부, 대학교수, 의사 등 영광의 자리에 앉아 있는 이들의 경우엔 과연 이 자리에서 얼마나 더 버틸 수 있을지, 이제 추락할 일만 남았는데 올라온 길을 어찌 내려가야 할지 생각하면 "다리가 후들거린다"고 한다.

또 실업자 등 현재 확실히 별볼일없는 상태의 남자들도 얼마나 더 비참한 상태를 견뎌야 할지, 이대로 살다 초라하게 죽지나 않을지 "두렵다"고 한다. 자신의 정체를 적나라하게 파악한 중년남성들은 겁도 많아지고, 각종 공포에 시달린다. 어떻게 보면, 남자들이 더 소심하고 섬세하며 더 깊게 상처받는다. 50대의 한 회사원은 요즘 신경정신과에 다니며 약을 먹고 있다고 했다.

"예전에 제가 자랑스럽게 생각하고 저를 행복하게 해줬던 모든 것들이 이젠 다 공포의 대상입니다. 무한경쟁인 회사에서 조금이라도 잘못하면 언제 퇴출당할지도 모른다는 생각에 상사들에게도 신경 쓰고, 후배들 비위도 맞춰야 하고, 일에도 빈틈을 보여선 안 되잖습니까. 어느 날 고교 10년 후배가 제 윗자리로 오거나 업무시스템이 갑자기 바뀌거나 하지 않을까 노심초사합니다. 정말 매일 살얼음판을 걷는 것 같습니다. 집이라고 다른가요. 가족도 이제 무섭습니다. 제가 느끼는 어려움이나 걱정을 털어놓으면 마누라가 돌변해 이혼서류를 내밀지도 모른다는 생각도 들고, 자식들도 나의 실체를 알면 무능한 아비라며 무시할 것 같아요. 잠이 안 와 뒤척대다 겨우 새벽에야 간신히 잠이 들면 산에서 떨어지는 꿈, 시험 문제를 다 풀었는데 제출하려고 보면 백지로 변해 있는 꿈, 이상한 골목을 헤매는 꿈만 꿉니다. 회사를 그만둬도 걱정이죠. 퇴직금을 은행에 맡겨도 이자가 쥐꼬리 같으니 생활비도 안 되고, 이 불경기에 전문지식 없이 식당을 차리거나 사업을 할 수도 없고…… 무엇보다 죽음에 대한 공포가 커요. 예전엔 친구 부모님 상가에 갔는데 이젠 친구 상가에 갈 일이 많아집니다. 암에 걸렸다는 친구들은 왜 그리 많은지. 게다가 제 경우엔 할아버지, 아버지, 삼촌 등이 아무도 60을 넘긴 분이 없어 환갑잔치를 못한 집안인데, 만약 집안내력을 따른다면 저는 정말 여생이 몇 년 안 남았거든요. 죽으면 다 끝인데 뭘 걱정하냐고 생각하면서 마음을 달래지만, 불쑥불쑥 죽음의 그림자를 느끼면 진땀이 나고 숨도 잘 안 쉬어져요. 그래서 회사 근처 병원에 다닙니다. 예전엔 미친 사람만 가는 게 신경정신과인 줄 알았는데, 저 같은 남

168

자들 많습디다."

중년남성들에게 이 세상은 '매트릭스'의 세계다. 하염없이 추락해 가라앉았으니 이제 다시 뜨겠지라고 기대하면 또다른 밑바닥 세계가 나타나는…….

반면 또래 중년여성들에게 물어보면, "나이 들어 주름살이 지는 것과 몸이 아파오는 게 걱정이긴 하지만 뭐 어떻게든 살겠지"라는 반응을 보인다. 여성들은 나이 들수록 낙천적이 되어가고 대범해진다. 능력 있는 남편이 없다 해도 파출부로 뛰건 자식들에게 얹혀 손주를 봐주건 어떻게든 생계가 유지될 거란 자신감도 있다. 물론 그들은 평소에 수시로 자잘한 걱정거리들로 삶을 채웠고 그걸 주변과 나누면서 극복했기에 공황장애 등은 느끼지 않는 것 같다.

중년남자들의 공포의 대상은 불투명한 장래만이 아니다. 직장생활 초년병 시절에 상사에게 야단맞아서 시무룩해 있었더니 어떤 아저씨가 이런 말씀을 해주셨다.

"네 부장이 널 야단칠 때 그냥 아무 생각 없이 즉흥적으로 한 게 아니란다. 그 사람은 널 그냥 내버려둘까 아니면 지적해 줄까, 나무라면 네가 어떤 반응을 보일까 등등을 고민한 다음에 힘들게 '야단치자'고 결정해서 널 나무란 거야. 분명히 널 나무란 후에 네가 울거나 계속 화를 내서 인사도 제대로 안 할까 봐 너보다 더 마음 졸이고 있을 거라구. 그 나이의 관리직이 얼마나 주변 눈치를 살펴야 하고 힘드는지 너 같은 어린애가 알리가 있겠니……."

그때는 '하여튼 아저씨들은 똑같다니까'라고 흘려들었는데, 이제야 그분의 말씀도, 나를 나무랐던 상사의 불안한 눈초리도 이해가 간다. 나중에 그 부장이 다른 여자선배에게 "인경이를 야단쳤는데 혹시 속상해 울거나 기분 나빠하지 않더냐"고 물었다는 이야기를 들었다. 철없는 나는 한두 시간 정도 부끄럽기도 하고 화도 나서 입술을 삐죽거리다가 다 잊었는데 말이다. 새파란 부하에게 아주 타당한 것으로 야단을 치고도 전후에 이런 갈등과 공포를 느끼는 줄은 몰랐다.

남편들이 아내와 싸울 때 감정을 드러내지 않고 침묵하는 이유도 과묵해서가 아니라 공포 때문이란다. 남자들이 과묵한 성격이어서가 아니라, 잘못 말하거나 감정을 드러냈다가 마누라에게 야단맞거나 싸움이 커질지도 모른다는 두려움 때문이라는 것이다. 조리 있게 자분거리며 따지고 드는 아내에게 말로는 질 게 뻔하고, 혹시 큰소리를 빽 질러 입을 막는다 해도 이어지는 아내의 울음이나 잔소리를 예상할 수 있기에 그저 가만 있는 것이다.

미국 워싱턴대학의 존 가트먼 박사는 부부들을 대상으로 한 실험에서 맥박, 혈압, 안색 등 시시각각 달라지는 감정의 기복을 기록하면서 부부의 표정과 몸짓을 살펴보았다. 그리고 부부싸움이 벌어지면 집 안에 설치해 둔 장치로 그 장면을 녹화했다. 일부러 싸우라고 주문한 것은 아니고, 부부 간의 주된 문제가 자연스럽게 불거져 나왔을 때 대화를 통해 해결책을 찾아볼 것을 독려하는 차원에서 연구에 착수한 것이다.

가트먼 박사의 관찰에 따르면, 남자가 화낼 때 여자가 겁먹는 것보다는 여자가 화낼 때 남자가 겁을 먹는 경우가 더 많다고 한다. 또 남자는 부부싸움에서 엄청난 스트레스를 받지만, 여자는 편안함을 느끼며 능란하게 대응한다. 오히려 부부싸움을 통해 평소 쌓인 스트레스를 푸는 것 같다. 왜 그렇게 사소한 일에 화를 내는 거냐고 남편이 말하면 아내는 발끈하면서 "이게 화내는 거야?"라고 따지지만, 남자는 "당신은 무슨 남자가 툭하면 화를 내냐?"는 아내의 비난을 들어도 이를 악물고 화를 참는단다. 대꾸했다가 쏟아질 수많은 언어의 화살이 공포스럽기 때문이다.

저명한 의학전문지인 《뉴잉글랜드 저널 오브 메디슨》에 따르면, 다른 사람이 나의 잘못을 이야기하는 것을 들을 때는 심장박동이 비정상적으로 빨라진다고 한다. 이때의 심장박동은 헬스클럽에서 가슴의 통증이 느껴질 때까지 자전거를 타는 정도와 맞먹는 수치인데, 남자들이 더욱 빨라진단다. 게일 쉬이 교수의 연구 결과도 비슷하다. 남자의 자율신경계가 여자보다 더 민감하며 감정회복에 더 오래 시간이 걸린다고 한다. 언쟁을 피할 때도 여자보다 남자들이 더 부정적으로 생각하며 불만도 크다.

여자들은 어릴 때부터 거절과 거부에 익숙하다. 갖고 싶은 것, 하고 싶은 일, 진학하고 싶은 학교 등등, 자신이 원하는 것들에 대한 욕망이 "여자는 그런 짓을 하면 안 된다", "여자 주제에……" 등등에 길들어 있어, 거부에 대한 공포는 별로 없다.

남성들은 "사나이는 강해야 한다", "남자가 술은 마실 줄 알아야지", "우리 아들은 꼭 성공해야 해", "여보, 당신만 믿어요" 등 온통 기대와 성원만 받아왔기에 좌절과 추락에 더 상처를 받는 것은 아닐까. 항상 자신을 멋진 영웅으로만 포장했지만, 실상이 드러났을 때 주변에서 느낄 실망감에 대한 두려움, 아니 자기가 자신을 용납 못할 것 같다는 공포를 수시로 느끼는 것 같다.

너무 목을 꽉 조인 와이셔츠와 넥타이가 질식감을 주듯, 그런 남성다움에 대한 강박관념, 성공에 대한 압박감이 우리 남성들에게 오히려 공포로 작용하는 것 같다. 중년남성들은 이제라도 스스로 조여맨 넥타이를 풀 수 있어야 한다.

　격투기를 하는 거구의 선수들도 집에선 자기 몸무게의 반도 안되는 마누라를 두려워하고, 민주화투쟁을 하며 고문을 당하면서도 견딘 투사가 뜻밖에 귀신 이야기만 나오면 소리를 지르기도 하고, 하나님이란 가장 든든한 '빽'을 가진 목사님들도 예배 시간에 신도들이 지루해서 졸지 않을까 걱정한다.

　그러나 남자들은 이것을 알아야 한다. 당신의 초라한 얼굴이 드러나도 분명히 당신을 사랑해 줄 이들이 있다는 것을, 그리고 알고 보면 누구나 다 엉망진창이고 다들 탄로날까 전전긍긍하며 살아간다는 것을 말이다. 어차피 우리 인생은 달콤한 멜로드라마가 아니라 블랙코미디이거나 공포영화가 아닌가.

어쨌든 즐길거리가 있어야 산다, 취미

남자들은 스스로를 '일하는 존재'라고 규정하지만, 내게는 '취미의 존재'로 보인다. 특히 중년남자의 품격을 결정짓는 것은 그 남자의 직업이나 옷차림보다 그 남자의 취미가 더 커다란 영향을 미치는 것 같다.

고상하기 이를 데 없어 보이는 박사학위 소지자이며 대학교수님이어도 취미가 고작 포르노사이트 서핑이라면 그에게서는 전혀 기품이 느껴지지 않는다. 별로 자랑할 만한 학벌도 없고 조촐한 직장에 다녀도 야생화 키우기나 민화 그리기 등 특별한 취미를 꾸준히 즐기는 사람들에게는 후광이 비치고 그윽한 향기가 느껴진다.

사실 여자들은 취미를 갖지 않아도 별로 심심하거나 생활이 단조롭지는 않다. 여자들에게는 자신이 가장 흥미로운 연구과제이기 때

문에, 거울 보고 표정짓기, 화장하기, 여드름 짜기, 다리털이나 겨드
랑털 밀기나 뽑기, 쇼핑하기, 친구와 수다떨기, 오늘의 운세 보기,
미장원이나 헬스클럽 가기, 옛날에 썼던 일기나 받은 편지 다시 읽
기 등의 일상생활만으로도 충분히 재미있는 시간을 보낸다. 여자들
은 나이에 상관없이 자신의 내면세계에 충실하다. 자신을 분석하고
들여다보고 가꾸는 것, 자기를 확인하고 찾는 것이 여자들의 취미생
활이다.

반면 남자들은 자신을 잊어버리거나 전혀 다른 자신이 되는 그런
일을 취미로 삼는다. 그래서 자기를 마취시키는 술에 빠지거나 각종
스포츠, 자동차, 낚시 등에 매료된다. 남자들이 스포츠를 좋아하는
이유는 그들이 자신을 육체적인 존재라고 믿기 때문이라고 한다. 남
자들은 경쟁의 느낌을 좋아하고 곧게 쭉쭉 뻗은 살과 그것이 내는
소리를 좋아한단다. 서로 치고 박는 살벌한 권투나 격투기에 그토록
흥분하는 것을 보라.

2002년 월드컵 이전까지도 나는 왜 공 하나에 매달려 수십 명의
남자 어른들이 이리 뛰고 저리 뛰는 운동에 그토록 열광하는지, 왜
골을 잘 넣는다고 수십억 원의 몸값을 받는지 그 이유를 이해하기
힘들었다. 그 넓은 운동장에 우르르 몰려다니기만 하고 도무지 승부
가 나지 않아서 참고 참다가 화장실에 가려고 하면 갑자기 들리는
"골인!" 소리는 또 얼마나 허탈했던지……

축구 구경만으로 만족하지 못하는 남자들은 조기축구회, 동호인
축구회 등등 각종 축구모임까지 만들어 새벽이건 일요일이건 달려
나간다. 대한민국 남자들의 화제란 군대 이야기, 축구 이야기, 군대

에서 축구한 이야기가 전부란 말이 절대 과장이 아니다.

잘생기고 말도 예술적으로 잘하는 히딩크 감독을 영입해 우리 나라가 한 편의 드라마를 연출한 월드컵 때, 나는 드라마 등 다른 프로그램이 볼 게 없어서 할 수 없이 약간의 애국심과 함께 축구 경기를 집중해서 봤다. 그후에야 축구란 운동도 제법 볼 만하며 축구 선수들의 탄탄한 다리 근육이 얼마나 섹시한지를 처음 알 수 있었다.

축구는 물론 야구 등도 어느 팀을 좋아하나에 따라 남자들은 즉각적인 유대감을 느낀다. 다른 남자들과 동일시할 수 있는 길을 제공하기 때문이다. 평소엔 서먹서먹해 하던 이들도 자신이 응원하는 팀과 같은 팀을 응원하면 곧바로 친해지고 동지감을 느낀다. 심지어 그저 열성팬일 뿐, 구단주도 선수도 아니면서 자신이 응원하는 팀과 자신을 너무 동일시해서 일인칭 대명사를 사용할 정도다.

"우리 팀이 이번에는 아무개 팀을 꼭 깨부술 겁니다." 생전에 처음 보는 사람과도 같은 팀이란 이유로 어깨를 감싸고, "우리 팀이 이겼으니 내가 한 잔 쏩니다"라며 팀과 자신과 동지들을 혼동한다. 자기 직업이 뭔지, 연봉이 얼마인지, 마누라와 1년 전에 이혼했는지 등 자신에 대해 드러내지 않고도 주변 사람들과 자연스럽게 의사소통을 할 수 있고 공감대를 느낄 수 있어서 남자들은 그토록 축구나 야구 등 스포츠에 탐닉하는 것 같다.

독일 건축가 출신의 작가 홀거 라이너스는 "세상에서 도덕적으로 찬양받는 전쟁은 스포츠밖에 없다"면서 남자들이 스포츠에 열광하는 이유를 이렇게 설명했다.

"격렬하게 뛰고 달리며 땀을 흠뻑 쏟아야 하는 스포츠와 스포츠

현장의 영웅이 뿜어내는 매력이 이렇게 엄청남에도 불구하고 이른 바 '뚱보'는 어느 나라에나 기하급수적으로 증가했다. 오히려 스포츠가 발달한 나라일수록 더 늘어났다. 그럼 뚱뚱한 사람들이 스포츠에 덜 민감한가? 추측컨대, 뚱뚱한 사람들이 스포츠에 더 열광한다. 왜냐하면 그들은 자신이 뛸 수 없는 현실에서 스포츠를 통해 대리만족을 얻고자 하기 때문이다."

스포츠는 승리와 패배, 승자와 패자, 지위와 계급 조직의 세계이다. 이기고 지고, 팀 조직과 위계질서가 짜여지는데, 남자들은 이 스포츠를 통해 자신의 삶을 투사하며 마치 대리전을 치르는 듯한 경험을 한다. 그저 즐기며 보지 못하고, 자신이 직접 싸우는 듯한 착각에 빠진다. 그래서 자기 팀이 졌다고 폭음하다 사고를 당하거나 권투나 레슬링 등 격렬한 경기를 보다가 흥분한 나머지 뇌졸중 등으로 사망한 이들의 기사가 끊이지 않는 것이다.

물론 여자들도 축구나 야구, 농구팬들이 많다. 농구장에 가면 여학생들이 대부분일 때도 있다. 그런데 여자들이 좋아하는 것은 경기가 아니라 그 경기를 하는 잘생긴 '오빠'들이다. 경기의 승패에 상관없이 그 오빠들의 멋진 포즈와 땀과 매력에 열광한다. 자기가 사랑하는 오빠가 소속된 팀이 지면 억울하다기보다는 그 오빠에 대한 연민으로 가슴이 아프다. 오빠들의 숙소까지 따라가 벽에 낙서를 하고 오지만 정작 그 스포츠의 규칙은 전혀 모르는 경우도 있다. 그리고 절대로 취미를 적는 칸에 '농구'나 '축구'라고 적지 않는다.

한편 남자들은 취미생활에서도 질서를 찾는다. 우표수집이나 모형비행기 제작 등은 질서의 모델이다. 거기서 남자들은 자신의 작은

176

제국을 경영한다. 모형비행기를 만들며 스스로 비행사가 되고, 우표를 수집하며 아득한 역사를 느낀다. 슈바니츠는 "취미는 남자의 침묵하는 내면의 대체품"이라고 표현했다.

운동이건 수집이건 간에 중년남자들에게 가장 필요한 것 중의 하나가 '좋은 취미'를 가지는 것이라고 생각한다. 허구한 날 술만 마시고, 친구들과 만나 음담패설이나 화투치기만 즐기고, 여자컬렉션만 하다간 정말 '더티 올드 맨(DOM, Dirty Old Man), 추잡스런 노인네'로 추락한다.

역겨운 냄새가 나지 않고 맑고 정갈한 느낌을 주는 중년남성들의 공통점 역시 취미생활을 적절히 즐긴다는 것이다. 사회학자들은 자신의 삶의 30퍼센트를 취미에 투자하는 것이 가장 행복하다는 '3:7 이론'을 제안한다. 일중독자로 짓눌려 살다가 과로사하거나, 그저 의미 없이 살아 이미 정신은 무덤에 잠긴 채 살아가는 것이 아니라, 정신건강이나 육체건강에 좋은 취미를 찾아 삶의 여유를 찾으라는 이론이다.

골프나 외제차 수집, 호화유람선 등에 돈을 펑펑 쓰는 취미가 멋진 것도 아니다. 돈 한 푼 안 들이는 등산이나 산책, 미술관 관람, 도서관 순례, 자전거 타기 등이 오히려 더 삶을 윤택하고 풍요롭게 만들어주기도 한다.

이제는 신문기자보다는 소설가로 더 유명한 김훈 씨가 2005년 미당문학상 수상작가로 선정됐다. 그는 인터뷰를 한 다음날 기자를 찾아와 자신의 약력을 이렇게 적어 달라고 하면서, "내 몸뚱아리로 만들어낸 유일한 자랑거리"라는 이유를 댔다고 한다. 그가 부탁한 약력은 이렇다. "1948년 서울 출생. 현 자전거 레이서. 평균시속 21.5킬로미터, 내리막 최고시속 54킬로미터."

후배기자들에게는 아직까지도 전설적인 문장력의 선배로 기억되고, 이젠 『칼의 노래』 등의 소설가로 대중들의 사랑을 받는 이 남자는 '위대한 작가'로서가 아니라 '자전거 레이서'로 자신을 규정하며 더욱 자랑스러워했다. 그가 쓴 『자전거 여행』을 읽으면 우리 땅을 연필심으로 꾹꾹 눌러 글씨를 쓰듯 온몸으로 밟아서 자연을 담은 그의 고결한 취미가 느껴진다. 그래서 그는 《바자》와의 인터뷰에서 "쉰다섯 살 먹은 사내새끼들이라는 것은 대부분 썩고 부패해 있거나 일상에 매몰된 아주 진부한 놈들"이라고 비난하면서도 자신은 청년 같은 몸매를 셔츠에 숨기고 자랑스럽게 자전거를 탄다. 만약 그가 글 써서 돈벌기라는 밥벌이에만 충실했다면 절대 아름다운 글들을 쓸 수 없었을 게다.

아나운서 황인용 씨도 취미 덕분에 중년에 이어 근사한 노년을 맞이하고 있다. 그는 여행도 즐기지만 클래식 음악의 마니아다. 레코드와 음향기기를 구입하는 데 돈을 아끼지 않더니 파주 헤이리에 '카메라타'란 음악감상실 겸 자신의 놀이터를 만들었다. 천장이 높은 그의 음악실에는 1만 원만 내면 얼마든지 음악을 즐기고 맛있는 차와 케이크를 맛볼 수 있다. 주말엔 가끔 음대생이나 프로 음악가들의 실내악 콘서트가 열리기도 한다.

전성기 때 방송에서 푸근한 사회 솜씨를 보여준 모습보다 돋보기를 쓰고 자잘한 음반의 글씨를 읽어가며 레코드를 걸고, 곧이어 흐르는 음악에 도취되는 지금의 그가 더 멋져 보인다.

40대의 어떤 총각 변호사는 취미 덕분에 나이가 믿기지 않을 만큼 젊다. 매일 아침 수영을 하고, 일주일에 한 번은 민요와 창을 배우며, 친구와 더불어 요리사에게 따로 요리과외를 받기도 했다. 자신의 직업에도 충실하지만 이처럼 적절히 취미생활을 즐기는 것으로 그는 일과 생활의 균형을 유지한다. 그래서 절대 노총각의 구질구질함이 느껴지지 않는다.

독특한 취미를 가져 정신건강을 지키는 사람도 있다. 컨설팅회사를 운영하는 한 중년남성은 수시로 언론사에 독자투고를 보내고, 각 단체에도 각종 제안서를 제출하는 것이 취미다. 신문에 실리고 안 실리고를 떠나, 그리고 그 단체가 그걸 받아들이고 말고가 문제가 아니라 자신의 의견을 확실하게 정리해서 알려준다는 것에 그는 희열과 만족감을 느낀단다. 그래서 항상 각종 신문을 읽고 뉴스를 보고 주변사람들과 대화를 나누며 각종 문제에 대해 여론을 수집하면서 세상을 보는 눈을 확대한다.

한 할아버지는 색실로 예쁜 공을 만들어 친지와 이웃들에게 나눠주는 것이 취미이고, 뜨개질이 취미인 아저씨는 부인과 아이의 스웨터를 떠주며 사랑받고 있다. 취미에도 이젠 남녀의 성역이 허물어진다.

"이 다음에 나이가 들면 공기 좋은 데 가서 채소나 키우며 전원생활을 해야지."

"은퇴하면 마누라랑 이곳저곳 여행을 다닐 생각이오."

흔히 이렇게 말하지만 평소에 화분에 물 한 번 제대로 준 적이 없이 갑자기 전원생활을 하면 허리디스크나 관절염 혹은 우울증에 걸리기 쉽다. 여행 역시 평상시에라도 지하철을 타고 여기저기 다녀봐야지, 후둘거리는 다리로는 천국도 지옥 같을 게다.

중년은 취미를 심화하거나 아니면 새로 만들기에 가장 적합한 나이다. 열정적으로 일에만 몰두할 때도 아니고, 늙어서 만사가 귀찮지도 않다. 어릴 때 묻어둔 꿈을 꺼내 현실로 만들 수가 있다. 피아노, 기타, 춤, 그림, 글쓰기, 노래, 요리, 마사지, 명상, 바느질까지 뭐든 주변의 눈치를 보지 않고 가슴이 뛰고 피가 따뜻해지며 열정이 느껴지는 취미를 개발할 수 있는 시간이다.

적절한 취미생활은 더 많은 친구들을 만나 공감대를 나눌 수 있는 사교의 장을 만들어주기도 하고, 치사하고 더러운 세상을 피해 혼자만의 청아한 시간을 즐길 수 있는 해결사 노릇도 해준다.

30년간 부지런히 그림을 그려 비엔날레에도 초대받은 가수 조영남 씨를 보면 취미의 중요함을 알 수 있다. 그는 이혼, 재혼 또 이혼을 거듭하고 수시로 구설수에 시달리면서도 집요하게 그림그리기에 정진해 화단에서 인정받았고, '맞아 죽을' 지경의 비난을 받을지언정 국내외 초대전이 끊이지 않는다.

만약 그가 그림을 그리지 않았거나 도박 등의 이상한 취미에 탐닉했다면, 스스로 고백했듯 독신남으로서의 긴긴 밤을 견디지 못해 엄청나게 스캔들을 만들어 진즉에 매장되었을지도 모를 일이다. 그림 그리기란 취미가 젊은 여자들을 쫓아다니기보다 훨씬 더 흥미진진했기에 그는 구원받은 셈이다. 어쩌면 성격이 아니라 취미가 남자의 생을 만드는지도 모른다.

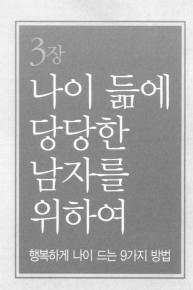

3장
나이 듦에
당당한
남자를
위하여

행복하게 나이 드는 9가지 방법

반드시 성공해야 한다는 강박관념, 상사나 부하들의 눈치, 아내와 자식들에 대한 의무감, 원하지 않는데도 억지로 해왔던 일들에서 벗어나 자유롭게 내 의지대로 내 가슴이 뛰는 일을 할 수 있는 새로운 막이 펼쳐지는 시기인 것이다. 예전처럼 그저 조용히 죽기만을 기다리는 때가 아니라, 아직 건강한 몸과 뜨거운 열정으로 청장년기를 길게 유지할 수도 있고, 전혀 다른 인생을 살기 위해 모험을 시도하며 두 번째 문을 여는 시기가 바로 중년이다.

"가장 많이 산 사람은
오래 산 사람이 아니라
가장 많이 생을 느낀 사람이다."
-루소-

지금,
또다른
시작이
나에게
찾아왔다

"이제 뭐 우리 세대는 끝난 거죠. 정상에 올라보지도 못했는데 등 떠밀려 내려갈 일만 남았어요. 정년도 불과 몇 년 안 남았고, 후배들 눈치 보며 정년을 무사히 채운다 해도 그 다음은 또 뭘 하고 살아야 할지…… 인생이 이렇게 허망할 수가 없네요."

"친구들끼리 만나면 항상 옛날이야기만 해요. 학창 시절의 추억, 신입사원 때의 에피소드, 그리고 자산의 화려했던 날들…… 그런데 내일에 대한 희망을 말하는 친구는 드물어요. 지금 잘나가고 있는 부러운 녀석들, 심지어 똑똑한 자식에 마누라도 능력 있어서 노후 걱정이란 건 없을 것 같은 친구도 그래요. 정말 나이 들면 아무 재미도, 기쁨도 없어지는 건가요."

많은 중년남자들이 이런 푸념을 한다. 마치 당장 죽음이라도 앞둔 사람들 같다. 물론 요즘처럼 모든 것이 빛의 속도로 변하고, 부지런히 낸 국민연금이나 효자의 부양 그 어느 것도 예측이 어려운 불확실성의 시대에 그 누가 '나의 미래는 장밋빛'이라고 노래할 수 있을까. 하지만 중년기가 그렇게 벼랑 끝에 선 시기는 아니다.

물론 운동과 성형수술로 리모델링을 해서 팽팽한 몸매가 된다 해도 중고 자동차가 수리한다고 연식이 달라지지 않듯 중년이 청년이 되지 않으며, 속절없이 빠져나간 머리카락도 다시 돌아오지는 않는다. 그렇다고 중년이 된다 해서 판도라의 상자에 유일하게 남아 있던 희망마저도 속절없이 사라지는 것은 아니다.

여자들은 중년기에 '끝!' 하는 소리가 들리는 폐경기, 남자들의 심정적 폐경기가 아니라 진짜 몸과 마음의 폐경기를 겪으면서 엄청난 심리적·육체적 변화를 느끼지만, 오히려 50이 넘어서 더 행복하다는 사람들이 많다.

팔순을 바라보는 김남조 시인은 "모든 나이마다 다 의미가 있고 좋았지만, 만약 하느님이 10년의 삶을 덤으로 선물해 주신다면 40, 50대를 다시 살고 싶다"고 했다. 여성들에게 40~50대라는 시기가 부모봉양이나 자녀양육, 남편 뒷바라지의 의무에서 벗어나고, 임신의 공포와 항상 여성스러워야 한다는 부담감도 벗어던진, 한 인간으로 자유롭게 자신이 바라던 일을 하고 몸과 마음의 평화를 느끼는 때라는 것이 많은 여성들의 공통된 증언이다. 반면 남자들은 중년기에 더 공포를 느끼고 방황한다.

지금 대한민국은 물론 세계의 중년남성들은 인류 역사상 최초로 2막의 무대에 선 세대들이다. 1900년대 초만 해도 평균 수명은 45~50세였다. 과거의 평균수명은, 신생아 때 죽은 아이들, 전쟁 등 사고나 각종 질병으로 요절한 이들이 많이 가져가버려서 그런 것도 있지만, 실제로 예전엔 환갑까지만 산 것도 축복해 줄 일이었다. 그래서 동네에서는 장수를 축하하는 잔치도 열었다. 이제 60세는 힘이 펄펄 넘치는 나이다. 미국은퇴자협회가 실시한 설문조사에 따르면, 70대 노인의 60퍼센트가 자신이 청년기와 다름없다고 느끼고 있는 것으로 나타났다. 통계에 따르면 2004년의 평균수명이 80세 정도이며, 2020년경을 전후로 유전자지도의 완전해독이나 줄기세포의 획기적인 상용화가 이루어지면 100세 무병장수의 삶이 현실이 될 것이라 한다. 따라서 지금 50세인 사람에게도 50여 년의 삶이 고스란히 남아 있는 셈이 되는 것이다.

중년기란 그저 나이의 숫자가 많아졌을 뿐이지, 체력이나 열정이 갑자기 뚝 떨어지는 것도, 사는 재미가 없어지는 시기인 것은 아니다. 또한 중년 이후에 보낼 삶이 지난 50년간 살아왔던, '내가 어떤 존재인지도 모르는 채 남의 눈치와 가족들의 행복을 위해 허덕거리며 보내야 하는 그런 시간'이지도 않다. 반드시 성공해야 한다는 강박관념, 상사나 부하들의 눈치, 아내와 자식들에 대한 의무감, 원하지 않는데도 억지로 해왔던 일들에서 벗어나 자유롭게 내 의지대로 내 가슴이 뛰는 일을 할 수 있는 새로운 막이 펼쳐지는 시기인 것이다. 예전처럼 그저 조용히 죽기만을 기다리는 때가 아니라, 아직 건강한 몸과 뜨거운 열정으로 청장년기를 길게 유지할 수도 있고, 전혀 다른 인생을 살기 위해 모험을 시도하며 두 번째 문을 여는 시기가 바로 중년이다.

미국에서 성공한 케이블TV 사 사장이며 리더십 네트워크의 창립자이기도 한 밥 버포드는 인생을 축구경기에 비유한 『하프타임』이란 책에서 "우리 (중년)세대는 인생의 후반전에서 할 일을 선택할 수 있는 사치스런 시간을 향유하는 첫번째 세대"라면서 "중년기는 후반전을 어떻게 꾸려야 할지 작전을 짜는 하프타임과 같다"고 말했다. 후반전은 전반전과 똑같은 모습으로 치러지지 않는다. 하프타임은 숨을 고르고, 전반전 경기를 분석하고 장단점을 파악한 후 근사한 후반전을 위한 힘을 비축하는 시기다. 또 인생 1막이 '남들이 원하는 대로 정신없이 살아온 나'로 구성되었다면, 휴식시간을 거친 후에 새로 막이 열리는 2막은 '내가 바라는 나', '가장 나답게 사는 나'의 모습이 그릴 때다.

작은
변화가
인생 2막을
결정한다

하프타임이건 휴식시간이건, 중요한 건 '자기성찰'과 '변화'이다. 변화경영전문가 구본형 씨는 한 칼럼에서 중년기 변화의 중요성을 이렇게 강조했다.

"마흔 살 10년은 모름지기 인생의 가장 중요한 혁명의 시기다. 이 때 전환하지 못하면 피기 전에 시든 꽃처럼 시시한 인생을 살게 된다. 사람들은 이때를 후반전의 인생을 위한 휴식시간, 혹은 2막이라고 부를지 모른다. 어림없는 말이다. 실력이 모자라면 후반전의 경기는 또 한 번의 비웃음을 사는 것에 불과하다. 1막에서 시시한 엑스트라가 2막에서 돌연 위대한 주인공으로 돌변하는 연극을 나는 본적이 없다. 다른 사람의 각본으로 다른 사람의 연출에 따라 미리 정해진 배역을 맡은 배우는 꼭두각시일 뿐이다."

인생은 연극이 아니다. 인생은 진짜다. 마흔 살은 지금까지의 연극을 끝내고 진짜 내 인생을 사는 것이다. 스스로 대본을 쓰고, 스스로 연출하고, 스스로 배우가 되는 진짜 이야기, 이것이 마흔 살 이야기다. 이때 10년의 상징은 죽음과 재생이다. 거대한 낭떠러지가 큰 강을 만든다. 낙엽은 나무가 겨울을 나기 위한 아름다운 죽음의 의식이다. 죽어야 다시 하나의 나이테를 만들어낼 수 있고, 봄에 꽃을 피울 수 있고 열매를 맺을 수 있다. 마흔은 평범한 사람에게는 가을이 아니라 겨울과 또다른 봄이다. 내가 보고 겪은 바로는, 이때 그 치열함이란 생사를 가르는 비장함이다. 어느 시인의 표현을 빌리면, "구비구비 흘러온 길도 어느 한 구비에서 끝난다. 폭포, 여기까지 흘러온 것들이 그 질긴 숨의 끈을 한꺼번에 탁 놓아버린다. 다시 네게 묻는다. 너도 이렇게 수직의 정신으로 내리꽂힐 수 있느냐. 내리꽂힌 그 삶이 깊은 물을 이루며 흐르므로, 고이지 않고 비워내므로 껴안을 수 있는 것이냐." 이것이 마흔 살 10년의 정신이다. 죽지 않고는 살 수 없다.

쉰 살이 되면 자신의 인생을 미소를 머금고 지켜가면 된다. 커다란 강이 오후의 황홀한 햇빛 속을 눈부신 자태로 유유히 흘러가는 그 장관을 연상해 보면 좋을 것이다. 그 안에 수없이 많은 고기떼를 품고 흐르는 커다란 관용의 강물이다. 자신의 인생에 대하여, 자신의 하루에 대하여, 자신이 이루어낸 크고 작은 멋진 일들에 대하여 마음껏 즐길 수 있는 가장 평화로운 시절이다.

그러나 변화란 꼭 삶을 통째로 바꾸거나 뒤흔드는 혁명은 아니다. 또 엄청난 기술이 필요하거나 수술 같은 고통을 동반하지도 않는다.

우리가 유치원에서 이미 배웠던 가장 기초적인 상식들, 그저 조금만 마음과 생각을 바꿔 실천에 옮기기만 하면 되는 일들이기도 하다. 미국의 상담전문가 메이지 스튜어트는 '변화를 위한 좋은 습관'을 제안한다.

- 원하는 것을 요구하라.
- 자신을 믿어라.
- 좋은 일을 하라.
- 마음이 원하는 대로 따르라.
- 베풀어라.
- 유머감각을 가져라.
- 언제나 자기 자신이 되라.
- 더 많이 참여하라.
- 용서하고 화해하라.
- 새로운 친구들을 사귀어라.
- 정신에 영양을 공급하라.
- 더 많이 놀고 즐겨라.
- 별을 잡으려고 손을 뻗어라.
- 진실을 말하라.
- 더 많이 이해하려 하고 판단은 적게 하라.
- 순간을 경험하라.

건강검진을 받아 자기 몸의 상태를 정확히 파악하듯, 40대 이후엔 일단 자신이 현재 어떤 상태이고 무엇이 장점이며, 또 마음속에서 진심으로 무엇을 바라는지 알아야 한다. 변화란 모양이 바뀌는 것이 아니라 더 나은 길로 나아가는 것이다.

　그렇다고 갑자기 훌훌 털고 떠나거나, 컴퓨터전문가에서 농부가 되거나, 이민을 떠나거나, 성형수술로 전혀 다른 얼굴을 갖는 등의 급속한 변화를 갖는 것은 바람직하지 않다. 누구나 체험했듯 '원형질'은 잘 변하지 않는 법이다. 《타임》의 칼럼니스트이며 『유쾌하게 나이 드는 법』의 저자 로저 로젠블라트는 "우리 삶의 8분의 1 정도만 바꾼다는 생각으로 중년 이후의 변화를 시도하는 것이 좋다"고 조언한다. 너무 급속한 변화는 내가 나에게 적응하지 못할 수 있기 때문이다.

이제,
알몸의
삶을
살아라

　　성인이 되면서 남자들은 일과 직업으로 자신의
존재를 나타내고 서로의 정보를 교환한다. 『신데렐라 콤플렉스』의
저자 콜레트 다울링은 "여자들에게 '당신이 누구인지 말해 보라'고
하면 대개 '어디에 사는 아무개 부인이고 두 아이의 엄마' 등 가족관
계로 자신을 규정하지만, 남자들은 회사 현관의 수위부터 꼭대기 층
의 회장에 이르기까지 자신의 일로 스스로를 설명한다"고 말한다.
절친한 동기동창이라도 같은 회사에서 국장과 차장으로 직급이 다
르면 사무실에서는 깍듯하게 존칭을 쓰는 것이 상식이고, 누굴 만나
도 모모 부장, 모모 교수 등으로 꼬리표를 달았다. 남자들은 사회적
관계로만 자신을 드러내고 인연을 맺지, 정서적 관계에는 약하기 때
문이라고 한다.

하지만 중년기 이후의 삶을 풍요롭고 재미있게 누리려면 명함이 없는, 사회적으로 포장되지 않은 알몸으로 자신을 보여줄 용기가 필요하다. 그리고 본인의 노력에 따라 자연스럽게, 필요가 아니라 즐겁기 위해 사람들을 만나고, 어떤 일을 하고, 기꺼이 시간을 투자하는 것이 근사한 삶을 지속하는 비결이기도 하다.

매스컴에는 가끔 대기업이나 은행의 간부, 교장선생 등이 은퇴 후 주유소 주유원, 아파트 경비 등으로 열심히 일하는 모습을 소개한다. "과거의 화려함은 다 잊고 그저 오늘 땀 흘리며 일할 수 있다는 것에 보람을 느끼지요"라며 활짝 웃는 사진이 함께 게재된다. 그렇게 웃기까지 속으로 얼마나 피눈물을 흘렸을까. 항상 회사 건물에 들어서면 수위들의 거수경례를 받던 간부가 "어이 아저씨, 휴지 안 줘?"라며 반말을 내뱉는 고객들의 비위를 맞춰가며 주유원으로 일하려면 얼마나 온몸의 기름이 빠져나갈까.

공기업 간부로 일하다 '정리해고' 당했다는 모씨는 아파트 경비로 일한다.

"52세에 완전히 백수가 되었는데, 정말 암담하더군요. 더 서글픈 건 마누라가 마치 제가 무슨 전염병 환자나 죄인이라도 된 것처럼 자기 친구들이 오면 안방에서 절대 못 나오게 하는 거예요. 창피하다나요. 아이들 교육 때문에 지방에서 근무할 때도 혼자 가서 홀아비 생활을 1년이나 했는데, 너무하다 싶더군요. 더 이상 마누라 구박도 받기 싫고 해서 닥치는 대로 부탁해서 겨우 얻은 직장입니다. 제가 일하는 이 아파트는 유난히 검사, 교수, 의사들이 많이 사는데, 고개 뻣뻣하게 퇴근하는 그들을 보면 부럽다기보다 '당신들도 얼마

안 남았다'란 생각이 들더라구요."

반면 중년에 취미활동으로 새로운 삶에 눈떴다는 사람들도 있다. 중년의 치과의사는 인터넷 카페에 가입, 식도락 동호회에서 활동한다. 자신의 직업도, 나이도, 본명도 안 밝히고 아이디로 주로 서로를 부르는 이들은 '맛있는 음식을 아름답게 먹어 이 땅에서 천국을 누린다'란 공통 목표를 가지고, 서로 정보도 교환하고 음식평론도 하며 한 달에 한두 번 맛있다고 소문난 식당을 함께 찾는다. 20대의 동아리 멤버들과 '식욕으로 맺어진 끈끈한 우정'을 나눈다는 그는 아직까지는 명함을 나눠준 적이 없단다.

"일단 치과의사라고 직업을 밝히면 혹시 교정이나 임플란트 싸게 해줄 수 없냐는 질문에서부터 직업으로 저를 규정하려는 사람들이 많아요. 하지만 이 모임에서는 그저 음식을 사랑하는 공감대만으로 뭉쳐 음식 이야기만 하니까 너무 편해요. 나중에는 직업을 밝히겠지만, 그건 중요한 게 아니죠."

중년에 '알몸'이 되어 가장 성공한 사람은 지미 카터 전 미국 대통령이다. 재임 기간에는 유머감각 없이 뻣뻣한 이미지에 별로 업적도 없어 무능한 대통령으로 평가받던 그는 50대에 해직(?)되어 실업자가 되었다. 과거 땅콩 농사를 짓던 그리운 고향으로 돌아왔을 때 그에게 남은 것은 영광이 아니라 잘못 투자해 고스란히 떠안은 빚이 전부였다. 일단 자서전을 써서 대충 빚을 갚은 후, 카터 부부는 겸허한 자세로 낮은 곳으로 임해 사랑의 집짓기 운동 등 자원봉사 활동에 투신했다. 그리고 이제 세계적인 평화대사로 활동하며 은퇴 후에 가장 빛나는 대통령이라는 평가를 받고 있다. 만약 그가 백악관 시절의 영화만 추구했다면 그는 아마도 우울증에 걸려 땅콩 밭을 밤새 배회하다 화병으로 죽었을지도 모른다. 하지만 그는 청바지에 셔츠 차림으로 흉내만 내는 게 아니라 진짜 땀 흘리고 일을 해서 봉사활동의 모범을 보여주었으며, 지금은 사람들에게 존경과 사랑을 받으며 근사한 노후를 보내고 있다.

신문사를 그만두고 식당을 운영하는 선배는 후배들에게 이렇게 충고했다.

"현직에 있을 때 너무 목에 힘주지 말고 겸손하게 사람들을 대해야 해. 신문기자 시절엔 무서울 게 뭐 있나. 새파란 신참들에게도 장관이나 사장이 깍듯하게 대접하고 항상 청탁만 받으니 자기가 장관이나 사장인 줄 착각하기 쉽지. 그런데 막상 신문사를 떠나면 그저 김씨 아저씨나 박형일 뿐이야. 식당을 개업하는 과정이나 또 문 열고 난 다음에 제일 힘든 건, 전에는 내 말이라면 껌뻑 죽는 척하던 경찰이나 공무원들에게 내가 굽실거려야 한다는 거였어. 그런데 어쩌냐, 그게 인생인 걸. 예전에 바쁘다고 잘난 척하고 안 만났던 사람들, 박정하게 굴었던 이들에게 벌 받는 것 같더라구."

옷을 벗어버린 은퇴 후에는 누구나 알몸이 된다. 아직 현직에 있을 때, 빳빳한 명함이 있을 때 기꺼이 알몸의 마음으로, 그리고 자연인으로 대화를 나눌 수 있어야 한다.

호기심과
유치함을
배워둬야
젊어진다

진짜 나이를 의심할 만큼 활기차고 멋져 보이는 이들의 공통점은 호기심이 많다는 것이다. 호기심은 타고난 성품이기도 하지만 꾸준히 키워가는 노력도 필요하다. 따라서 중년 때부터 습관과 학습으로 익혀둬야 한다. 신간 서적, 인터넷 유머, 유행과 신곡 등에 관심을 갖고 부지런히 따라 부르고 메모해 두는 훈련을 해야 나이 들어서도 지치지 않고 호기심으로 반짝거리는 눈빛을 유지할 수 있다. 꼭 시간과 돈이 많아야 호기심을 충족시킬 수 있는 것은 아니다. 늙는다는 것은 숫자상의 나이를 먹는 게 아니라 열정과 호기심을 잃는다는 것이다.

'호기심'을 잃지 않아 멋진 중년기를 보내고 더욱 근사한 노년을 준비하는 사람이 있다. 만화가 겸 여행가인 조주청 씨다. 연세대학교 상대를 나온 그는 원래 대기업에 다니던 평범한 회사원이었으며, 건설업에도 종사했다. 돈도 제법 벌었지만 어릴 때부터 재능이 있고 좋아했던 만화에 대한 열정을 버릴 수가 없었다. 그래서 마흔이 가까운 나이에 부지런히 만화를 그려 여기저기 신문과 잡지사에 투고했다. 그 무렵 기자 초년생이었던 나는 누런 봉투에 담아 보낸 그의 만화를 보게 되었다. 솔직히 놀랄 만큼 훌륭한 솜씨는 아니었지만 선이 독특했고 자기소개서까지 보낸 열성이 감동적이라 아마도 데스크에게 보여주고 그에게 연락을 한 것 같다.

그는 마구 만화 원고를 보냈던 언론사들로부터 서서히 원고 청탁을 받아 본격적인 만화가로 자리 잡았고,《새벗》같은 어린이잡지에 산골벽지의 작은 학교 방문기를 맛깔스런 글솜씨와 사진, 그리고 삽화를 곁들여 연재했다. 그 여행기가 인기를 끌 무렵 해외여행 자유화가 되었는데, 그는 각국 관광청의 초대를 받아 외국여행을 자주 다니게 되었고 각종 신문잡지에 여행기를 연재하며 여행가로 변신했다.

회원권 없이도 싼 값에 골프를 즐길 수 있는 외국의 넓은 골프장에서 골프를 친 경험을 살려 골프 칼럼도 쓰고, 요즘은 중년과 노년의 부부가 이민을 가지 않아도 한겨울과 한여름 두 달씩 싸고 즐겁게 머물다 올 수 있는 장기체류 여행지를 전문적으로 소개하고 있다.

1년에 반은 해외여행을 하고, 국내에 머물 때는 평창동의 집과 삼청동의 아름다운 사무실을 오가는 그의 생활이 마냥 부럽기만 하다. 신나게 놀고 여행하고 사진 찍고 그걸로 돈도 실컷 버니 말이다. 그러나 그가 다니는 여행지는 파리와 하와이 등 쾌적한 관광지만은 아니다. 오지나 정글도 가고, 말도 안 통하는 이들과 손짓발짓으로 대화를 나누고 토할 것 같은 냄새의 음식도 먹어야 한다. 조주청 씨는 중년에 새로운 세상에 대한 호기심과 도전정신을 발휘해서 나이가 들어갈수록 흥미진진한 삶을 살고 있다.

호기심만이 아니라 '유치찬란' 역시 중년부터 배워둬야 할 덕목(?)이다. 세계적인 석학이란 지위에도 하얀 백발을 휘날리면서 아기처럼 혓바닥을 쏙 내밀고 사진을 찍은 아인슈타인의 천진함은 그를 그저 위대한 과학자가 아니라 사랑스러운 영웅으로 만들었다.

'그냥 심심한 인생에 장난치는 거'라고 이야기하면서도 놀랄 만한 작품을 만들어내는 비디오아티스트 백남준 씨, 아흔여섯의 나이에도 딸이 갖고 놀던 인형을 매일 목욕시켜 주고 짝사랑하는 잉그리드 버그만의 사진을 책상에 붙여둔 소설가 피천득 선생을 보라. 신화학자 이윤기 씨는 나이 들어서도 끝없는 창작비결을 "내 마음속의 어린아이에게 계속 말을 거는 것"이라고 했다.

명지대 여가학과의 김정운 교수는 항상 만화영화 주인공 캐릭터가 그려진 넥타이를 맨다. 40대 중반의 교수가 미키마우스, 도널드 덕 등이 그려진 유치한 넥타이를 매는 것이 너무 신기하고 기특해서 "넥타이가 마음에 든다"고 했더니 너무 자랑스러워했다.

"이거 이태원에서 몇 천 원에 샀는데 실크 100퍼센트예요. 하도 자주 가니까 넥타이 가게 아줌마가 '교수님, 이번엔 피터팬이 나왔는데요'라고 전화를 걸어줘요. 어떻게 하면 즐겁고 신나게 노느냐를 연구하는 여가학이 제 전공인데 너무 엄숙한 넥타이를 하면 안 어울리죠."

원래 심리학 전공인 김교수는 독일 유학시절에 우울증에 빠질 만큼 진지한 성격이었는데, 여가학으로 전공을 바꾸면서 하루 종일 현대인들이 일과 생활의 스트레스에서 벗어나 잘 노는 연구를 하다 보니 성격도 밝아지고 자주 웃는다고 했다.

만화가 그려진 시계를 차거나 나이에 안 어울리게 아동복 스타일의 옷을 입었다고 유치해지는 것은 아니다. 나잇값을 해야 한다는 강박관념에서 벗어나 자신 속의 어린아이를 꺼내는 것이 즐겁게 나이 드는 비결이다. 세상 어디에도 '예순이 넘으면 이런 옷차림을 해야 하며 말투는 저런 식으로 해야 한다'는 규정은 없다. 칠순에도 핑크빛 셔츠를 입고 술래잡기 놀이를 할 수 있고, 팔순에도 사랑에 빠져 패스트푸드점에서 햄버거를 먹거나 인라인 스케이트를 타며 데이트를 즐길 수 있다. 즐거움에 겨워 미소 지을 때 나타나는 소년의 얼굴과 표정에 드러나는 순수함이 유치찬란함으로 중년의 남자를 빛나게 한다.

이런 이들을 '오팔세대(OPAL, Old People with Active Life)'라고 한다. 나이 들어서도 오팔보석처럼 반짝반짝 빛나는 눈과 마음으로 어린 사람들과도 마음을 열어놓고 이야기를 하면, 그것이 사랑 이야기건 역사 이야기건 얼마든지 밤새워 말할 수 있다. 열정과 호기심에 반짝이는 눈을 가진 사람에게 우리는 결코 몇 살이냐고 물어보지 않는다.

"맞아, 그래!"
긍정적 태도가
행복으로
이끈다

"돈만 많아 봐, 노후가 무슨 걱정이야. 매일 골프 치고, 여행 다니고, 수시로 건강검진 받고, 몸에 좋다는 약을 다 먹고, 이웃과 친지들에게 넉넉히 베풀고 살면 그게 극락이지. 하지만 돈이 없으면 생활에 찌들어 가족관계도 나빠지고 친구들 만나기도 싫어져. 유전무죄 무전유죄라는 말이 있듯 이젠 유전행복 무전불행의 시대야."

당연히 돈은 중요하다. 하루 끼니조차 해결하지 못하는 이들에게 행복을 강요할 수는 없다. 그러나 돈으로 해결할 수 없는 것들은 더 더욱 많다.

미국 하버드대학 성인발달 연구소는 820여 명의 미국인을 대상으로 80년 이상의 발달과정을 분석, 행복한 노화에 필요한 조건이 무엇인지 밝혀내 화제가 되었다. 1920년대에 태어나 사회적 혜택을 받고 자란 하버드 졸업생, 1930년대에 출생한 보스턴 빈민, 1910년대에 태어난 천재 여성 등 세 집단을 5년 주기로 인터뷰해서 2000년에 발표한 자료이다. 물론 조사결과는 '뻔한 소리'이긴 했다. 성공적인 노화의 열쇠는 금전이 아니라 자기관리와 사랑이란 것이다. 신체요인보다 더 건강한 노년을 보장하는 것은 '성숙한 방어기제'였다. 소소하게 불쾌한 상황에 부딪히더라도 심각한 상황으로 몰아가지 않고 긍정적인 방향으로 전환할 수 있는 능력이 방어기제다. 어려움에 처해도 '곧 좋아지겠지'라고 받아들이는 것, 희망을 갖고 낙천적으로 세상을 보며 금방 마음을 다스릴 수 있는 능력은 50세 이전에 키워둬야 한단다.

미국 켄터키의대의 데이비드 스노든 박사는 수녀들이 다른 여성 집단에 비해 장수하는 것에 착안, 미국 수녀들을 대상으로 노화연구를 했다. 25년에 걸친 역학조사와 본인들의 허가를 얻어 사후 뇌를 기증받아 연구한 결과, 다인종국가인 미국에서 사는 수녀들의 경우 인종, 성장환경, 개성 등이 다 달랐으나 오래 산 수녀에게는 공통점이 있었다. 바로 낙천적이고 긍정적인 성격이다. 수녀들은 예비수녀에서 정식수녀가 될 때 서원식에서 짧은 자서전을 쓰게 되는데, 그때 밝고 긍정적인 단어들로 길게 썼던 수녀들이 아프지 않고 오래 살아 아흔 살에도 성가대 지휘를 하는 등 활기찬 삶을 유지했다는 것을 밝혀낸 것이다. 반면, 같은 수녀생활을 해도 비관적이고 우울한 성격의 소유자들은 중년에 병들거나 일찍 사망한 경우가 많았다고 한다.

존 레논의 아내로 더 잘 알려진 행위예술가 오노 요코가 서울에 왔을 때 그 작품전시회에 갔던 적이 있다. 레논을 사로잡아 비틀즈를 해산시킨데다 전 재산을 차지한 영악하고 사악한 일본 여자로 인식되는 그녀였지만, 그 작품전을 보고 나니 왜 존 레논이 마약 맞은 듯 그녀에게 꼼짝 못 했는지, 그리고 70이 넘도록 어쩌면 그렇게 싱싱하고 건강한지를 알 것 같았다.

그녀의 설치작품 중에는 사다리를 타고 올라가 돋보기로 천장에 붙여진 작은 글씨를 보는 작품이 있었다. 짧은 다리를 후들거리며 사다리에 올라가 겨우 본 그 글씨는 바로 'YES!' 세상에, 삶에, 자연에, 자기에게 닥친 불행에게까지도 "YES"라고 자신 있게 말할 수 있는 그녀의 긍정적인 생각과 자신감에 감탄사가 절로 나왔다. "아냐, 싫어, 몰라, 귀찮아, 설마, 퍽이나, 안 돼" 등 부정적인 말과 태도가 아니라 "예, 해볼게요", "좋아요"라고 말하면 어렵던 문제도 쉽게 풀린다.

성격이 운명을 만든다고 하지만, 내 생각에는 태도가 운명을 만드는 것 같다. 밝고 긍정적이고 낙관적인 태도로 삶을 받아들이고 남들을 대하면 당연히 세상도 그에게 호의적으로 바뀌고 일도 잘 풀린다. 하지만 매사 투덜거리고 비관적으로 삶을 보며 타인에게 냉소적인 태도로 일관하는 이들은 스스로를 고립시켜 무인도를 만들어버리고 천국에서도 혼자 지옥을 느낀다.

중년남성들이 제일 억울해 하는 부분이 직장 성희롱이다. 평소엔 애교도 떨고 팔짱도 끼던 여직원들이 술자리에서 옆에 앉으라고 권했다는 이유만으로 자신을 성희롱범으로 여긴다며 투덜댄다. 하지만 성희롱은 꼭 특정 행동에 관해서 규정되는 것이 아니다. 회식자리에서 술에 취해 비틀거리다가 여직원을 껴안듯 넘어졌을 경우, 만약 그 사람이 평소에 행동이 단정하고 평판이 좋은 사람이라면 "어머, 부장님이 많이 취하셨나봐. 어제 야근도 하셨는데 억지로 술까지 드셨으니……"라고 말하며 안쓰러운 마음에 부축해서 집에 무사히 데려다주기도 한다. 그러나 평소 느글거리는 시선에 "어이 미스 리, 오빠 같은 사람이 동생 손 좀 만지자는데 왜 그리 비싸게 구나" 등의 불량한 태도를 보였다면, 그 여직원은 다음날 회사에 출근해 그를 성희롱범으로 고발한다. 다른 사람들도 동정은커녕 "그럴 줄 알았다"며 고소해할 게다.

진대제 장관은 주한 유럽연합상공회의소가 주최한 세미나에서 강연할 때, 매우 재미있는 실험을 보여줬다. 영어 알파벳 A부터 Z까지 다 쓴 다음 A는 1, B는 2, C는 3처럼 각 알파벳에 점수를 매겼다. 그리고 여러 단어들을 제시해서 그 단어의 알파벳 합계를 알아봤다.

"100점짜리 인생을 사는 데 제일 필요한 게 뭘까요?"

그러면서 열심히 일하기(Hard Work), 사랑(Love) 등의 단어 점수를 계산해 봤는데 다들 100점이 나오지 않았다. 오직 태도(Attitude)만이 100점이었다. 그만큼 사람들의 태도, 즉 자신에게 다가온 세상을 바라보는 자세나 다른 사람들에게 보여주는 행동이 그의 삶을 충족시켜 주고 빛깔을 규정한다는 것이다.

미국의 중년남자 제프 켈러는 변호사를 천직으로 여기며 살아오던 어느 날, 자신이 그리 행복하지 않다는 것을 깨닫는다. 하지만 그 상황을 어떻게 타개해야 할지, 삶에서 행복과 보람을 되찾기 위해 무엇을 해야 할지 막막해 하다가, 우연히 텔레비전 홈쇼핑에서 광고를 보고 자신의 삶을 완전히 바꾸었다.

그 광고는 '마음의 은행'이란 이름이 붙은 자택 통신학습 코스로, 우리가 인생에서 성취하는 모든 것이 무의식의 믿음에 어떻게 기반을 두고 있는지 설명하는 프로그램이었다. 그는 평소 신중한 성격이었지만 무의식적으로 전화를 걸어 그 제품을 샀고, 책과 테이프를 보며 새로운 인생을 찾았다. 긍정적인 태도 및 동기부여와 관련된 글을 쓰고 강의를 하는 일에 자신의 피가 끓어오르는 것을 발견한 것이다.

그는 4년 동안 숱한 관련 자료를 모으고 책을 읽고 세미나에 참석하며 역량을 구축한 다음에, '태도가 모든 것이다(Attitude is Everything, Inc)'라는 회사를 설립했다. 성공한 사람들을 연구하던 그는, 그들의 공통점이 '태도'와 '헌신'이란 것을 파악했다. 태도는 세상을 보는 창인데, 깨끗하고 투명한 창을 통해 자신의 삶과 세상을 보는 이들은 항상 자신감 있게 성공하며, 또한 그 창을 맑게 유지하려면 항상 헌신적으로 창을 깨끗하게 닦아야 한다는 것이다.

행복한 사람이란 좋은 환경에 있는 사람이 아니라 좋은 태도를 지닌 사람이다. 그동안 기자로서 인터뷰나 모임을 통해 만났던 숱한 사람들 가운데서 좋은 이미지를 갖고 다시 만나고 싶어지는 이들 역시 화려한 외모나 현란한 화술, 혹은 그들의 재력이 아니라 호감이 가는 태도, 긍정적인 사고를 가진 사람들이다. 아무리 유능한 실력자나 유명 스타라 해도 태도가 불량한 사람하고는 만나고 싶지 않다. 그들의 역겨운 태도를 인내하기엔 내 시간이 너무 아깝기 때문이다.

'긍정적 태도'는 주변 사람들에게 좋은 인상을 주는 것은 물론 어떤 극한 상황이나 어려움도 이겨내게 한다. 2차 세계대전 당시 나치 포로수용소에 있던 사람들 가운데서도 어떤 사람들은 죽음의 공포에 못 이겨 시름시름 앓다 죽기도 하고, 또 어떤 사람들은 "그래도 언젠가 자유를 찾을 거야"라며 긍정적인 신념으로 버텨 결국 해방의 기쁨을 누리기도 했다.

거절과 비난을 당할 때도 마찬가지다. 내게 쏟아지는 비난 역시 화를 내며 맞대응하기보다는 비난받을 이유가 뭔지를 생각해 보는 것이 중요하고, 거절당할 때도 모욕감을 느끼거나 좌절하기보다 '다시 한 번 시도해 보자'는 태도를 가져야 성공한다.

전세계적인 베스트셀러로 3천만 부나 팔려나간 『영혼을 위한 닭고기 스프』는 3년 동안 33번이나 모든 출판업자들로부터 거절을 당한 책이다. 그러나 잭 캔필드와 마크 빅터 한센은 실패했다고 좌절하지 않았다. 33번이나 거절당하면서도 다시 34번째 출판사를 찾아가게 한 힘은 바로 그들의 긍정적 태도였다. 한두 번 거절을 당한 후 포기했다면 그들은 오늘의 달콤한 승리를 맛보지 못했을 것이며 해마다 쏟아지는 수십억 원의 인세도 받지도 못했을 것이다.

제프 켈러는 우리의 태도가 타고난 것이 아니라 얼마든지 노력과 훈련에 의해 달라진다고 말한다. 일단 긍정적인 생각을 갖도록 긍정적인 말을 연습하는 것이 중요하며, 부정적인 말이나 항상 투덜대는 사람들과는 멀리 거리를 두고, 부정적인 사람들에게는 조언을 구하지도 말라고 한다. 평소에 항상 긍정적인 말을 하고 마치 아주 멋진 영화를 찍는 것처럼 자신이 가장 바라는 모습을 영상화해서 자꾸 생각을 반복하다 보면, 생각과 마음과 행동이 그 방향으로 나아가서 원하는 바를 얻는다는 것이다.

제일 먼저 시작할 일은, 사람들이 "요즘 어떠세요?"라고 물었을 때의 태도이다. 대부분은 "아유, 힘들어 죽겠어" 혹은 "뭐 그냥 그렇지"라고 하지만, 이제는 "아주 좋아요", "멋진 시간을 보내고 있고 더 좋은 일이 생길 것 같아요"라고 말하는 훈련을 하라는 것이다. 우리가 하는 말은 우리의 의식에 고랑을 만들어 마치 고장 난 레코드판처럼 그 말과 같은 행동을 반복하게 만들기 때문이다.

찰스 스윈돌 박사는 태도의 본질과 그것이 우리 인생을 어떻게 지배하는지를 잘 알려준다.

"태도는 과거보다 중요하고 교육이나 돈, 환경, 실패나 성공보다 중요하다. 또한 다른 사람들의 생각이나 말이나 행동보다 중요하며 외모나 재능, 기술보다 중요하다. 우리는 과거를 바꿀 수도 없고 사람들이 특정한 방식으로 행동하려는 사실을 바꿀 수도 없다. 우리는 피할 수 없는 것은 바꿀 수 없다. 우리가 할 수 있는 것이라고는 우리가 가진 줄 위에서 노는 것뿐인데, 그 줄이 바로 우리의 태도다. 우리는 그날 하루를 받아들이는 태도를 선택할 수 있는 것이다. 인생이란 일어나는 일 10퍼센트, 그 일에 반응하는 방법 90퍼센트로 구성된다고 확신한다. 그것은 당신에게도 마찬가지로, 우리가 어떤 태도를 지닐지는 우리 자신이 결정한다."

천천히,
내 삶을
슬로라이프로
재구성하자

하루는 9개월 된 유아에게나 아흔 살 된 노인에게나 똑같이 24시간이다. 시계로 재면 똑같은 24시간이지만, 그 시간은 굉장히 다르게 느껴진다.

중년이 되면 자신의 생체리듬을 슬로템포로 바꿔 슬로라이프의 삶에 익숙하게 만들어야 한다. 슬로라이프란 그저 천천히 느릿느릿하게 사는 것이 아니다. 노는 즐거움, 자신이 어딘가 목적지로 가는 길 위에 있다는 생각에서 해방되어 지금을 사는 자유와 그저 거기에 존재함으로써 얻는 기쁨을 인정하는 것이 슬로라이프의 시작이자 본질이다.

슬로라이프 운동을 펼치고 있는 일본 환경운동가 신이치 씨는 슬로라이프의 첫걸음이 걷기, 산책을 되찾는 일이라고 주장한다. 목적지에 도달하는 곧게 뻗은 길을 버리고 샛길로 들어가 한눈을 팔거나 멀리 돌아가면서 이것저것 살펴보는 것을 자신에게 허용하는 것이다. 말 그대로 자동차를 타지 않고 '천천히' 걸어보는 사치를 자신에게 허락하자는 것이다.

우리는 너무나 '빨리빨리'란 말에 익숙해져 있고, 항상 분발하라고 강요받고, 앞만 보고 곧장 달려가라고 뇌 속에, 유전자 속에 프로그램처럼 짜여져 있는 삶을 산다. 약속시간에 늦지 않았어도 허둥대며 뛰어가고, 잠시 쉬면서도 "내가 이러고 있을 때가 아닌데……"라며 뭔가 자신을 움직이게 만든다. 또 목적지를 정하고 목표를 높이 세우고 타이틀을 따야 행복하다고 믿는다. 확실한 것, 대단한 것, 커다란 것만이 의미가 있다고 믿는다. 정말 그럴까.

그리고 생산이나 돈으로 직접 연결되지 않는 일들을 '잡일', '잡무'라는 이름으로 분류해 낸다. 살림살이 전반이 그렇다. 그것을 할 수만 있다면 하지 않고 지나가고 싶은 성가시고 무가치한 일, 그리고 할수록 낭비 같은 일이라고 여긴다. 가족들과 웃으며 나누는 이야기, 친구들과 떠는 수다 등은 토론회가 아니므로 잡담으로 분류된다. 수험공부나 취직을 위하지 않는 공부는 잡학으로 여겨진다. 그런 데 시간을 많이 쓰면 한심하다고 한다. 하지만 정작 우리 삶에 위안을 주고 진정한 가치를 느끼게 하는 순간은 그런 잡담을 나누거나 잡스런 일을 할 때가 아닌가. 잡담, 잡념, 잡음, 잡학, 잡종, 잡지 등등 잡스러운 것이 우리에게 주는 기쁨은 또 얼마나 큰가. 사실 여자들이 남자들에 비해 우울증에 덜 걸리고 오래 사는 비결도 거창한 일보다 주로 잡일을 하기 때문이다.

대한민국 중년남자들, 아직 생산현장에서 무사히 버티고 있는 이들은 마치 '우리에게 내일은 없다'라는 제목의 영화를 찍듯 자신을 몰아붙인다. 바쁘지 않으면, 서두르지 않으면, 뭔가 하지 않으면 금방 추락할 것 같은 불안감 때문인지 정신없이 달려가기만 한다. 그래서 정작 자신이 누구이고 무얼 하고 있으며 어디로 가는지는 모르는 것 같다.

물론 은퇴 후에 풍요롭게 지내기 위해 지금 맹렬히 일한다고 한다. 그러나 내일은 물론 당장 10분 뒤의 일도 모르고 미스터리 소설 같은 게 바로 인생이다. 게다가 일하는 기계처럼 시달리며 스트레스에 시달리다 돌연사한 사람들은 또 얼마나 많은가. 중요한 것은, 살아서 숨쉬는 지금 여기에서 할 수 있는 것부터 하나하나씩 뺄셈을 시작하여 서서히 줄여가는 길밖에는 없다.

작가 이윤기 씨는 『시간의 눈금』이란 수필집에서 한 남자에 관한 글을 썼다. 크리스마스이브, 서울 동숭동 대학로의 한 바에서 근사한 노신사가 혼자 느긋하게 맥주를 마시고 있더란다. 남들은 모두 가족이나 연인끼리 유난히 사이좋은 척 함께 지내는 그 시간에 굉장히 고독한 모습이지만 표정은 전혀 외로워 보이지 않는 남자가 홀로 술잔을 기울이고 있었는데, 그 사람이 바로 너무 사람들이 많이 만나자고 해서 만남 자체를 지겨워할 것 같은 고건 전 총리였단다. 이윤기 씨는 정말 바쁘고 아는 사람도 많은 그가 집 근처의 바에서 크리스마스이브에 아주 쿨하게, 느긋이 맥주잔을 홀로 기울이는 모습이 너무 근사했다고 글로 고자질했다. 40대들이 사회의 주역인 이 시대에, 고령에도 불구하고 대권후보 지지도에선 항상 최고점을 받는 이유가 그런 여유를 즐길 줄 아는 그의 매력 덕분인 것 같다.

사람들이 바삐 사는 이유는 자신이 갖고 있지 않는 것을 갖기 위해서다. 더 커다란 집, 더 고급스러운 차, 더 높은 자리. 하지만 그러느라 정작 자신이 갖고 있는 것의 소중함과 가치를 잊어버리거나 잃어버린 채 지낸다. 이젠 좀 호흡도 걸음도 생각도 천천히 하는 슬로라이프를 익혀둬야 하겠다. 그래야 저승사자도 천천히 찾아오는 법이다.

오늘 하루,
같이 놀
친구를
만들자

"사나이는 의리에 살고 의리에 죽는다!"

이렇게 소리 높여 외치던 남자들이 정작 나이가 들면 뿔뿔이 흩어진다. 그리고 남자들이 모이면 술 마시거나 축구, 혹은 포커를 즐기는 것 외엔 함께 재미있어 하며 평화롭게 노는 모습이 익숙하지 않다.

파리에 갔을 때다. 젊은 남자 둘이 카페에 앉아 수다를 떠는 모습을 보고 그곳에 사는 친구에게 "왜 프랑스의 남자 친구들은 저렇게 재미있게 이야기를 하는데, 우리나라는 남자들은 못 그럴까"라고 물었던 적이 있다. 그랬더니 친구가 키들거리며 이렇게 답했다.

"저 사람들은 친구가 아니라 연인 사이야. 게이들이라구."

아무튼, 남자들이 서로 이용하고 든든한 '빽'이 되어주는 것도 좋지만 중년 이후엔 서로의 판타지를 공유하고 같이 놀아줄 소울메이트가 되는 것도 필요하다고 생각한다. 그 친구가 꼭 학교동창이나 동네친구일 필요는 없다. 선배나 후배 중 마음 맞는 사람이나 이성도 괜찮다. 단 '친구' 관계를 유지하고, 아내도 그 관계를 이해해 준다면 말이다.

공연예술기획사인 '빈체로'의 이창주 사장은 올 여름 남자 선배와 유럽 여행을 다녀왔다. 공연 섭외 때문에 수시로 유럽을 드나들지만 비즈니스를 하러 가면 느긋한 휴식을 취하지 못하기 때문에 평소 취향이 비슷하고 유럽생활 경험도 있는 고교 선배와 둘이 로드무비 한 편을 찍고 돌아왔단다. 가기 전부터 계획표를 꼼꼼하게 짜서 오페라 등 공연 관람, 와인 산지에서의 시음, 박물관 등 문화적인 일정과 관광 등을 고루 체험했다고 한다.

가족끼리 가는 것도 좋지만 마음 맞는 동성친구와 여행가서 인생 이야기도 하고, 감동도 같이 나누는 여행은 더욱 즐거울 수 있다. 가장으로서의 책임감도, 이성을 의식한 긴장감도 다 버리고 그냥 주어진 여유를 평화롭게 즐기면 되는 것이다.

"예술과 관련된 일을 하니까 사고가 더 자유스러워서 가능한 일이었는지도 몰라요. 제 고등학교(경기고) 동기동창들은 교수만 100명이 넘고 의사, 판사나 변호사 등 이른바 엘리트들이라 시간도 못 내지만 남자친구와 여행을 가야겠다는 생각도 못 할 거예요. 전에는 이상한 일 한다고 걱정하더니 이젠 제가 제일 부럽다고 하더군요."

광고회사 중역인 한 남성은 여자친구가 많다고 자랑한다. 연령대도 20대에서 50대까지 다양하다. 대부분 같은 직장에서 일했거나 일 때문에 알았던 여성들이다. 광고 분야는 수시로 회사를 많이 옮겨

다니기 때문에 대부분 그곳에서 만난 선후배들이다.

"아무래도 여자와 있으면 적당한 긴장감이 느껴지고 내가 남자란 걸 의식하게 되지요. 만나서 즐겁고 편안한 여자친구들이 10명 정도 있어요. 애인이 아니라 속깊은 이성친구인 셈이죠. 쉽게 말하면 밥만 먹는 '밥 벗'이에요. 거의 점심식사를 하죠. 남자친구들을 만날 때보다 대화 내용도 더 풍부하고 술을 안 마시니까 큰돈 들이지 않고도 맛있는 음식을 먹을 수 있어 좋습니다. 업계 정보도 듣고, 세상 돌아가는 이야기도 하며 아이디어도 많이 얻고요. 애인은 아니지만 여성들의 향기를 느끼니까 일석삼조인가요. 나이 들어서도 계속 만날 수 있으면 좋겠는데……."

일본의 자료이긴 하지만 치매에 안 걸리고 장수하는 비결을 분석한 결과, 남자들의 경우엔 부지런히 일하는 것, 낙천적 성격, 가리지 않고 잘 먹는 것 등등과 함께 살짝살짝 바람을 핀다는 것도 들어 있었다. 바람을 피는 것이 아내에게 들키지 않고 각종 알리바이를 만들기 위해 잔머리를 굴리기 때문인지는 모르겠으나 뇌의 노화방지에 도움이 되나 보다. 마누라로서는 참 억장이 무너지는 통계이긴하나, 그래도 나이 들어서도 여자친구와 관계를 유지하려고 그렇게 노력(?)하니 장수로 보상받는 모양이다.

매일매일
내 손으로
행복을
발명하자

        희망과 기쁨을 누리지 못하고 살면 아무리 오래 살아도 이미 정신은 관에 들어가 있는 셈이다. 나이가 들어서 모든 게 시들해지는 이유는 늙어서가 아니라 기쁨과 행복을 발명하는 능력을 활용하지 않기 때문이다.

  아이들이 항상 방글방글 행복한 표정을 짓는 것은 환경과 상황이 만족스러워서가 아니다. 아이들은 아주 작고 조그만 일에서도 행복을 발명하거나 발견하고, 온몸을 바르르 떨며 진심으로 행복해 한다. 엄마가 준 사탕 한 알에, 친구와의 구슬치기에서 얻은 몇 알의 구슬에, 아빠가 사온 장난감에 마치 우주를 다 얻은 것처럼 감격하며 행복해 한다. 그리고 하루 종일 바닷가에서 모래성을 쌓거나, 강아지와 돌아다니거나, 크레파스로 비슷비슷한 로봇을 줄기차게 그리면서도 지치지도 않고 즐거워한다.

행복이나 기쁨은 거창하거나 엄청난 것이 아니라 아주 사소한 것에서 비롯된다. 나이 들면서 잃어버린 행복을 발견하고 발명하는 능력을 되찾는 것이 과거사 되찾기보다 더 중요하다.

허준영 경찰청장을 공식석상에서 처음 봤을 때는 굉장히 근엄하고 무서운 사람으로만 여겨졌다. 양 어깨에 달린 딱딱한 견장은 물론 주렁주렁 장식이 달린 제복에 날카로운 눈빛 등이 그랬다. 그런데 이야기를 나눠보고 나서 그가 매우 행복한 사람이란 걸 알게 됐다. 그는 50이 넘어 별로 연습도 못 하고 참가했던 마라톤대회 참가기를 들려줬다.

"인생에서 준비가 얼마나 중요한지 뼈저리게 느낀 게 마라톤 대회에서였습니다. 다리가 후들거리고 숨도 차고, 저 외에 모든 사람이 다 행복하게 보이더군요. 그만큼 전 지옥 같았거든요. 그래도 완주할 수 있었던 것은 2.5킬로미터 구간마다 테이블에 먹을 것을 놓아두어서 그걸 먹기 위해 뛰었기 때문이지요. 초코파이와 바나나가 있어서 초코파이를 먼저 먹은 후 다음 구간에선 바나나를 먹어야겠다는 기대감에 '바나나, 바나나'를 마음속으로 외치며 달렸습니다. 그런데 가보니 초코파이밖에 없을 때의 배신감이란……. 그래도 다음 구간엔 바나나가 있겠지 하며 계속 달렸고 또 완주한 이들에겐 그지역 특산물인 국수를 공짜로 준다기에 국수 생각에 입맛을 다시며 죽을힘을 다해 완주했지요. 막상 가보니 이미 준비한 국수가 동이 났더라구요. 그 국수를 못 먹었을 때 정말 억울합디다."

초코파이 하나, 3천 원짜리 국수 한 그릇에 목숨을 걸고 달리는 이 중년남자는 얼마나 행복하고, 또 얼마나 사랑스러운가. 그에게 행복은 승진, 표창, 훈장 등 거창한 게 아니었다. 매번 그렇게 사소한 일에 목숨을 걸었기에 항상 최선을 다해 살 수 있는 것 같다.

프루덴셜증권의 민희경 부사장은 대한민국 사람들은 모두 "완벽하게 행복하고 무조건 재미있게 살아야 한다는 강박관념이 있는 것 같다"고 한다.

"남편 친구들이 집에 놀러 와서 하는 말은 대부분 '사는 게 재미없다'란 거예요. 뭐가 재미없냐고 하면 그냥 다 재미없대요. 직장도 일도 가족도……. 그래서 그럼 누가 제일 부럽냐고 하면 아무개 회장, 모모 박사 등등을 얘기하더군요. 그래서 제가 그랬어요. 그렇다면 당신이 그 회장의 몸과 바뀌었다고 생각해 봐라. 그 지위는 물론 얼굴, 몸매, 가족 등이 다 그 회장의 것이라면 그래도 부럽고 행복하겠냐구요. 그러면 다들 고개를 갸우뚱해요. 아무리 재벌 회장이어도 그 얼굴이나 몸매는 싫다거나, 마누라가 별로라거나 등등, 싫은 이유를 다양하게 대더라구요. 하지만 인생은 패키지 상품이거든요. 인생이란 상자 안에 들어 있는 모든 것을 다 수용해야죠. 그런데 마음에 드는 것들로만 채워진 완벽한 패키지 상품은 없답니다. 그것 중 하나라도 만족하고 고맙게 생각하는 게 중요하죠."

후회나
원망은 그만!
무조건
감사하기

"적성에 맞지도 않는 학과를 다닌 게 잘못이었어요. 직장도 그렇고요. 당시에 유망하다는 학과, 제법 인기 있는 직장, 주변에서 괜찮다는 신부감…… 그렇게 남들의 시선에 맞춰서 살다보니 정작 내가 좋아하는 일은 한 번도 못 해본 것 같아 억울해요."

"아버지가 원망스럽습니다. 제게 남겨준 건 빚이랑 더러운 유전자예요. 되지도 않는 사업한다고 집도 팔고 사채까지 얻어 우리 식구들 고생시키더니 갑자기 뇌졸중으로 돌아가셨어요. 지난 20년간 그 빚 갚느라 등골이 휘었고 겨우 내 집을 마련했습니다. 근데 며칠 전에 건강검진 결과를 보니 고혈압에 고지혈증이래요. 의사가 뇌졸중을 조심하라고 당부하는데, 아버지가 떠올라 울화가 치밀었어요."

"그때는 귀신에 쓰였나 봐요. 후배가 제안하는 사업기획서가 정말 근사하더라구요. 그래서 회사 그만두고 그 퇴직금을 모두 투자해 같이 일을 시작했다가 결국 제 돈만 날렸죠. 나쁜 자식, 왜 하필 저를 찾아왔는지……."

지난날에 대한 회한, 자신에게 암초 역할을 했던 사람들이나 사건에 대한 원망…… 그래서 아직도 자다가 벌떡 일어날 만큼 분노가 풀리지 않아 몸과 마음의 병을 앓는 중년들이 참 많다. 자신을 낳아준 부모에서부터 대한민국 정부의 정책에 이르기까지, 모두가 자신을 괴롭히는 원흉이고 매사가 못마땅하단다. 그리고 하나님이 너무 불공평하다고 하나님까지 원망한다.

맞다. 신은, 아니 우리 인생은 원래 불공평하다. 인생은 똑같은 선에서 동시에 출발하는 100미터 달리기가 아니라 릴레이 경주다. 나와 같은 팀의 전 선수가 천천히 달리면 나는 늦게 출발할 수밖에 없는 경주 말이다. 같은 날에 태어나도 누구는 재벌의 장남으로 축복받으며 첫 울음을 울고, 또 누구는 지지리도 가난한 흥부네 일곱 번째 아들이라 낳자마자 엄마 젖도 제대로 못 얻어먹으며 시작한다. 그리고 계속 집안, 학벌, 외모 등의 차별을 받으며 서바이벌 게임을 치러야 한다. 장난꾸러기에 심술도 많은 운명의 신은 수시로 태클을 걸어 "메롱~" 하며 열심히 달려가는 이들을 비웃는다.

하지만 서른이 넘고 난 후에도 여전히 부모 탓, 집안 탓을 하는 남자는 분명히 문제가 있다. 서른이 넘은 후에는 자신의 힘과 능력으로 역전할 수 있기 때문이다. 전 선수로부터 늦게 봉을 받았어도 자신만 죽기살기로 빨리 뛰면 얼마든지 앞서 가던 다른 팀 선수를 추월할 수 있고 극적인 역전승을 거둘 수 있다. 재벌 아들도 사업을 망하거나 사고를 쳐서 폐인이 되기도 하고, 학창시절 우등생도 학운이 없어 사법고시만 10번 보다가 백수로 지내기도 한다. 중년이 되어서까지 남의 탓만 늘어놓는 사람은 죽을 때까지 구시렁구시렁 불평불만만 하다가 다른 사람들로부터도 외면당해 외롭고 비참한 노후를 보내야 한다.

또 누구나 실수는 할 수 있다. 아니 실수를 하지 않으면 인간이 아니다. 그러나 그 실수에 대해 바둑이나 비디오처럼 복기를 하고 되감기를 하며 '내가 왜 그랬을까', '그때 그러지 말고 이래야 했는데……' 하며 후회한다고 지난날의 실수가 만회되지는 않는다. 실수란 '우연한 사고(accident)'다. 사고는 아무리 조심해도 누구에게나 일어날 수 있다. 물론 똑같은 실수를 반복하면 그건 사고가 아니라 한심한 짓이 되지만…….

성공한 이들은 자신의 타고난 장애나 불우한 환경, 사고를 원망하지 않고 자신의 실수에 대해서도 연연해 하지 않았다. 오히려 그걸 극복하는 것을 즐거움과 보람으로 알았다.

일본 경영의 신으로 불리는 마스시타 고노스케는 자신의 성공비결을 "가난한 집안에서 태어났고 몸이 약했고 많이 못 배워서"라고 말했다. 가난해서 돈을 꼭 벌어야겠다는 동기부여를 가지게 되었고, 몸이 약해 항상 건강에 신경을 쓰면서 다른 사람들에게 일을 맡겼고, 학교를 다니지 못해 실력을 키우면서 많이 배운 사람들의 말을 경청했기 때문이란다.

KFC(켄터키프라이드치킨)의 창업자인 커넬 할랜드 샌더스 대령이 켄터키 치킨을 처음 선보인 것은 60이 넘어서였다. 퇴역군인인 그는 닭튀김요리 솜씨가 뛰어나 식당을 운영했는데, 마침 식당이 있는 자리에 길이 나는 바람에 문을 닫아야 했다. 칠순을 앞둔 관절염환자인 그 할아버지는 그래도 전혀 낙담하지 않고 자신이 만든 닭튀김용 소스를 들고 다니며 식당마다 찾아가 맛을 보여주고 "잘 팔리면 닭다리 한 개당 얼마를 다오"라고 흥정을 했다. 자신의 실력을 믿고 좌절하지 않고 전세계에 켄터키프라이드 치킨을 퍼뜨렸고, 사후 몇십년이 흐른 지금도 그 가게 문 앞에 하얀 양복에 지팡이를 든 인자한 할아버지의 모습으로 남아 있다.

해양수산부 오거돈 장관도 장애를 장애로 여기지 않았기에 성공한 케이스다. 그는 타고난 말더듬이에 키도 매우 작다. 말을 더듬어 놀림도 당하고 학교 수업시간에 발표도 제대로 못했지만, 노래를 부를 때는 전혀 말을 더듬지 않는다는 것을 알고부터는 부지런히 노래 연습을 했다. 아름다운 노래 솜씨 덕분에 주변의 인정을 받았고 성격도 사교적으로 변했다. 또 키가 작은 것을 오히려 장점으로 살려 큰 덩치의 친구와 싸울 때는 밑으로 들어가 넘어뜨리는 전법으로 실력을 과시했다. 덕분에 명문학교를 거쳐 장관자리까지 올랐다.

자기 분야에서 성공하거나 많은 사람들에게 사랑받는 이들의 공통점은 '감사할 줄 안다'는 거다. 자신의 오늘을 있게 해준 부모, 스승, 아내, 친구, 직원 등등에게 진심으로 감사했고 그걸 표현했다.

2005년 오스카상 수상식에서 감독상, 작품상을 휩쓴 76세의 클린트 이스트우드 감독의 수상소감은 감동적이었다. 구겨진 종이처럼 주름이 자글자글한 얼굴이지만 운동으로 다져진 탄탄한 몸매의 그는 "12년 전에 오스카상을 탔을 때도 참석했던 어머니가 96세인 오늘도 이 자리에 오셨다. 좋은 유전자를 주신 어머니에게 감사드린다. 난 아직 아이일 뿐이다"라고 말했다. 나이 들면서 위대해져 가는 배우 겸 감독인 그는 거장으로 존경받지만 어머니 앞에서는 "아직 아이일 뿐이다"며 감사를 표현했다.

재벌 회장이 아니어도 몸이 건강한 것에, 호화 빌라에 못 살아도 재산세를 적게 내는 것에, 전지현이나 한가인 같은 미모는 아니어도 아내의 음식솜씨가 좋은 것에, 국회의원은 못 되었지만 온 국민의 비난을 받지는 않는 것에 늘 감사해야 한다.

또 지난해 입었던 양복 주머니에서 나온 1만 원, 현관에 들어섰을 때 풍기는 좋아하는 찌개 냄새, 건강검진 결과 암인 줄 알고 절망했는데 오진으로 밝혀졌을 때, 집에 놀러온 마누라 친구들이 '어쩜 그렇게 젊어 보이세요? 남편이 아니라 동생으로 알겠어요'라고 입발린 칭찬을 해줄 때 얼마든지 행복하고 기쁨을 느낄 수 있지 않은가.

미국의 시사지 《타임》은 10월 17일호에서 '자연스럽게 나이 들어가는 법'을 특집으로 다뤘다. 올해 환갑이 된 대체의학 전문가 앤드루 웨일 박사가 제안하는 '건강한 상태로 오래 살기법'과 함께 《타임》이 선정한 '우아하고 근사하게 나이 든 남자 베스트 5'를 소개했다. 배우 폴 뉴먼(80), 전 국방장관 콜린 파월(68), 작가 필립 로스(72), 투자전문가 워렌 버핏(75), 그리고 배우 겸 감독 로버트 레드포드(69) 등이다. 이들은 자기 분야에서 업적을 이룬 사람들이긴 하지만 특별히 젊어 보이지는 않는다.

《타임》과 전문가들이 주장하는 '우아하게 늙어가는 것(Aging

Gracefully)'의 의미는 자신의 일에 열정적이면서도 가정이나 자기 취미와의 균형을 유지하고 추악한 스캔들에 휘말리지 않고 깨끗한 이미지로 나이 들어가는 것인 것 같다. 즉, 가장 자신답게 살아온 사람들을 의미하는 것이리라.

폴 뉴먼은 이제 배우만이 아니라 자신이 만든 소스회사의 경영자로 유명하고 취미로 요리를 즐기며 아내 조안 우드워드와 50년 가까운 결혼생활을 유지하고 있다. 콜린 파월은 대권주자로 꼽힐 만큼 인기가 높았지만 "아내가 지나치게 격무인 대통령이 되는 것을 원치 않는다"며 후보에 나서지 않았다. 젊은 시절엔 뭇 여성들의 가슴을 설레게 했던 로맨틱하면서도 섹시한 로버트 레드포드는 외모로만 승부하지 않고 이제는 젊은 영화인들을 위한 선댄스영화제를 개최하면서 감독과 제작도 함께 해 할리우드에서 영향력 있는 인사로 꼽힌다. 최근 사진을 보니 도통 얼굴엔 신경을 안 쓰는 듯 주름이 자글자글하지만 여전히 근사하다.

억지로 젊어지려고, 달라지려고 안간힘을 쓸 필요는 없다. 자신에게 없는 것을 채우기 위해 엉뚱한 산에 도전할 이유도 없다. 자신을 인정하고, 자신이 가진 것에 감사하며 자신의 장점을 키우는 것이 최선의 노후대책이다.

행복에만 집착할 이유도 없다. 아무리 엄청난 영광과 감동을 함께 주는 사건이라 해도 우리가 행복을 만끽하는 것은 길어야 5분이다. 원하는 대학에 합격했을 때 펄쩍펄쩍 뛴다 해도 우리가 5분 이상 뛰기는 힘들고, 기다리던 아들이 태어났을 때 감격에 겨워 뭉클하긴 해도 5분 이상 심장이 뭉클한 상태이긴 힘들다. 10여 번의 이사 끝에 드디어 내 집을 마련했을 때, 승진을 했을 때 똑같은 감격상태가 며칠을 가던가. 심지어 남자들이 죽기 전까지 도저히 못 버리는 섹스의 엑스터시, 그 절정감 역시 결국은 몇 초에 지나지 않아 70평생의 절정감을 모두 모아보면 10분이란다.

기쁨도 슬픔도 순간이므로 솔로몬 왕이 말했듯 "이 모든 것은 흘러가리라"란 말을 명심하며, 자연스럽게 나이를 받아들이고 자신을 인정하면 된다. 그것이 앞으로 남은 50년 이상의 삶을 평화롭게 사는 비결이 아닐까. 사실 나이가 들면 용모도, 지식도, 재산도 다 평준화되어서 결국 그 사람이 그 사람이 아닌가…….

4장

단 하나만
내 것이어도
인생이
즐겁다

만족과 기쁨을 아는 우리 시대 대표남자 top 10

감을 주고, 자신의 만년도 평화롭게 보내는 이들의 공통점은 '자아 성찰'의 과정을 겪은 이들이다. 사업실패, 수술 등 커다란 시련을 이겨내고 거듭난 사람들의 표정은 투지에 불타 자신만만한 이들보다 훨씬 성숙하고 근사해 보인다. 중년기 부렵에 자신의 몸과 머리를 후려치는 벼락과 번개를 겪어본 이들에겐 오만과 이기심의 껍질이 깨지고 나오는 향기가 느껴진다.

"성공하고 유명한 남자들만 만나시니 좋겠어요. 인터뷰를 하다 보면 다시 만나고 싶어지는 남자들은 어떤 분인가요?"

이런 질문을 자주 받는다. 물론 범인이나 피의자가 아니라 우리 사회에서 제일 잘나가는 남자들을 많이 만난다. 공식석상에서 인사만 나누기도 하고 때론 식사도 하고 해외출장길에서 일거수일투족을 지켜보기도 한다. 확실히 어떤 지위에 오르거나 트로피를 차지한 이들에게는 뭔가 특별한 점이 있다.

그런데 내가 다시 만나고 싶어지는 기준, 그리고 그들의 행복도는 그들의 명성이나 재산, 외모가 아니다. 하늘을 나는 새도 떨어뜨린다는 권력자들도 몇 달 뒤에는 파란 수의를 입고 교도소로 자리를 옮기는 장면을 무수히 목격했고, 아무리 깨끗한 재산임을 강조해도 돈이 많은 이들은 죽을 때는 가져가지도 못할 재산을 관리하느라 돈의 노예가 된다. 외모도 마찬가지. 여성들이 매력을 느끼는 남성은 정우성이나 장동건 같은 완벽한 미남이 아니다. 오히려 못생겨도 '그 순간만은 나에게 최선을 다한다'고 믿게 해주는 남자다.

호감을 주고, 자신의 만년도 평화롭게 보내는 이들의 공통점은 '자아 성찰'의 과정을 겪은 이들이다. 사업실패, 수술 등 커다란 시련을 이겨내고 거듭난 사람들의 표정은 투지에 불타 자신만만한 이들보다 훨씬 성숙하고 근사해 보인다. 중년기 무렵에 자신의 몸과 머리를 후려치는 벼락과 번개를 겪어본 이들에겐 오만과 이기심의 껍질이 깨지고 나오는 향기가 느껴진다.

어느 날 갑자기 다가온 이런 외형적 벼락이 아니라도, 평소에 스스로 항상 자신을 가꾸고 바라보고 내공을 키운 이들은 그들만의 독특한 꽃을 피워낸다. 아이 같은 천진함, 상대를 배려하는 마음, 삼갈 줄 아는 절제력, 스스로를 풀어놓고 놀 줄 아는 능력, 주변을 즐겁게 해주는 유머감각…….

이런 과정을 못 거친 이들은 '더티 올드 맨'으로 늙어가 주변에서 따돌림을 당하며 외롭게 늙어가야 한다. 돈이나 물질에 대한 탐욕스러움, 여자만 보면 절제가 안 되어 추근대는 음심(淫心), 자신의 존재를 과시하고 싶어 잘난 척만 하거나 강자에게는 하염없이 비굴해지는 한심한 영감들이 얼마나 어르신들에 대한 이미지를 실추시키는가.

소개하는 이들은 선천적인 성격, 어느 날 맞은 번개, 그리고 꾸준한 노력으로 중년기를 무사히 넘기고 남들에게 사랑받고 인정받는 남성들이다. 이들 역시 약점도 많고 비난을 받기도 하겠지만 이들의 장점만 보고 벤치마킹 해보는 것도 도움이 될 것이다.

할 일 안 할 일 가릴 줄 안다, 손석희

몇 년 전까지만 해도 나는 손석희란 사람을 좋아하지 않았다. 그를 위선자가 아닌 위악자라고 생각했기 때문이다.

1992년 10월 MBC 노조파업으로 그가 영등포구치소에 구속될 무렵, 파업투쟁 속보가 표현했듯 그는 '연민의 정을 불러일으킬 만한 선한 인상'이고, 미소년처럼 하얀 얼굴에 붉은 입술과 수줍은 태도를 가졌는데도 과격한 노조활동을 하고, 방송이 아닌 사석에서는 거친 언어를 쓰는 모습이 나에게는 착하고 부드러운 자신을 감추기 위한 '위악적인 행동'으로 보여서였다.

10여 년 전, 그가 아침의 주부 프로그램을 진행할 때, 아프리카에서 온 초대손님에게 "아프리카어로는 이 말을 뭐라고 하나요?"라고 물었다. 그 아프리카 사람은 프랑스령 국민으로 국어가 프랑스어여서 프랑스어로 말했는데 그는 "아, 아프리카에선 그렇게 말하는군요"라고 말했다. 프랑스어를 모르는 사람은 당연한 대답이었는데도 난 속으로 '얼굴 잘생기고 말을 잘해도 무식하구나'란 편견을 가졌다.

그런데 그의 저력과 놀라운 힘을 알게 되고 감동까지 하게 된 것은, 그의 탁월한 방송 솜씨나 최근에 아나운서 국장으로 승진해서가 아니다. 재능이나 실력보다 그의 절제력과 직업관과 소신을 알게 되어서다.

내가 알기로는 지난 10년간 그는 선거가 치러질 때마다 정치권의 뜨거운 구애를 받았다. 여당, 야당 가리지 않고 고위층까지 나서서 그에게 국회의원 배지를 달아주겠다고 나섰다. 각종 모의실험에 따르면, 어떤 지역구건 그가 출마하면 당선은 100퍼센트라는 것이 정당들의 분석이었다. 신선하고 깨끗한 그의 이미지, 뉴스나 토론 프로그램을 진행하며 보여준 정치감각 등이 대중들에게 절대적으로 호소하니, 그를 영입하지 않는 것이 오히려 이상하긴 하다.

그는 각종 설문조사에서 1, 2위를 차지한다. 가장 신뢰할 만한 언론인, 가장 영웅적인 방송인, 만약 아이를 낳는다면 그렇게 키우고 싶은 유명인 등에서 영광스러운 자리를 차지한다.

그런데, 우리가 어디 한두 번 속았는가. 그런 매스컴을 통해 보여지는 대중적 이미지가 얼마나 엉터리인가를 말이다. 그 사람의 진면목을 제일 잘 파악하려면 그와 함께 지내는 사람들, 특히 부하직원들에게 물어보면 적나라하게 알 수 있다. 그러면 "뭐 훌륭하신 분이긴 하죠. 좀 성질이 드럽고 돈을 밝혀서 그렇지……" 같은 '진실'을 알 수 있다. 그런데 손석희란 사람은 후배들이 거의 열광적으로 좋아하고, 존경까지 하고 있었다. 혹시라도 귀에 들어갈까 봐 하는 홍보용 코멘트가 아니라 진심이었다.

"손선배만 모시고 오면 얼마든지 술을 공짜로 주겠다는 마담들이 많아요. 그런데 회식이나 모임 등 불가피하게 술자리에 가도 술집에선 절대 흐트러진 적이 없어요. 아가씨들이 나오는 술집은 싫어하지만, 혹시 갈 경우 그냥 얌전히 앉아 계시다가 시간이 되면 슬쩍 나가시죠."

"얼마든지 다른 외부 행사를 해서 부수입을 짭짤하게 올릴 수 있을 텐데 절대 그런 일을 맡지 않으세요. 그래서 우리들도 이젠 신경을 쓰죠."

"그분의 놀라운 순발력과 위기대처 능력은 존경할 만해요."

술집 여성들은 물론 정치권에서도 각종 특혜를 앞세워 유혹하는데, 그는 그 유혹을 모두 단호히 거부했다. 남자들이라면 유전인자속에 정치적 야망이 있어서 국회의원이 아니라 구의원, 친목회 회장 선거까지 나서고 본다는데, 그는 매번 어떻게 뿌리칠 수 있을까. 방송이 너무 좋고 천직이어서 그럴 수도 있지만, 국회의원 생활 잠깐 즐기다가 얼마든지 토론 프로그램 진행자로 복귀할 수도 있지 않은가. 정말 경이롭기만 했다.

그와 인터뷰를 하고 싶었지만, 방송에서 보여지는 것 외에 자신을 드러내기를 꺼리는 편이라 쉽지 않았다. 그래서 그가 쓴 글과 주변 사람들의 이야기를 낱낱이 살펴본 결과, 그는 40대 무렵에 자신의 정체성과 주제파악을 완벽히 거쳐 거듭남을 체험한 것 같다.

기자가 꿈이었던 그의 첫 직장은 보수언론의 대명사인 모 신문사의 총무국(광고국이란 설도 있음)이었다. 그후 MBC 공채 아나운서로 입사, 뉴스 프로그램을 진행하며 '잘생기고 아나운싱도 뛰어난 아나운서'로 각광받는다. 시청자들의 사랑을 받고 승승장구하던 그가 노조활동에 적극 참여해 감옥살이까지 한 것도 놀라운 체험이었지만, 마흔 넘어 떠난 유학이 그에겐 엄청난 자극을 주었나 보다. '지각인생'이란 제목으로 그가 쓴 글을 보자.

서울을 떠나 미국으로 가면서 나는 정식으로 학교를 다니겠다는 생각은 하지 않았다. 남들처럼 어느 재단으로 부터 연수비를 받고 가는 것도 아니었고 직장생활 십수 년 하면서 마련해 두었던 알량한 집 한 채 전세 주고 그 돈으로 떠나는 막무가내식 자비연수였다. 그 와중에 공부는 무슨 공부. 학교에 적은 걸어놓되 그저 몸 성히 잘 빈둥거리다 오는 것이 내 목표였던 것이다. 그러던 것이 졸지에 현지에서 토플공부를 하고 나이 마흔셋에 학교로 다시 돌아가게 된 까닭은, 뒤늦게 한 국제민간재단으로부터 장학금을 얻어낸 탓이 컸지만 기왕에 늦은 인생, 지금에라도 한번 저질러보자는 심보도 작용한 셈이었다.(중략)

첫 학기 첫 시험 때 시간이 모자라 답안을 완성하지 못한 뒤 연구실 구석으로 돌아와 억울함에 겨워 찔끔 흘렸던 눈물이 그것이다. 중학생이나 흘릴 법한 눈물을 마흔셋에 흘렸던 것은 내가 비록 뒤늦게 선택한 길이었지만 그만큼 절실하게 매달려 있다는 반증이었기에 내게는 소중하게 남아 있는 기억이다. 혹 앞으로도 여전히 지각인생을 살더라도 그런 절실함이 있는 한 후회할 필요는 없을 것이다.

어떤 사람은 그가 '지금 여기서의 인간'이어서 성공했고 좋은 평가를 받는다고 분석한다. 그는 '바로 지금(Here & now)' 자신이 하고 있고 할 수 있는 일을 누구보다도 명확하게 인지한다는 것이다. 방송 전체를 장악하고 핵심을 통찰하고 있다는 느낌을 주는 이유는 그가 프로그램에서 자신을 드러내고 말을 많이 해서가 아니라, '좋은 방송'을 위해 프로그램이 살 수 있는 가장 최선의 방법을 알기 때문이란 것이다. 자신도 이미 가장 사랑받고 신뢰받는 방송인이지만, 그는 절대 자신의 이름을 내걸거나 앵커 개인에게 지나치게 의존하는 프로그램을 원치 않는다. 자신을 믿어주는 것보다 자신이 진행하는 프로그램과 방송국을 믿어주기를 바라서란다.

나설 곳과 안 나설 곳, 해야 할 말과 하지 말아야 할 말을 너무 정확히 파악해 얄밉도록 자기관리를 잘 하는 손석희 아나운서. 하지만 어디 그게 쉬운가. 자기만이 그 지역과 나라를 위할 수 있다며 경력이라곤 전과 몇 범인 사람이 정치에 뛰어들고, 공적인 자리에서는 세상에서 가장 고결한 언행을 하는 사람도 남들이 보지 않는다는 생각에 룸살롱 호스티스의 손이나 가슴을 떡 주무르듯 하는 사람들이 좀 많은가. 불행한 과거사를 들추거나 이상한 복장을 해서라도 어떻게든 튀어보려고 안달하는 세상에 프로그램을 위해 자신을 일부러 안 드러내고, 자신을 그저 "패널을 말리고 시간을 조율하는 진행자일 뿐"이라고 겸손하게 말할 수 있는 사람이 과연 몇이나 있을까.

그를 오해했던 나의 과거사를 깊이 반성하며, 앞으로도 그가 훌륭하고 진실한 방송인으로 남기를 기대한다. 아니 혹시 마음이 변해 정치를 하더라도 방송인으로서의 사명감같이 정치인의 사명감을 유지할 수 있다면, 나는 그를 적극 지지해 주고 싶다. 하지만 그는 절대 정치를 안 할 것 같다. 정치를 하기에 그는 너무 현명한 사람이다.

울고 싶을 때 마음껏 운다, 최인호

작가 최인호 씨를 처음 만난 것은 1983년 봄이었다. 70년대 '청년문화의 기수'로 등장한 그는 최고 인기작가였고, 영화에도 막강한 영향력을 발휘하던 스타였다. 영화배우 윤정희 씨와의 대담 인터뷰를 주선한 자리에 나타난 그는 자신이 제일 흠모했던 여배우를 만나 감격스럽다면서도 굉장히 불평불만에 가득한 표정이었다. 마치 〈이유없는 반항〉에 나오는 인물들처럼 조급하고 짜증스러워 보이기도 했다.

그가 40대 중반일 때 한 모임에서 만난 적이 있다. 엄청나게 빠른 속도의 말로 좌중을 압도하며 이야기를 했는데, 그때 나는 '잘난 척하기는…… 아직 철들려면 멀었군'이란 생각을 했었다. 그러면서도 탁월한 이야기꾼인 그의 책은 다 읽었다.

그러다가 환갑이 된 최인호 선생을 만났다. 20여 년 전인 30대 후반의 모습보다 흰머리를 나풀거리는 지금이 훨씬 더 근사해 보인다. 환갑의 그는 여유와 평화로운 분위기를 풍겨 더 매력적으로 느껴진다. 머리카락은 하얗지만 피부는 맑고 투명하다. 특히 이야기를 할 때 잘 움직이는 손이 어찌나 곱고 예쁜지, 한번 잡아보고 싶은 충동을 참느라 애를 먹었다. 인터뷰하러 온 중년의 여기자가 갑자기 손을 덥석 잡으면 얼마나 놀랄까. 방부제로 세수를 하는지 일의 열정이 세월을 정지시킨 건지, 늙지도 않는 것 같고 더욱 멋져 보인다니까 그는 소년처럼 웃었다.

"아, 근사하게 늙어간다니 참 고맙네요. 젊었을 땐 나처럼 욕심이 많은 사람도 없었을 거예요. 마치 줄이 너무 많이 연결되어 누전될 위험이 많은 전선 같았죠. 나이 들어서 욕망의 가닥이 정리정돈되어서인지, 단순한 삶이라 집중도도 높고 전압도 높아진 느낌이에요. 요즘 들어 행복하다는 걸 자주 느껴요."

대한민국에서 태어난 해방둥이인 그의 인생이야말로 대한민국의 역사와 일치한다. 눈뜨자마자 국토는 남북으로 분단되고, 다섯 살 무렵에 겪은 6·25전쟁, 그리고 폐허 같은 도시풍경과 지독한 가난……. 서울중학교에 들어가자 4·19가 일어났고 고등학교 때는 학교 가는 길에 색안경을 낀 까무잡잡한 군인 하나가 혁명공약을 방송하는 것을 들었다. 친구들 몇몇은 월남전에 참가했고, 몇몇은 군사독재에 반대하는 데모를 했다.

유신이 선포되던 1972년. 그는 「별들의 고향」이란 신문소설을 연재하고 있었는데, 계엄군이 퇴폐적이라고 소설을 반가량 잘라버리기도 했다. 시인 김지하 때문에 남산 정보부에 끌려가기도 했지만, '절대 발설하지 않는다'는 각서를 쓰고 돌아왔다. 그후로 그 웃지 않던 대통령이 시해당하는 것도 지켜봤고, 건국 이래 최대 행사라던 올림픽이 한강변에서 열리더니 대통령이 절로 쫓겨가는 것도 봤으며, '영삼이 아저씨'에게 투표했는데 대통령으로 당선되는 감격을 나누기도 했다. 그리고 OECD가입국이 되었다는 뿌듯함을 실감하기도 전에 외환위기의 폭풍이 몰아치는 것을 봤고, 도처에 망하거나 실직하는 이들을 보다가 무사히 버틴 친구들마저 정년퇴직해 버리는 쓸쓸한 광경도 목격했다. 그 사이에 그는 천재 문학소년에서 청년문화의 기수, 퇴폐적 작가에서 영화감독 겸 시나리오 작가, 다시 역사소설 작가로 변신하며 제2의 전성기를 누리고 있다.

찬란한 영광만 누린 건 아니다. 10년 전쯤 그는 자동차 사고로 세상을 떠날 뻔했다. 당뇨도 앓았다. 그렇게 '날벼락'을 맞았지만, 그 벼락은 그를 좌절시키는 것이 아니라 새로 태어나게 만들었다. 1987년 가톨릭에 입문해 가톨릭 관련 묵상집을 써서 가톨릭문학상을 받았고, 한국 불교계의 거봉 경허스님을 그린 『길 없는 길』로 불교문학상도 받았다. 최근엔 공자를 중심인물로 한 『유림』이란 소설을 펴내, 이제는 유교, 불교, 가톨릭교의 사랑을 독차지하고 있다.

그뿐인가. 한·일 고대사의 비밀을 파헤친 『잃어버린 왕국』(1986), 광개토대왕을 주인공으로 한 『왕도의 비밀』(1995), 조선시대 거상 임상옥을 소설화한 『상도』(2000), 신라 해상왕 장보고를 그린 『해신』, 현재 서울신문에 연재 중인 「유림」을 더하면, 신들뿐만 아니라 '조상들에게 진 빚도 다 갚는 셈'이라 이젠 조상덕까지 볼 것 같다.

경허스님의 이야기를 쓰기 위해 수덕사에서 3년간 머문다거나 중국, 일본 등을 수없이 찾아가고 자료를 얻기 위해 각종 고문서를 뒤지는 열정을 보이는 최인호 씨를 보고 한 학자는 "우리나라 학자들은 최인호를 보고 반성해야 한다. 온 힘을 쏟아부어 하나씩 맞춰가는 조각그림 덕분에 역사는 그저 과거의 어둠 속에 묻혀 있지 않고 우리 눈앞에 생생하게 되살아나고 있기 때문"이라고 칭송하기도 했다.

그는 3, 4년 후에는 예수를 연구하기 위해 유럽으로 떠날 예정이다. 2000년 전에 태어난 목수, 겨우 3년 동안 활동하고도 전세계에 영향을 미치는 그 남자를 파헤치기 위해, 남들이 전혀 다뤄보지 않은 각도에서 최인호식으로 그를 해석하기 위해서다. 또 피카소도 이미 그의 머릿속에 '임신' 중이다. 천하의 패륜아이고 예술가이면서도 돈을 밝혔고, 팔순 넘어서도 여자들이 줄을 이었던 피카소를 통해 새로운 애정소설을 만들 생각이란다.

최인호란 작가는 나를 가장 많이 울게 한 작가이기도 하다. 70년대에 연재소설 『별들의 고향』을 읽으면서 울기 시작해 『천국의 계단』 같은 멜로성 강한 소설, 그리고 샘터에 30여 년간 연재하는 「가족」을 보며 울었고, 2004년에 발간한 『어머니는 죽지 않는다』라는 어머니를 추억하는 책을 읽고는 너무 펑펑 울어 눈이 퉁퉁 붓기도 했다. 독자들을 울게도 하지만 그의 숱한 글과 소설을 보면 '사랑아, 나는 통곡한다'란 제목을 비롯해 수시로 '울었다'란 표현이 자주 나온다. 그래서 진짜 잘 우는지 혹은 문학적 수사인지 궁금해 물었더니, 그는 진짜 잘 운다고 고백했다.

"아, 내 글을 읽고 울었다니 그것 참 기쁘네요. 난 자주 울어요. 어릴 때부터 엄마에게 일부러 관심을 끌려고 울다가 내 설움에 겨워 펑펑 운 기억이 나요. 요즘도 글 쓰다가 글이 막히면 막막한 마음에 울어요. 실컷 울다 보면 내 마음속의 찌꺼기가 빠져나오는 것도 같고 카타르시스, 정화작용이 되지요."

그토록 열정적으로 글을 쓸 수 있는 에너지, 그러면서도 마음이며 피부가 전혀 세월의 때를 묻히지 않고 근사하게 나이를 먹는 비결을 알았다. 그는 존경받는 작가이고 환갑의 어른 그리고 남자이지만 제대로 제때 울 줄 알았기에 남들을 울게 하는 멋진 글도 쓰고 항상 젊음을 유지할 수 있는 것이다. 울고 싶어도 '싸나이가!'라며 울지 못하고 성인병에 시달리는 대한민국 남성들에게 그의 울음부터 배우라고 권하고 싶다.

나보다
상대방의
마음을
먼저 헤아린다,
진대제

진대제 정보통신부 장관은 완벽한 이력서를 자랑한다. 경기고, 서울대, MIT대학원, 스탠포드대학 박사, IBM연구소, 삼성전자 사장, 그리고 장관.

'미스터 반도체', '미스터 디지털' 등 세계적으로도 실력을 인정받지만, 그는 상사들에게 유난히 사랑을 받는다. 삼성 시절에는 이건희 회장이 아껴서 이재용 상무의 반도체 분야 가정교사 역할을 맡겼고, 노무현 정부의 최장수 장관으로서 해외 순방 때도 꼭 함께 동반한다. 우리가 IT강국이니까 다른 나라와 교류할 일도 많아서 그렇겠지만, 매번 꼭 집어서 데려가는 것은 그만큼 진장관을 신뢰하기 때문일 것이다.

머리가 좋고 실력이 뛰어난 사람들은 대부분 조직생활에 약하다.

후배들보다 상사들에게 절대 굽신거리지 못하고, 잘난 것을 감추지 못해 오히려 구박받거나 불이익을 당하기도 한다. 정말 재능이 아까운데도 가는 곳마다 싸우고 나와 초라하게 살아가는 사람들을 많이 목격한 터라 진장관의 상사적응력이 더욱 놀랍다. '천재'에 가깝다는 진장관은 서울대 출신을 별로 예뻐하지 않는 대통령으로부터도 "잘한다는 이야기를 들었지만 이렇게 잘할 줄은 몰랐다"는 찬사를 받는단다.

절대 '지고는 못 산다'는 타고난 승부욕도 성공의 요인이다. 전공 분야는 물론 바둑, 골프 등 한 번 시작한 일에는 최고가 되어야 하고, 정통부 직원 중 제일 테니스를 잘 친다는 직원과 붙어서 끝내 승리를 거둬야 할 정도로 1등 정신이 뛰어나다. 또 그의 열정과 성실함은 상사들이 보기엔 눈에 넣어도 아프지 않을 만큼 '예쁜' 덕목이다. 목표 삼은 일은 밤잠을 자지 않고 몰두해 성과를 거두며, 과학자이지만 마케팅까지 담당해 직접 세일즈를 하기도 한다. 또 상사가 관심 있는 분야나 원하는 것이 뭔지를 파악해서 그 내용을 중점적으로 전해주니, 가려운 곳을 긁어주는 효자손처럼 기특할 수밖에 없지 않은가.

노대통령이 교육에 관심이 있다면 정통부 장관이지만 순방한 나라의 교육제도를 미리 공부해 식사 시간 등에 자연스럽게 이야기한다. 남들이 쉴 때도 다양한 분야의 사람들을 만나 풍부한 화젯거리를 얻고, 그 분야의 사람을 만나면 새로운 소식을 전해준다.

브라질 룰라 대통령이 내한했을 때 청와대 만찬에 초대받은 자리에서 진장관을 만났다. 그는 여기자협회 임원들과 명함을 교환하면서 "저기 보이는 덩치 큰 여자 장관이 게릴라 출신이랍니다. 아까 옆

자리에 앉았을 때 그렇게 말해 주더군요"라며 여기자들이 호기심을 가질 만한 정보를 전해줬다. 자신의 전공인 IT 이야기가 아니라 브라질 여장관의 흥미로운 과거사를 알려주며 취재를 해보라고 할 만큼 상대의 관심과 흥미 분야를 정확히 파악하고 있었다.

대부분의 중년남자들은 상대가 듣고 싶어하는 말보다는 자기가 하고 싶은 말만 한다. 그리고 그것의 대부분은 자기 자랑이다. 스무 살 청년에게도, 40대 아줌마에게도 상대의 취향이나 특성을 고려하지 않고 골프와 정치, 건강 이야기를 하며 자기 실력이 얼마나 뛰어나고 유식한지를 알려주려고만 한다. 그러니 대화가 뚝뚝 끊기거나 다시 만나고 싶어지지 않는다.

진장관은 또 '프레젠테이션의 왕자'란 평가를 받을 만큼 설득과 설명에 뛰어나다. 그 비결을 그는 이렇게 말했다.

"삼성에서 18년간 일하며 기술개발에서 시작, 생산을 거쳐 마케팅까지 전체를 책임졌죠. 반도체의 후발주자로 상대방을 설득하려면 제품을 보여주지 않고도 우리 제품의 우수성을 전달해야 합니다. 고객의 입장에서 그가 듣고 싶은 정보를 간결하고 확실하게 알려줘야죠. 청와대 업무보고를 할 때는 대통령이 나의 가장 중요한 고객입니다. 이번에도 무조건 한국에 투자하라고 강요하기보다 '만약 내가 유럽 통신업체의 CEO라면 한국시장의 어느 면에 관심을 갖고 어떻게 해야 투자의욕이 생길까,' 그들의 입장이 되어 생각한 다음에 필요한 내용들을 전달했습니다. 그 누구와 대화를 해도 상대방의 심정이 되어 말하면 설득이 됩니다. 청와대에서 업무보고를 할 때는 대통령도 저의 고객이라고 생각합니다."

어떤 말을 하는 것만큼이나 어떻게 하느냐도 중요하다. 그는 상대방이 기억할 수 있는 2, 3개 정도의 메세지, 이야기를 듣다가 절대 졸지 못할 정도의 재미를 담아야 하는 것이 기본이라고 설명했다. 아무리 중요한 내용을 전달해도 너무 많은 이야기를 하면 상대방이 다 기억하지 못하고, 화법이 지루하면 졸거나 짜증을 낼 수 있기 때문이란다.

그가 활용하는 3·3·3 원칙이 있다. 상대방을 화장실에서 마주쳐 함께 '쉬~'를 하는 시간이 30초 정도인데, 그때 자기 주장을 전달할 수 있으면 일단은 성공이다. 상대가 관심을 보이면 3분 안에 추가설명을 한다. 그 내용에 더 깊은 호기심을 보이면 30분이란 시간이 더 얻어진다. 같은 사안을 30초, 3분, 30분 등 주어진 시간에 맞게 전달할 수 있도록 대비를 하고 훈련을 한단다. 그러려면 가장 적절한 단어, 적확한 표현, 재미있는 비유 등을 활용해야 한다.

딱딱하고 전문적인 IT 관련 강의를 할 때도 그는 곳곳에서 수집한 유머를 곁들이고 기억에 남는 용어들을 사용해 주목하지 않을 수 없게 만든다. 강의하는 그를 보면 자신감과 열정에 차 있는 모습이 마치 거인 같아 그의 키 역시 162센티미터로는 절대 보이지 않는다.

눈부시게 화려한 이력서를 만들었고 평범한 샐러리맨들에겐 '성공신화'의 꿈을 안겨주는 진대제 장관. 도무지 실패나 좌절이란 단어와는 거리가 먼 것 같지만 그는 초등학교 때 '기성회비'라고 불렸던 등록금을 낼 형편이 못 되어서 그때부터 장학금을 받았다고 했다. 고등학교 때부터 남의 집에 입주해 가정교사로 학비와 생활을 해결했고, 그후로도 계속 장학금으로 박사학위까지 마쳤다. "철거민촌에 살았는데 학교에서 돌아와보니 집이 없어졌더라"는 말을 소풍 다녀온 이야기하듯 전하는 것을 보니 가난에 한이 맺히지는 않은 것 같다.

그의 뛰어난 두뇌, 타고난 열정과 상상력 등은 따라하기 어렵지만 적어도 진대제 장관이 '고객 마인드가 되어 이야기를 하고 행동한다'는 것은 배울 만하다. 상대가 아내이건, 자식이건, 상사이건, 진짜 고객이건 그들의 마음이 되고 처지가 되어 말을 한다는 것은 상대를 그만큼 이해하고 관심을 가져야 한다는 뜻이다. 그런 철저한 고객 마인드라면 "아내와 대화할 때도 절대 부부싸움은 하지 않겠네요"라고 했더니, "집사람이 훨씬 고단수여서 한번도 부부싸움을 한 적이 없어요"라며 은근히 아내 자랑을 했다. 이것 역시 아내를 의식하고 배려한 말 같다. IQ만이 아니라 JQ(잔머리지수)도 정말 높다.

수컷의 매력을
유지하는
'프로 남자'로
남으리라,
나훈아

나는 나이 들면서야 당당하게 '나훈아가 좋다'고 고백할 수 있게 됐다. 그가 전성기를 누리던 1970년 대에는 학생들이 포크송이나 팝송을 좋아해야지 트로트 가수에 관심을 보이는 것은 매우 수준 낮게 느껴졌기 때문이다. 또 당시 우리 집에서 일하던 순이언니가 너무나 열렬한 나훈아의 팬이어서 몰래 그의 공연을 보러 나갔다가 엄마에게 야단맞는 장면을 목격한 후 그를 좋아하는 것은 매우 금기시된 일로 여겨졌다. 지금도 그가 11년 연상의 김지미와 결혼을 발표했을 때의 충격이 잊혀지지 않는다.

게다가 난 그 때문에 내 첫사랑이 불발되었다고 믿고 있다. 나 혼자 짝사랑하던 초등학교 동창생을 대학교에 들어와 동창회에서 만났다. 서울대 의대생이었던 그는 학교신문만 보내주다가 그해 가을,

의대 예과학생들의 축제에 나를 초대했다. 어린 시절, 말도 못 붙여보고 마음속의 어린왕자로 흠모했던 그가 축제 파트너로 날 뽑아줬을 때 얼마나 행복하고 기뻤던지……. 잔뜩 들떠서 옷까지 새로 맞춰입고 축제에 참석했는데, 명문 의대생들의 축제에서 이상한 행사가 열렸다. 빙고게임을 하며 퀴즈를 냈는데 의학용어가 아니라 엉뚱한 연예나 유치한 시사문제였던 것이다. 가수 혜은이의 본명, 당시 버스조합 이사장의 이름(버스만 타면 붙어 있었다) 등을 묻는 문제였는데,《선데이서울》애독자인 내게는 너무 쉬운 문제여서 난 재빨리 손을 들어 맞혔다. 지적이고 차분한 나의 동창생은 한두 번까지는 참았으나 "김지미와 나훈아가 신접 살림을 차린 곳은?"이란 질문에 내가 벌떡 일어나 "신탄진!" 하고 말하자 내 손을 잡아끌어 앉혔다. 시시콜콜한 연예정보에 밝은 데다 부끄럼도 모르고 자꾸 손을 드는 내게 무척 실망한 표정이었다. 그리고 그후 연락이 없었다. "나훈아 문제!"만 침묵했어도 나의 첫사랑은 이뤄질 수 있었는데…….

그러면서도 이상하게 노래방에만 가면 자꾸 그의 노래를 부르게 됐다. 〈영영〉〈찻집의 고독〉〈무시로〉〈사랑〉〈아담과 이브처럼〉은 물론 그가 작곡해 주었다는 심수봉의 노래까지 부르면서 그 노래가 주는 애절함이나 정서에 공감하게 됐다.

나훈아 자신도 인정하듯 검은 얼굴에 짙은 눈썹 등 소도둑같이 생긴 얼굴에 투박한 경상도 사투리, 숱한 스캔들로 얼룩진 그는 '천박한 딴따라'로 추락하기는커녕 가요계의 황제로 아직까지 건재하다. 2006년이면 가요계 데뷔 40년을 맞는데도 여전히 신곡을 발표한다. 또 할 때마다 매진되는 그의 콘서트에 가려면 적어도 15만 원은 내야 하고, 그를 무대에 초대하려면 1억 원 이상은 내야 한다. 인터뷰도 잘 하지 않고, 수시로 외국에 나가 있어 얼굴 보기도 힘든 신비한 거물이 되었다.

1999년 온 나라를 발칵 뒤집어놓았던 옷로비 사건이 터졌다. 검찰총장과 장관 사모님들이 모여 무슨 일을 하는지 알려줬던 그 사건 조사발표를 통해 사모님들이 앙드레 김, 라 스포사 등의 의상실을 함께 다니고 '나훈아 쇼'에도 손잡고 간 것이 드러났다. 장관 사모님들이 합심해서 보러 간 가수가 나훈아였던 거다.

말을 타고 나오거나 배를 띄우는 등 파격적인 무대도 인상적이지만, 콘서트를 할 때 그의 옷차림은 비명이 나오게 만들 정도다. 찢어진 청바지, 핑크색 니트 스웨터, 런닝셔츠처럼 몸에 딱 붙는 티셔츠. 도무지 환갑을 내일모레 앞둔 아저씨가 입을 옷이 아닌데 전혀 어색하지 않고, 또한 제대로 소화해 낸다. 평소에도 청바지를 유난히 좋아해서 이태원 등 특수한 청바지를 파는 곳에 들러 대여섯 벌을 사간단다.

운동으로 다져진 탄탄한 몸에 청바지를 입은 그를 보면 '수컷'이란 단어가 떠오른다. 물론 그는 1966년 〈사랑은 눈물의 씨앗〉이란 노래로 데뷔했을 때부터 야성적인 남성미로 어필했고, 아시아의 톱스타이고 여걸로 소문난 김지미를 사로잡은 매력 역시 그의 남성성이며, 다시 재기할 수 있었던 바탕도 노래 실력과 나이 들수록 더해가는 그의 남성적인 매력 덕분이었다. 또래의 가수들은 가요무대에서 흘러간 가요를 부르거나 변두리 나이트클럽에서 활동하지만, 그는 1년에 한두 번 대형콘서트와 특집 쇼 프로그램에 출연해 신곡을 발표하고 제일 잘나가는 여성연예인(2005년엔 삼순이 주인공 김선아)과 듀엣으로 노래를 부른다.

2002년 《월간 조선》에서 그를 장시간 동안 인터뷰했던 오효진 씨(현재는 청양 군수)는 "그는 도사고 달인"이라면서 "노래에 관해서뿐 아니라 인생을 경영하는 데 있어서도 통달한 사람"이라고 극찬했다. 하지만 그런 그도 가수가 되기까지는 단 한 시간의 노력도 하지 않았단다. 친구를 따라 음악학원에 놀러갔다가 노래를 불러본 게 계기가 되어 오아시스레코드 사장에게 발탁되었다. 남들이 통과의례처럼 겪는 피눈물 나는 노력과 고생을 하지 않았지만, 정작 가수가 된 이후에는 그 누구보다 노력과 연습을 한다. 지금도 공연을 하면 연주자들이 초주검이 될 때까지 연습하고, 연습하고, 또 연습한다. 공연 몇 분 전에 왕자처럼 도착해 한 곡조 부르고 사라지는 스타들과 다르다.

"난 평범한 사람이지만 이제 프로다. 나는 내 노래를 듣는 사람을 감동시켜야 하는 의무가 있는데, 그러자면 연습밖에 없다."

노래만이 아니다. 그는 '프로 남자'다. 자신의 남성미를 유지하기 위해 매일 운동을 하고, 책을 읽고, 붓글씨를 쓰고, 그림을 그리며(미술대회에서 입상도 했고 국전에 응모할 계획을 가질 만큼 솜씨가 뛰어나다), 몸과 마음과 정신을 다듬는다. 수컷의 매력이란 남성의 성적 기능만을 의미하지는 않는다. 자신의 일에 최선을 다하고, 시련이 닥쳐와도 이겨내며, 자신의 팔로 감싸 가족을 보호해 주고, 그러면서도 항상 더 커다란 목표를 향해 나가는 존재다.

20, 30대의 촌스럽고 투박한 모습에 비해 지금의 나훈아가 훨씬

근사한 것은, 예전의 남성호르몬만 가득했던 청년의 모습에서 지금은 영어와 일어에 완벽하고 붓글씨와 그림으로 수양을 하며 자신을 고급스럽고 비싸게 포장하는 능력까지 갖춘 중년남자로 자신을 업그레이드시켰기 때문이다.

물론 여전히 남자들은 나훈아란 존재에 대해 불편해 한다. 아내나 연인이 나훈아를 보며 눈동자가 풀려져 가고 탄성을 터뜨리면 "저런 동물 같은 놈이 뭘 멋있다구 그래? 취향도 저속하다"라고 비난하기도 한다. 그렇게 욕하면서도 그는 나훈아 때문에 엄청난 열등감과 피해의식을 갖고 있을 게다. 속절없이 튀어나온 배와 늘어진 근육의 몸엔 청바지가 어울릴 리 만무하고, 턱수염을 기른들 숱도 적어서 염소수염으로 보일 테니 말이다.

청년 시절 테스토스테론 덩어리였던 나훈아는 지금까지도 그 남성호르몬을 적절히 내뿜으면서 지성으로 포장하며 잘 늙어간다. 그건 신의 축복이라기보다 그가 노래건, 사업이건, 취미인 그림이건 연습벌레처럼 성실하게 연습했기 때문이다. 그는 아마 아흔 살에도 수컷의 원형을 지킬 것 같다.

가는 곳마다
유머가 넘친다,
한승헌

　　　　　　　　　한승헌 변호사는, 매우 송구스
러운 비유이나, 한약에 들어간 대추를 닮았다. 작고 쭈글쭈글하지만
맛과 영양가는 무척 뛰어난 대추. 그래서 칠순이 넘은 깐깐한 인상
의 그를 만나러 갈 때는 희멀겋게 잘생겼지만 멍청한 젊은 남자를
만나는 것보다 훨씬 기대가 된다.

　한변호사의 '진면목'을 확인한 지는 얼마되지 않는다. 그동안 언론
에 비친 그의 모습은 그의 화려한 경력과 마르고 강파른 외모가 말
해 주듯 강인하고 무서운 사람으로만 비쳤다. 1975년 '어떤 조사'란
필화사건으로 반공법으로 구속되어 변호사 자격을 박탈당한 후 김
대중내란음모사건 관련으로 또 구속되었고, 그후에도 민주사회를위
한변호사모임 창립, 국제 앰네스티 한국위원회 전무이사, 감사원장

등을 맡은 분이니 '얼마나 깐깐하고 외골수의 갑갑한 성격일까'라는 막연한 편견을 갖고 있었다.

그러나 한변호사를 만나자마자 그런 편견은 베를린 장벽이 무너지듯 순식간에 와르르 무너졌다. 그는 겉과 속이 완전히 다른 '이중인격자'였다. 72세의 꼬장꼬장한 원로라는 포장지를 벗기니 그 안에는 무척 부드럽고 재미있고 귀여운 유머리스트가 숨어 있었다. 처음 만난 자리에서 한변호사는 막 화장실에 다녀왔다며 말을 풀어나갔다.

"화장실 입구에 'MEN(남성인 MAN의 복수)'이라고 써 있기에 혼자 못 들어가고 서 있다가 다른 사람과 함께 들어가느라 늦었습니다. 전에 미국에 갔을 때는 빨간불에 'Don't Walk'라고 써 있어서 걷지 않고 뛰어가다가 야단을 맞기도 했지요."

하긴 '한승헌 변호사의 유머산책'이란 부제가 붙은 『산민객담』을 비롯, 그의 글들만 봐도 그의 유머감각은 익히 파악할 수 있다. 그는 지난해 8월에도 대검찰청에서 검사들을 대상으로 '대화 문화와 해학'이란 강의를 통해 "법조계가 해우소가 돼야 한다"는 요지의 강연을 했다.

"1965년 검찰을 떠난 후 40여 년 만에 후배들 앞에서 특강을 했죠. 늘 검사의 사명과 역할 등 딱딱한 강의를 들었을 것 같아 아이스크림처럼 부드러운 강의를 하겠다면서 해우소 이야기를 한 겁니다. 화장실을 걱정을 푼다는 뜻의 '해우소(解憂所)'라고 하는데, 정말 우리 조상들의 기지와 해학이 번득이는 말입니다. 법조계야말로 어려운 일, 억울한 일을 풀어주는 우리 사회의 해우소가 되어야 하는데 오히려 비인간적 태도로 근심과 상심을 더 준 건 아닌가 하는 반성도 했지요. 그런 해우소 역할을 하려면 해학과 유머라는 윤활유와 촉매제가 필요합니다."

그의 성장과정이나 경력을 보면 유머리스트가 된 것이 신기할 정도다. 전북 진안 '깡촌'에서 태어나 오랜 군사독재 치하에서 양심수 내지 시국사범을 주로 변호했다. 수시로 감시당하고 고문받고 투옥되고 억울한 이들과 함께 해온 것이 그의 삶이다. 세상에 대한 분노와 회한을 그는 오히려 다른 눈으로 보고 뒤집어 생각하고 따뜻하게 감싸면서 '역설적 언어'를 구사해 가며 자신과 주변을 기쁘게 만들었다. 살벌하고 엄숙한 상황에서도 유머감각이 주위를 밝고 화사하고 부드럽게 만들어준다는 것을 체험을 통해 알아왔기에, 그는 언제 어디서나 기지가 번뜩이는 해학을 구사한다.

"지난해엔 일본에 저작권법에 대해 강의를 하러 갔는데 제게 할당된 시간이 부족해 짧은 일본어 실력이지만 일어로 하겠다고 했어요. 괜히 통역을 하면 시간을 뺏길 것 같아서요. 그리고 난 후 이렇게 말했지요. '내가 일어를 완벽히 했다면 그건 일제통치가 얼마나 지독했는지 보여주는 증거이고, 만약 내 일어가 엉망이었다면 그것 또한 식민치 통치가 실패했다는 것을 입증하는 것'이라고요. 다행히 참여했던 일본분들이 즐겁게 웃어주었습니다."

그의 유머의 특징은 탁월한 언어 구사력과 자신을 기꺼이 희화화하는 것이다. 그는 독실한 기독교 신자인데, 종교와 관련된 유머도 자주 구사한다.

"구속되어 있을 때 성탄절에 하나님께 나가고 싶다고 도와 달라고 기도했더니 기도가 부족했는지 이뤄지지 않았어요. 이듬해 5월, 부

250

처님오신날 석방됐죠. 주변에 이 일을 말했더니 '기도는 하나님께 했는데 왜 부처님이 석방해 주냐'기에 '하나님이 성탄절에 너무 바빠 부처님께 업무 협조를 해서 석가탄신일에 나온 것'이라고 해서 졸지에 두 분의 무료변론을 하게 됐습니다."

그에게 몸무게를 물으면(진짜 몸무게는 55킬로그램) "근수로 밝히기는 싫지만 밴텀급이고 일찍부터 구조조정을 해서 필요한 부분만 남아 있다"고 말한다. 나이를 물으면 "태어난 지 하도 오래전 일이고 해마다 바뀌어 잘 모른다"고 말한다. 엘리베이터에 마지막으로 탔을 때 '삐' 소리가 나면 '나도 무게 있는 남자구나'라고 흐뭇해 하고, 신문에 정확한 나이가 밝혀질 때마다 깜짝 놀라 더 늙는 것 같지만 미국에선 '두 살짜리에게도 올드(two years old)'라고 한다며 위안을 삼는단다.

생활이 각박하고 암담할수록 유머가 필요하다는 것이 한변호사의 지론이다. 게다가 유머는 원가가 안 들고 면세이므로 실컷 쓰고 활용해도 좋단다. 유머는 남과 화목하고 주변과 친화력을 높이는 데 필수적이다. 특히 굳은 분위기를 완화시키는 데 효용이 있어서 엄격 일변도의 사회를 벗어날 수 있게 한다. 우리나라 사람들은 오랜 군사독재 문화, 즉 '차렷!' 문화에만 너무 익숙해 있는데, 이젠 유머를 통해 '열중 쉬어, 편히 쉬어!'의 여유를 배워야 한다는 것이다. 서양인들이 비교적 낙천적이고 자신을 열어 보이는 것에 비해 우리는 지나치게 자신을 감추고 경직된 자세로 살기 때문에 유머감각이 부족하다고 그는 분석한다.

평생 핍박받고 고통받는 이들과 함께하며 그들과 함께 통한의 눈물을 흘렸지만 항상 유머감각을 잊지 않고 세상을 긍정적으로 보았기에, 그는 칠순이 넘은 나이에도 여전히 곳곳의 물망에 오르고 여러 사람들이 보고 싶어하는 행복한 날들을 보내고 있다. 자신을 시련에 빠뜨리게 한 사람들에 대한 공분보다는 불의에 합류해 '스타일 구기지 않고' 평생 바른 길을 걸어올 수 있었음에 스스로 자부심도 갖고 있고 하느님께 감사한단다. 그러면서 제발 자신을 인권변호사로 부르지 말기를 당부했다. 변호사는 인권보호가 본연의 임무인데 그런 단어를 쓰면 다른 변호사는 이권변호사냐는 것이다.

현재 사법제도개혁추진위원회 위원장으로 일하는 그가 법조계만이 아니라 정치계에도 유머로 개혁하는 법을 알려줬으면 좋겠다. 우리 정치가 그토록 비난받는 이유 중 하나가 정치인들이 너무 싸우기만 하고 유머감각이 거의 없기 때문이리라.

청와대는 물론 각당 대변인들이 성명서를 발표할 때도 보라. 치질이나 치통환자처럼 얼마나 이를 악물고 어두운 표정으로만 하는가. 투쟁욕에만 불타서 졸렬한 언어로 서로 비난하고 다투는 정치인들은 또 얼마나 우리를 괴롭히는가. 제발 우리 정치인들이 한승헌 변호사에게 개인교습이라도 받아서 유머감각부터 익혔으면 좋겠다.

마음이
가는 대로
산다,
이장희

　　"어제는 비가 오는 종로 거리를/ 우산도 안 받고 혼자 걸었네/ 우연히 마주친 동창생 녀석이/ 너 미쳤니 하면서 껄껄 웃더군/······전화를 걸려고 동전 바꿨네/ 종일토록 번호판과 씨름했었네/ 그러다 당신이 받으면 끊었네/ 웬일인지 바보처럼 울고 말았네/ 그건 너, 그건 너, 그건 너, 너 때문이야······."

　　휴대폰이 넘치고 대부분 카드용이라 공중전화를 걸기 위해 동전 바꿀 일이 없는 요즘도 이 노래를 들으면 청춘의 뜨거운 피가 다시 느껴져 콧등이 시큰해진다.

　　이 노래 〈그건 너〉를 비롯해 〈나 그대에게 모두 드리리〉〈한 잔의 추억〉〈그애와 나랑은〉〈자정이 훨씬 넘었네〉 등 70년대를 풍미했던 히트곡들을 짓고 부른 싱어송 라이터 이장희(정미조의 〈휘파람을 부

세요〉, 김세환의 〈좋은 걸 어떡해〉, 록그룹 '사랑과 평화'의 〈한동안 뜸
했었지〉, 〈장미〉 같은 노래들도 그의 작품이다).

콧수염과 큭큭대는 미소, 그리고 〈0시의 다이얼〉이라는 심야 라디
오프로그램의 DJ로 밤에 유난히 감미롭던 목소리가 트레이드마크인
이장희 씨는 이제 콧수염과 머리를 깨끗하게 민 '단정한' 얼굴로 울
릉도에서 더덕 농사를 짓고 있다. 그가 미국에서 운영하던 라디오코
리아를 홀연히 버리고 울릉도에 정착했다는 소식을 들었을 때, 나는
내 귀를 의심했다.

미국 한인사회의 상징인 라디오코리아를 버렸다구? 그리고 서울
도 아니고 울릉도에서 농사를 짓는다구? 농담이겠지. 아니면 그저
잠시 휴식을 취하거나. 그런데 2년이 흐른 지금도 그는 울릉도에 산
다. 아니 수시로 여기저기 돌아다니지만 본거점은 울릉도다.

1992년 LA폭동 당시 라디오코리아는 돋보이는 활약으로 교민사회
의 구심점이 됐고, 부시 전 대통령이 교민들과 협상을 한 장소이기
도 하다. 그 활약상을 설명하기 위해 그가 서울을 방문했을 때, 그는
아주 세련된 비즈니스맨의 모습으로 기자회견을 하고 주요인사들을
만났다. 승승장구하던 그 사업을 어떻게 사뿐히 놓을 수 있을까. 정
말 이장희다운 결정이다. 그는 57년의 삶을 자기 맘대로, 의지대로
살아왔다.

그는 초등학교 5학년 때 영화 〈드라큘라〉를 보고 인생관을 결정했
다. '드라큘라에 물려죽건 다른 방법으로 죽건 인간은 누구나 죽는
다. 그럼 난 어떻게 살아야 하나. 인생은 한 번뿐. 나는 나 살고 싶은
대로 살리라. 좋은 일이건 나쁜 일이건 내 결정대로만 하리라……'

서울고, 연대 생물과를 다 벼락치기 공부로 들어간 그는 삼촌 친구들에게 배운 기타로 시작하여, 음악에 미쳐서 대학을 그만두고 가수로 활동했다. 1969년부터는 트윈폴리오 등 가수들이 번안가요만 부르는 게 싫어서 작사작곡을 시작했다. 남의 노래만 지어주다 1971년 〈겨울 이야기〉란 첫 앨범을 냈다. 1973년 1월 1일 〈0시의 다이얼〉 DJ를 맡으면서 이장희는 완전히 스타가 됐고, 같은 해 발표한 〈그건 너〉로 젊은이들의 우상이 됐다.

첫사랑과 결혼도 하고 승승장구하던 그에게 첫시련이 닥쳤다. 1975년 1차 가요정화운동 때 〈그건 너〉〈한 잔의 추억〉〈불꺼진 창〉 등 히트곡 대부분이 금지곡 목록에 오른 것이다. 그는 1976년, 친구의 권유로 종로구 서린동에 반도패션 종로지점을 냈다. 기성복이 처음 등장한 때라 장사는 놀랄 만큼 잘됐는데, 월부판매의 수금이 안 되는 걸 보고 불경기가 오리라 판단, 팔아버렸다. 그리고 80년, 우연히 미국에 갔다가 그 넓은 땅에 반해버렸다. 때마침, 역시 미국여행을 온 소설가이자 친구의 형인 최인호와 만났다. 그들은 의기투합해 미국에서 자동차여행을 떠났다. 그들의 모험담은 최인호 씨의 소설과 같은 제목의 영화 〈깊고 푸른 밤〉에 담겨 있다.

이장희 씨는 특히 데스밸리(Death valley)에 푹 빠져 그동안 200번쯤 다녀왔다. LA에서 차로 6시간 남짓한 거리의 데스밸리는 말 그대로 죽음의 계곡이다. 1949년 서부금광을 찾아 떠났던 20개 개척팀 300여 명이 60도를 오르내리는 더위와 마시면 죽는 소금물 때문에 몰살당한 곳이라 붙여진 이름이다.

그는 돈 복이 있는지 하는 사업과 사둔 땅마다 다 성공했다. 미국에 정착해 연 로즈가든이란 영국식 식당도, 미디어의 중요함을 예측해 만든 라디오코리아도 자신이 놀랄 만큼 급성장했다. 첫사랑과 결혼해 딸, 아들 남매를 두었고, 그가 부르면 언제라도 달려올 친구들이 수십 명은 있다. 또 남들은 두려워서 못하는 마리화나, 정글탐험 등 온갖 모험이란 모험은 다 해봤다. 남들이 60볼트의 잔잔한 삶을 산다면 그는 언제나 1천 볼트의 짜릿짜릿한 삶, 그것도 자기가 하고 싶은 일만 하며 살았다. 자산평가가 엄청난 라디오코리아를 어느 날 갑자기 그만둔 이유도 간단하다.

"제 인생관은 '내 맘대로 살리라'예요. 그런데 제 마음이 정말 뭘 원하는지를 아는 게 중요하잖아요. 마음에게 자꾸 물었지요. 네가 정말 좋아하는 게 뭐냐. 돈이냐 명예냐 노래냐 여자냐 섹스냐 마약이냐……. 숱한 질문 끝에 '자연'이란 걸 깨달았어요."

그는 1년 중 서너 달을 여행하며 보낸다. 자동차여행을 즐겨 캠핑용 버스를 구입하기도 했다. 주방, 목욕탕, 에어컨, 냉장고는 물론, 4인용 침대도 있다. 섬도 좋아해 하와이는 50번쯤 갔다 왔다. 어릴 때부터 꿈꿔 왔던 아마존 여행도 1991년과 1995년 두 차례나 다녀왔다. 트레일 종주에선 자기와의 싸움을 한다. 시에라네바다 산맥을 타고 요세미티 국립공원까지 이어지는 존 무어 트레일 코스 완주를 그는 자랑스러워한다. 1인용 비박텐트에 미숫가루, 견과류 같은 것만 넣고 매일 900미터 이상 높이의 산을 올라갔다 내려와야 하는 고독한 길. 먼길을 하염없이 걷다 보면 지나온 삶의 순간순간들이 깊이 들여다보이고 맑은 공기, 기암괴석, 쏟아지는 별빛, 짐승의 울음, 폐부 찌르는 고독 등 자연이 너무 좋아 까무라칠 지경이란다.

256

그는 '형식적으로는' 은퇴했다. 그는 은퇴를 '공식 직함 없이 정말 하고 싶은 일만 하고 사는 삶'이라고 정의한다. 10년 전 친구와 함께 울릉도에 갔다가 원시림과 장대한 폭포에 반해 땅을 사두었다가 지금 집을 지어 살고 있다. 앞으로도 파리, 베이징 같은 도시에서 3개월, 6개월씩 밥해 먹으며 살아보거나 멋진 식당을 차려 웨이터로 서빙하고 싶다는 꿈도 갖고 있다.

자기가 하고 싶은 대로 자연을 벗하느라 결국 아내와는 이혼했다. 그래도 여전히 아들과 딸 하고는 친구처럼 잘 지내며 외손주도 본 할아버지다. 서울에 올 때마다 죽은 남동생의 아내인 제수씨(방송작가 정성주 씨)를 챙기는 다정한 시아주버님 역할도 한다.

"돈이 많으니까 그렇게 미국 자동차 여행이건 아마존 탐험이건 가능한 것 아니냐"는 물음에 그는 아니라고 한다.

"사람들은 항상 이 다음에 돈 많이 벌면 여행도 가고 멋지게 살겠다고 하지만 그건 말 그대로 꿈일 뿐이에요. 평소에 전혀 여행을 안 하다 갑자가 늙어서 여행이 떠나지나요. 여행을 하고 싶으면 지금 당장 떠나야죠. 캠핑이건 무전여행이건 ……."

그의 친구들은 가끔 한밤중이나 새벽에 그의 전화를 받는다. 지구 저편에서 특유의 허허거리는 웃음소리와 함께 "여기는 지금 노을이 지고 있어. 죽여. 꼭 와봐야 해" 하는 감동 어린 목소리로 그가 어디 있는지를 안단다. 마음먹은 대로 살고 자연의 기를 받아서인지 58세의 그에겐 영감 냄새가 아니라 야성의 풋풋한 향이 느껴진다.

개구쟁이
소년처럼
순수하다,
피천득

지난 5월, 피천득 선생을 만났다. 해마다 5월이면 그의 "신록을 바라다 보면/내가 살아 있다는 사실이 참으로 즐겁다/내 나이를 세어 무엇하리/나는 오월 속에 있다"란 글이 떠올라 그의 5월이 궁금해지기 때문이다.

피천득 선생을 만나러 간다고 했더니 대부분 "어머, 그분이 아직 살아계셔요?"라고 놀라워 했다. 30~40여 년 전 교과서에 실린 일본 여성 아사코와의 만남을 담은 「인연」이란 수필의 필자가 아직도 생존해 있다는 것이 신기한가 보다.

올해 96세의 선생은 그저 살아 계시는 것이 아니라 5월의 신록처럼 싱싱하게 영원한 청춘을 구가하고 있었다. 70년 전에 사귀었던 여성을 만나보기 위해 상하이 여행을 다녀왔다는데 전혀 피곤함이 없었고, 무슨 말을 물어도 정확히 파악하고 아주 명료하게 대답을 해서 그가 곧 100세를 바라보는 노인이란 생각이 전혀 들지 않았다.

혹시 불로초나 노화방지약이라도 있나 싶어 구석구석 살펴보았지만 그 흔한 비타민 병도 눈에 띄지 않았다. 아흔여섯이란 나이도 그렇지만 그 연세에 꼿꼿한 자세는 물론 흰머리도 많지 않고 귀도 밝다는 것이 경이롭다.

"글쎄, 건강은 하나님의 축복을 받은 것 같아요. 아마 내가 누구와도 경쟁하지 않고 별로 욕심이 없어 스트레스를 받지 않는 것이 건강비결인 것 같아요."

서울 반포동 32평 아파트는 '욕심 없음'을 고스란히 보여준다. 유명한 영문학자이자 작가이면서도 책이 별로 없다. 제자들에게 꼭 필요한 책은 영구 무상임대를 해주었기 때문이다.

아마 화첩이나 달력에서 잘라낸 듯한 르누아르의 그림은 스카치테이프로 붙여두었다. 침대 역시 1인용 간이침대다. 동네를 지나가다 누가 버린 것을 가져왔다는 식탁과 의자 역시 짝이 맞지 않는다. 그 흔한 소파도 없고 첨단 가전제품도 하나 없다. 아흔여섯인 당신이 젊은 시절에 헌책방에서 샀으니 족히 100년은 넘었으리라는 낡은 책, 좋아하는 작가와 음악가의 사진들, 가족과 손주들의 사진들뿐이다. 그나마 옆집에 쿵쿵 소리나는 피해를 주기 싫어 못 박아 액자를 걸지 않고 스카치테이프로 붙여두거나 바닥에 세워두었다. 이런 검박한 풍경 속에서 그는 오히려 황제처럼 풍요로워 보인다.

"부자는 돈이나 재산이 많은 사람이 아니에요. 추억이 많은 사람이 진짜 부자이지요. 파리의 개선문은 나폴레옹이 세운 것이지만 프랑스 것이 아니라 그곳을 거니는 연인들의 것이거든요. 좋은 그림을 소유해야 꼭 행복한 것도 아니죠. 기억 속에 넣어두면 됩니다. 좋은 기억은 욕심 갖고 살 수 있는 게 아니랍니다."

작가 최인호 씨는 피천득 선생을 "전생의 업도 없고 이승의 인연도 없는, 한 번도 태어나지도 않은 하늘나라의 아이"라고 표현했다. 선생이 환하게 웃을 때는 개구쟁이 소년이 즐거워하며 미소짓는 것 같다. 꾸미지 않는 순수함과 어린이다움이 그의 또다른 건강비결이다.

그는 아이처럼 수시로 웃고 기뻐하고 감탄한다. 2002년 월드컵 기간에는 내내 붉은 악마 티셔츠를 입고 지낸 환갑 넘은 제자들을 놀라게 했다. 그리고 보통 나이든 남자들이라면 유치해서 도저히 할 수 없는 행동도 즐겁게 한다. 딸 서영 씨가 어렸을 때 갖고 놀았다는 인형 '난영이'는 쉰 살이 넘었는데, 여전히 소녀의 모습으로 선생의 침실에서 함께 잠을 잔다. 선생은 '난영이를' 일주일에 한 번씩 목욕을 시키고 예쁜 핀으로 머리를 묶어주고 밤마다 눈을 감겨 잠을 재워주고 아침엔 깨워준다.

선물받았다는 곰인형 세 마리도 그의 침실을 지키는 친구들이다. 누우면 눈을 감는 인형 난영이와 달리 곰인형들은 눈을 말똥말똥 뜨고 있다. 그래서 밤마다 선생이 눈가리개를 씌워 편안하게 잠재워준다. 선생의 집을 방문한 날, 난영이는 일어나 앉아 있었지만 곰인형들은 여전히 안대를 하고 늦잠을 자고 있었다. 대한민국에서 이렇게 인형놀이를 하며 즐거워할 성인 남성이 몇이나 될까. 만약 최근에 이런 행동을 했다면 분명히 망령이 들었다고 걱정할 테지만, 그에겐 언제나, 항상 그렇게 아기 같은 마음으로 소년처럼 살아가는 게 그의 일상이 되었다.

선생에게 사랑받는 여성이 또 한 명 있다. 선생이 '마지막 애인'이라고 부르는 여배우 잉그리드 버그만이다. 잉그리드 버그만의 갓 데뷔한 시절의 청초한 사진과 전성기 무렵의 완숙한 사진 두 장이 선생이 흠모하는 바이런, 셸리, 예이츠 같은 작가들의 사진과 함께 있다.

"날 '사귄' 덕분에 저런 훌륭한 사람들과 항상 함께 있으니 잉그리드 버그만은 호강하는 거야. 아무리 유명하고 예쁜 배우들도 시간이 지나면 다 잊혀지는데 난 수십 년간 변함없이 저 사진을 간직하고 매일 보고 생각하거든. 잉그리드 버그만도 행복할 거야."

선생의 시 귀절이나 수필의 문장을 기억해서 말씀드리면, 칭찬받는 꼬마 아이처럼 "아이, 고맙습니다"라고 진심으로 행복해 한다.

"사람이 저렇게도 늙을 수가 있구나, 하고 그분의 늙음을 기릴 수 있다는 것만으로도 충분히 즐거웠다. 나이 들수록 자신의 말년에 대한 근심은 더해만 간다. 마땅한 본을 보여줄 늙음의 선배가 귀하기 때문이다. 연세가 들수록 확실해지는 아집, 독선, 물질과 허명과 정력에 대한 지칠 줄 모르는 집착 등은 차라리 치매가 나을 것 같다는 생각이 들 정도로 늙음을 추잡하게 만든다. 그런 것들로부터 훌쩍 벗어난 그분은 연세와 상관없이 소년처럼 무구하고 신선처럼 가벼워 보였다. 그러나 그런 것들부터 벗어난다는 것이 어디 쉬운 일인가……."

선생의 미수연과 구순잔치에 참석했던 작가 박완서 씨의 회고담이다. 선생은 자신이 늙었다는 것을 못 느낀다고 한다. 나이 때문에 못 하는 일이 없기 때문이다. 체질상 술, 담배는 평생 하지 않았고 운동도 산책이 전부인데 지금도 동네나 서울대 캠퍼스 등을 산책한다. 예전에 읽던 책을 다시 읽고, 브람스 등 클래식 음악을 듣고, 제자와 친지들을 만나 데이트를 하는 생활은 '강의'만 빼고는 교수시절과 별반 다름이 없다. 지금도 예쁜 여자를 보면, 가슴이 벌렁벌렁 뛰는 정도는 아니지만 보석을 발견한 듯 기쁘고 행복하단다.

"선생님이랑 최인호 선생님이랑 두 분 다 여자들에게 인기가 많아서 라이벌이시라면서요? 아직도 여자들에게 관심 많으세요?"

이런 질문을 하자 그는 혼잣말처럼 이렇게 말했다.

"나야 뭐 그냥 바라보기만 하는 거구, 최선생은 만지기도 할 테구……."

30대 남자를 만나도 따분하고 고루한 생각에 화가 날 때가 많은데 96세의 피천득 선생과 대화할 때는 전혀 지루하지도, 세대차이도 느껴지지 않았다. 로마 교황 베네딕토 16세의 즉위식 장면을 보면서도 "정작 예수는 목수, 친구 베드로는 어부, 애인 막달라 마리아는 창녀 등 참 소박하고 겸손했는데, 왜 신부나 목사들이 저렇게 화려하게 치장하는지 모르겠다"고 말했고, 88세에 돌아가신 분의 장례식에 다녀왔다니까 "뭐 천수를 누린 셈이네요. 아, 난 지금도 살아 있지만……"이라고 살짝 웃었다.

욕심 없고, 순수하고, 작은 일에 감동하는 소년 같은 마음. 그것이 피천득 선생을 이렇게 맑고 깨끗하게 살아가도록 만드는 힘이기도 하고, 많은 사람들이 그를 친구로 받아들여 지금도 만나러 가게 만드는 비결이기도 하다.

제대로
놀 줄 안다,
이윤기

신화학자 이윤기 씨를 '대한민국에서 가장 잘 노는 남자'로 꼽는다면 이의를 제기할 사람들이 많을 게다. 수백만 권이나 팔린 『그리스 로마 신화』, 헤아리기 어려울 정도의 번역서들, 소설과 수필집 등에 이어 이제는 딸과 함께 셰익스피어를 본격적으로 소개하고 있는 성실한 이윤기 씨를 '논다'라고 표현하니 말이다.

맞다. 그는 성실하다는 표현으로는 부족한 일중독자에 가깝다. 적당히 자료만 찾는 것이 아니라 그리스는 물론 동양의 신화 현장을 직접 밟으며 눈으로 확인하고 온몸으로 체험한 후 글을 쓴다.

그는 자유직업인이지만 대부분의 약속을 오후 5시 이후로 잡는다. 그전까지는 글을 쓰거나 번역을 하는 등 일을 하기 때문이다. 오전 8시

정도부터 오후 5, 6시까지, 보통 샐러리맨처럼 규칙적으로 시간을 정해 일을 한다. 『장길산』의 작가 황석영 씨가 자신은 소설을 "머리가 아니라 엉덩이로 쓴다"면서 작가의 상상력보다 성실함을 강조했지만, 이윤기 씨 역시 하루 10시간 이상 일할 만큼 근로정신이 뛰어나다.

발음도 난해하기 그지없는 2,500여 그리스 로마 신들의 이름은 물론, 그와 관련된 인간과 지명까지 줄줄이 다 외며 설명하는 그를 보면 경이롭기까지 하다. 그러나 그는 내가 아는 한 가장 잘 놀 줄 아는 남자이며, 놀기 위해 제일 노력하는 남자이다. 그가 책을 읽고, 자료를 찾고, 외국어를 공부하는 이유도 '제대로, 멋지게, 잘 놀기 위해서'라고 생각한다.

"인터넷, 해외여행 자율화 등으로 전세계가 한 동네가 되어 서양 문물을 자연스럽게 받아들이게 되었죠. 그 서양 문화의 근원을 찾다 보면 신화와 만나게 됩니다. 로마는 물론 파리의 거리를 걸어도 길가에 늘어선 석상 하나하나에 다 신화가 깃들여 있고, 신화를 모르고서는 셰익스피어를 한 줄도 해석하기 힘듭니다."

그는 문화재청장 유홍준 씨를 비롯, 부부들이 모인 모임에도 참가해 수시로 여행을 떠나는데, 그때 그의 풍부한 학식과 기억력은 동행들을 기쁘고 즐겁고 유익하게 해준다. 비싼 돈 주고 외국 가서 엽서에 나온 풍경만 보고 돌아오는 사람들이 얼마나 많은가. 하지만 그는 그곳의 역사와 문화, 우리나라와의 차이점과 공통점을 발견하는 여행을 할 줄 안다.

이윤기 씨는 정말 신명이 많다. 술을 마셔 감성이 알콜에 촉촉히 젖어들면 특유의 유머와 현란한 비유와 동작으로 좌중을 압도한다.

그래서 그와 함께라면 술 마시고 웃고 떠들고 히히덕거려도 시간낭비가 아니라 뭔가 뜻깊은 시간을 보냈다는 느낌이 들게 만든다. 상황에 적절한 사자성어와 신화의 한 장면과 유명인들과의 만남의 에피소드를 들었기 때문이다.

주변 사람들이 자신의 이야기에 심드렁하거나 별로 웃지 않으면 그는 매우 좌절감을 느낀다. 어떻게 보면 반드시 함께 한 사람들을 즐겁게 해줘야 한다는 강박관념도 갖고 있는 것 같다. 그래서 아마 글을 쓰는 틈틈이, 다른 사람과 공적인 대화를 하는 순간에도 '아, 이걸 다음에 놀 때 얘기해 주면 다들 자지러질 거다'란 생각을 할 게다.

노래를 부를 때의 이윤기 씨는 완전히 다른 사람이다. 전생에 남사당패였거나 혹은 로마시대의 궁전에서 노래를 부르던 가수였던 것 같다. 〈봄날은 간다〉를 비롯, 조용필의 노래는 물론 일본가수 미소라 히바리의 엔카 등도 어찌나 구구절절 가슴을 울리도록 부르는지……. 일본 사람들조차 자신들의 옛노래를 그들의 정서에 맞게 불러주는 이윤기 씨를 보고 "정말 일본 사람이 아니냐"고 물을 정도란다. 그러기 위해서 그는 일본어를 열심히 공부했고 일본 노래도 부지런히 들으며 가사를 외운다. 완벽히 준비한 후, 무대에 서서 갈채를 받는 그에겐 연예인의 피가 흐르는 것 같다.

술도 잘 마신다. 매일 오후 '근무시간'이 끝났다고 생각되는 6시 무렵이면 혼자서도 소주나 와인을 마신다. 열심히 일한 뇌를 잠시 죽여주기 위해서란다. 일중독이면서 알콜중독이다. 그래도 지금까지 건강검진을 받은 적은 없다. 술이 일이나 삶을 방해한 적이 없고, 자신과 주변을 즐겁고 재미있게 해주기에 술 끊을 생각도 전혀 없단다. 숱한 그리스 신들 가운데에서 제일 애착이 가는 신도 디오니소스라고 한다.

'신화학자'로 불리고 가장 탁월한 번역자로 꼽히지만, 그는 그 흔한 박사학위는커녕 중학교 이후엔 제도권의 학교 교육을 거의 받지 않았다. 최근에 숭실대학교에서 명예박사 학위를 받긴 했지만, '학교가 내 공부를 방해해서'란 이유로 고등학교 중퇴 후 검정고시로 신학대학에 잠시 다닌 게 전부다. 게다가 멀쩡하게 미국 명문대인 펜실베이니아 주립대에서 철학을 전공하다 서울대에서 고고학을 공부하는 딸과 영화학도인 아들에게도 수시로 "학교 그만둬라"라고 권하고 있다. 화려한 이력서 없이도 자신이 원하는 일을 하고 성공도 하고 무엇보다 즐겁게 살기 때문이다.

7남매 중 막내인 그는 첫돌 때 아버지가 돌아가셨고, 생계를 책임져야 하는 어머니를 대신해 할머니가 그를 열 살 때까지 키웠다. 할머니는 문장가이자 타고난 이야기꾼이었다. 어린 손자에게 네 살 때부터 천자문을 가르쳐『동몽선습』『채근담』『명심보감』등을 익히게 했고, 『숙영낭자전』『옥루몽』등을 운율 붙여 읽어주었다. 할머니가 돌아가시자 그는 다시 어머니 품으로 돌아왔고, 열입곱 연상인 형의 중·고교 교과서까지 허기진 듯 달달 외웠다. 초등학교 5학년 때는 부잣집에 입주과외를 들어가 돈도 벌어 당시로선 드문 바이올린까지 배웠고, 경북중학교에선 사서로 일하며 도서실의 책을 미친 듯 읽으며 책의 바다에 빠졌다. 고전명작은 물론 김경언, 박기당 씨의 만화도 열심히 봤고 김산호 씨의 만화주인공 라이파이는 지금도 그릴 줄 안다. 한때 만화가가 될 생각도 했으나 백일장에서는 상을 탔어도 그림으로는 상탄 적이 없어 포기했다.

술 마시고 노래하고 여행만 다니는 것이 아니라 더 많은 이웃과 잘 놀기 위해 그는 경기도 양평 텃밭에 1,500그루의 나무를 직접 심었다. 시골에 들어가서 그곳 사람들과 막거리를 마시고 딸이 속해 있는 연주단을 초대해 음악회도 여는 등 같이 놀아주면서 벽을 허물었다. 가을이 깊어지면 사람들은 그의 양평 집에 가서 군밤과 삼겹살을 먹고 노래도 함께 부르며 즐겁게 논다.

무엇보다 '노는 남자' 이윤기 씨가 멋지고 훌륭한 것은 다른 중년 남자들처럼 혼자 골프 치고 축구하러 다니는 게 아니라 꼭 아내와 함께 논다는 것이다. 여행을 할 때도, 친구를 만날 때도, 술 마시고 노래할 때도 꼭 응원단장인 아내가 있어야 더욱 흥을 낸다. 아내를 즐겁게 해주고 웃게 만들어주려고 재미있게 노는 법을 연구하고 궁리하는 것이 아닌가 할 정도로 아내 앞에서 더 즐거워지는 남자다. 곁에서 지켜본 그의 아내 역시 가장 크게 웃고, 자주 박수를 치며 그의 흥을 돋우었다.

그가 거미줄처럼 계속 쏟아내는 신화, 셰익스피어 등의 작업은 평소에 그가 아내와 함께 즐겁게 놀아서 에너지를 비축해 두었기 때문이다. 노는 거라면 그저 술 마시고 고스톱 치고 젊은 여자들 궁둥이 두드리는 것만 생각하는 남자들에게 그는 진정한 놀이의 고수가 무엇인지 가르쳐준다.

끔찍한 '자기사랑'으로 행복하다, 김영삼

　　　　　　　정치인이나 대통령으로서 김영삼 씨가 얼마나 훌륭한지, 혹은 후세에 어떻게 기록될지는 잘 모르겠다. 대충 눈가림만 하는 것이 아니라 확실한 단식을 하며 "닭의 목을 비틀어도 새벽은 온다"는 명언을 남긴 민주화투사로, 거침없이 개혁과 사정을 단행해 지지율 90퍼센트를 자랑하던 사랑받는 대통령이긴 했으나, 그후 그는 국민을 실망시키는 언행을 많이 했고 아들 김현철 씨의 문제 등으로 여전히 구설수에 오르내린다. 이젠 그를 존경한다고 당당하게 말할 사람도 드물 것 같다.

　하지만 '사나이' 김영삼은 분명히 벤치마킹 할 가치가 있는 사람이다. 그의 하염없는 자기 사랑은 그를 그 나이에도 건강하게 버티게 하는 강력한 힘이다. 누구나 자신을 존중하고 사랑하지만, 그분처럼 자기에 대한 확신과 사랑이 넘치는 사람은 드문 것 같다.

김영삼 전 대통령은 '감(感)'의 정치인이다. 감으로 정치상황도 파악하고 주변사람들에게도 감을 전한다. 사람들은 그의 정치적 역량보다 친화력, 순간에 무장해제시키는 능력에 더욱 감동한다. 나도 그랬다. 남편의 고등학교 선배인 그를 총동창회가 열리는 선릉에서 만났다. 누군가 '동창 부인인데 기자'라고 소개했다. 15초도 채 되지 않는 짧은 시간. 그의 두툼해서 내려앉은 눈은 내 얼굴을 보는지 아닌지 확인하기 힘들었지만, 악수를 나누고 다음 사람에게로 떠났다.

그로부터 1년 반쯤이 지난 후, 야당 대표자리에 있던 그는 여기자들에게 3당 통합의 당위성을 알리기 위한 자리를 마련한 적이 있다. 개별적으로 인사를 할 때 그는 "우리 전에 선릉에서 봤지요?"라고 물었다. 세상에, 겨우 몇 초 정도의 일별이었는데 날 기억하다니. 2년이나 세월이 흘렀는데 장소까지 기억하다니! 잠시 '내가 절대 잊혀지지 않는 얼굴의 소유자여서 그런가'라고 착각과 망상에 빠질 만큼 그는 내가 '특별한 사람'이란 느낌을 갖게 만들었다. 아마 내가 정치 지망생이거나 정치부 기자였다면 '상도동 장학생'이나 'YS 계보'로 적을 옮겼을지도 모르겠다.

그런데 나보다 더 심한 충격을 받은 사람도 있다. 출판평론가 김영수 씨는 종로서적에서 일할 때 민추협 사무실이 그곳으로 옮겨와 이삿짐 나르는 것을 도와주었단다. 어느 날 엘리베이터 안에서 김영삼 전 대통령을 만났는데 "김군이 많이 도와줬다던데 이름은 뭐고?"라고 묻더란다. 그리고 며칠 후 엘리베이터 앞에서 다시 만난 그가 아는 척을 하더란다. "영수군, 나랑 같이 타자." 한 번 만난 20대 초반의 서점직원에게 거물 정치인이 다정하게 이름을 불러주다니……. "당시 그분의 차 번호가 3131이었는데, 그 차만 보면 고개 숙여 인사를 했어요."

정치부 선배기자들은 김영삼 전 대통령의 그런 '감동의 순간'에 대한 추억을 많이 갖고 있다. 오랜만에 만나도 예전에 잠시 말했던 부모님의 안부를 묻는다거나 '도와도'라며 손을 꼭 잡으면 그에 대한 충성심이 마구 솟구친다는 것이다.

"정치역량 등은 분명히 DJ가 뛰어나지만 YS에게 더 많은 사람들이 몰렸던 것은 친화력의 차이인 것 같아. 똑같이 10만 원을 주더라도 YS는 지갑에 10만 원을 넣어서 '니 다 가져라'라고 던져주거든. 그런데 꼼꼼한 DJ는 '김형, 쪼까 기다리시요' 하면서 지갑에서 돈을 꺼내 '둘넷여섯여덟열~' 하고 세어서 주니까 받으면서도 좀 찜찜해지는 거지. 시계를 선물할 때도 대충 포장한 것보다는 '이거 누가 주던데 비싼 거라 카드라. 니 해라!'라며 직접 손에 찬 것을 풀어줄 때 '난 이 사람에게 정말 특별한 존재로구나'라는 느낌이 들어 팬이 되는 거야."

그런 '고객감동' 테크닉보다 더욱 감동(?)적인 것은 김영삼 전 대통령의 '자기 마음대로 살기' 방식이다. 기자로서 질문을 하면, 김대중 전 대통령은 말이 곧 글이고 단 한 마디도 빠뜨릴 것이 없을 만큼 정확하게 답한다. 반면 김영삼 전 대통령은 그 어떤 질문을 해도 질문 요지에 별 상관없이 자기가 하고 싶은 말을 한다.

"참 좋은 질문입니다. 신중히 생각해서 다음에 답하겠습니다. 그라고, 사실 이번에 내가 말이죠……."

이런 스타일이다. 기자들은 기사를 써야 하니까 집요하게 묻고,

그는 피해가고, 때론 기자들과 시기나 내용을 상호합의하기도 해서 결국 기자들이 공동생산한 내용의 기사가 만들어진다. 그런데 그럴수록 자신이 그에게 뭔가 기여해 줬다는 느낌이 든단다.

김일성 주석과의 최초 남북정상회담을 앞두고 그는 엄청난 기대에 부풀어 있었다. 그런데 급작스럽게 김일성 주석이 사망했다. 직접 들은 것은 아니지만, 그때 이렇게 말했단다.

"나를 만날 생각을 하니까 기가 질려서 죽은길끼다……."

그는 평생 생활고를 걱정하지도 않아 잔돈에 연연하거나 아둥바둥 살지도 않았고, 아직도 아버지의 사랑과 기대를 한몸에 받고 있으며, 어릴 때부터 '대통령'을 꿈꾸다 결국 현실로 만들었다. 귀공자풍의 외모에 놀라운 친화력으로 여자들에게도 인기가 많았단다. 대통령 후보 시절에 여자문제를 묻자 "인기가 많은 것은 좋은 것 아닙니까?"라고 태연하게 말할 만큼 그는 자신만만하다. 야당 총재 시절에도 그는 거침이 없었다. 자신이 무슨 일을 하건 옳은 일이라고 믿는 것 같다.

자신이 칼국수를 좋아한다고(물론 절약과 변화의 상징이기도 했지만) 청와대에 온 손님들에게 무조건 칼국수만 내놓는 것도 '자기 사랑'의 한 상징이다. 그래서 그곳을 다녀오면 헛헛해서 설렁탕이나 찌개를 꼭 더 먹었다는 사람들이 많았다.

'머리는 빌릴 수 있어도 건강은 빌릴 수 없다'는 인생관을 갖고 있는 그는 조깅, 등산, 배드민턴 등 운동을 꾸준히 하면서 자기 몸을 끔찍하게 아긴다. 그래서 3김 중 가장 육체적으로나 정신적으로 건강하게 살고 피부도 탱탱하고 윤이 난다.

김영삼 전 대통령 때문에 스트레스를 받는 이들도 많겠지만, 개인적으로 그는 행복한 사람이라고 생각한다. 아도니스처럼 자기 자신에 대한 사랑이 충만해서 언제나 스스로에게 만족하고 고집불통에 이기적이지만, 꼭 미워할 수만은 없는 면이 있다. 공적이나 사생활 면에서 완벽한 인격체도 아니고, 편히 지낸 우리를 대신해 엄청난 희생을 해서 괜히 미안하고 껄끄러운 존재도 아니고, 가끔은 무시하면서도 도와주고 싶어지는 인간형이다.

솔직히 김대중 전 대통령이나 김근태 장관 등을 보면 그들의 불편한 몸과 굳은 표정이 꼭 나 때문에 고문당해서인 듯해 마음이 불편하고 가해자가 된 듯한 죄책감을 느낀다. 김대중 전 대통령이 매주 신장투석을 한다는 소식을 들으면 가슴이 아프다. 그걸 지켜보는 가족들은 얼마나 마음이 아릴까. 미안해 하기보다는 안 만나고 싶어지기도 한다.

때론 심술쟁이 영감 같고, 때론 개구쟁이 학생 같은 표정으로 건강을 자랑하는 김영삼 전 대통령. 이렇게 철저하게 자기를 사랑하는 것이 만년엔 주변을 도와주는 게 아닐까.

위기조차
즐길 줄 안다,
조영남

"Boys, be ambitious, '청년이여 야망을 가져라'란 말이 있지? 그거 '청년이여 절망해 봐라'란 말로 바꿔야 해. 자해를 해서라도 절망해 볼 필요가 있다구. 절망이 희망으로 가는 고속도로거든. 또 위기를 기회로 바꾸고 오해에서 이해로 풀려가는 과정이 나의 행복이기도 해."

2005년 3월, 조영남 씨는 『맞아 죽을 각오를 하고 쓴 친일선언』이란 책을 펴내고 책 제목처럼 맞아 죽을 만큼의 여론재판을 받았다. 그런데 그는 매장당하지 않았다. 아직 방송에 MC로 복귀하진 않았지만 국내외에서 미술전시회를 열고, 그를 찾는 사람들도 줄지 않고 있으며, 심지어 그를 매국노 취급하며 공연 거부운동을 했던 수원 시민단체의 대표와는 친구가 되었다.

그는 자신의 삶이 오해와 이해의 연속이었다고 한다. 어릴 땐 그림·노래 등 뭐든지 잘해 "잘난 척한다"는 오해를 받았고, 서울 음대생이 클래식이 아니라 팝송 〈딜라일라〉를 불러대서 '이상한 딴따라'란 비난도 받았고, 그림전시회를 열었을 때는 "가수가 그림까지 그린다"는 비아냥도 들었으며, 텔레비전 방송에서 거의 쓰러질 듯 웃는 등 자유분방한 모습을 보여 '전국풍수연합회 회장'이란 감투도 썼고, 겨우(?) 두 번의 이혼으로 바람둥이의 대명사로 불리기도 했다. 청와대에 가서는 박대통령 앞에서 "와우산이 우루르르"라고 신고산타령을 개사한 노래를 불러 졸지에 군대에 끌려가기도 했고(마포 와우아파트가 붕괴된 직후였다), 노태우 대통령이 초대했을 때는 분위기를 띄운다고 "김옥숙 여사의 실물을 보니 참 아름다우십니다"라고 찬사를 퍼부은 후 부른 노래가 하필 '나 혼자만이 당신을 사랑하오~'여서 주변사람들을 긴장시켰다. 아무리 글을 잘 써도 딴따라에게 어떻게 신문 칼럼을 맡기냐는 편견 때문에 2000년대가 되어서야 고정 칼럼을 맡았다.

그런 숱한 오해와 위기들을 그는 그저 담담하게 받아들였다. '거리'를 제공하는 사람이 자신이기 때문이다. 자신을 싫어하는 사람들이 항상 존재하지만, 다행히 이해하고 좋아하는 사람들의 수가 점점 늘어나는 것에 만족해 하며 시간이 모든 것을 해결하리라 믿었단다.

사실 최근에 중년남성들은 조영남 씨를 마냥 부러워했다. 남들은 실직하고 시들어갈 나이에 그는 인생의 가장 아름답고 찬란한 때인 화양연화를 누렸다. 스스로도 '너무 재수가 좋아 걱정될 정도'라고 했다. 음악, 미술, 방송, 글 4개 분야를 석권하는 것만으로도 모자라 젊은 여성들과 영화, 공연장 등도 빠지지 않고 다닌다. 그리고 그의 행복 바이러스에 감염되어 보려는 사람들의 초청으로 그는 하룻저녁에도 두세 건의 약속이 있었다.

그러나 숱한 사건을 겪은 그에게도 이번 친일사건은 핵폭탄급 충격이고 일생일대의 위기였으며 엄청난 절망감을 준 사건이었다. 하지만 그만큼 축복도 주었다고 말한다. 20년 동안 1년에 일주일 이상 쉰 적이 없었고 10년간 하던 방송 등 여러 가지 줄줄이 걸려 있던 일을 자발적으로 그만두기 힘들었는데, '오해와 절망'은 하늘이 쉬라고 내려준 기회였던 셈이다. 자기 손으로 놓을 수 없었던 일상의 일들을 순식간에 놓아버리게 만들었기 때문이다.

그러나 이제부터는 공식 스케줄이 아니라 정말 자신만의 시간을 보낼 수 있다는 기쁨도 잠깐, 다시 공포가 다가왔다. 시간이 없을 때는 항상 뉴욕이나 파리로 떠나서 미술작업에만 몰두해 보리라 수없이 다짐했지만, 정작 시간이 남아돌자 어디로 가야 할지 '공간'이 문제가 되었다. 뉴욕? 오래는 못 있었지만 하도 자주 가서 맨해튼, 소호의 작은 골목까지 너무 잘 아는 도시. 일주일 이상 그곳에서 실증 내지 않고 견딜 수 있을까. 파리? 프랑스어도 못하고 친구들도 별로 없는 그곳에서 또 얼마나 버틸 수 있을까. 혹은 제3의 장소가 있을까. 멋지고 지루하지도 않고 불편함도 없는……

속으로 고민하는 그의 앞에 이장희 씨가 나타났다. 70년대를 풍미했던 가수 생활을 접고 홀연히 미국으로 떠났던 그는 그곳에서 라디오방송국을 만들어 성공의 대명사로 불리고 있었다. 그런 그가 한순간에 방송국 경영권을 버리고 울릉도로 떠나 더덕 농사를 짓고 있다.

말만 들어도 근사하지 않은가. 그런데 이장희 씨는 이런 말을 했다.

"형, 유토피아나 파라다이스는 없어. 농사를 지으려 해도 이젠 나이가 있어서 그런지 허리가 아파서 도저히 못 해먹겠어. 허리가 아파 죽겠는데 그게 무슨 유토피아야? 우리 집 앞에 교회가 있어서 예수님이라도 믿어볼까 가는데, 잘 안 믿어져서 그냥 찬송가만 부르고 와."

또 평소 거의 연락도 안 하던 서강대 장영희 교수가 자신이 번역한 책 몇 권을 보내줬단다. 그 가운데 제일 얇은 『슬픈 카페의 노래』를 읽고 그는 종교에서도 못 받았던 구원을 받았다고 한다. 주인공을 비롯해 불완전한 인간들이 등장해서 뚜렷한 결말도 없이 끝나는데, 이게 인생이구나 싶더란다. 인간은 이렇게 다 상처받은 영혼으로 불구처럼 살아가는 것이고 또 유토피아란 우리가 발로 찾아 가는 곳이 아니란 걸 느꼈다. 자신이 평화롭게 지내고 좋아하는 일을 할 수 있는 곳, 그곳이 유토피아다. 그래서 그는 계속 집을 지키고 있다.

중년남자들은 자신들은 마누라 눈치보느라 늘 기죽어 지내는데 조영남 씨가 20대의 여성들과 영화도 보고 집에 나이별·직업별로 여성들을 초대하는 것에 대해 부러움과 질투를 느낀다. 그러나 정작 여성들과 젊은이들에게 인기 있는 비결은 잘 모른다. 여자만 보면 손이라도 잡으려는 욕심에 끙끙대는 아저씨들과 달리 그는 '나이 들수록 입은 다물고 지갑은 열어야 한다'는 지혜를 안다. 영화 등 공연을 보거나 식사를 할 때 그는 기꺼이 돈을 내고, 무슨 말을 하건 남들의 이야기를 끝까지 들어준다.

"나보고 '한국의 조르바'라고 하더군. 대한민국에서 가장 자유로운 남자라고. 근데 뭐가 자유로워. 내가 발가벗고 나가길 했어, 아니면

카사노바처럼 살아? 나름대로 얼마나 신경 쓰고 조심하는데. 그리고 그림을 그리는 것은 정말 즐겁고 돈까지 버니 고맙기도 하지만, 독신남이 심야에 혼자서 건강하게 할 수 있는 일이 뭐가 있어. 이렇게 쭈그리고 앉아 화투도 잘라 붙이고, 조각도 하고 이런저런 생각을 하면서 긴긴 밤을 보내는 거지. 이렇게 혼자 밤을 보내는 덕분에 성매매 단속에 걸리는 등의 위기를 모면하는 거야."

커다란 창밖으로 한강의 야경이 기막힌 거실. 그는 또래 아저씨들이 아내 곁에서 코 골며 자는 밤에 혼자 그림을 그리고 글을 쓰고 책을 읽는다. 구속을 버리고 얻은 자유와 고독. 잔소리를 해줄 마누라가 있었으면 '맞아 죽을 각오를 하고'란 책 제목도 반대했을 테고《산케이신문》과의 인터뷰도 막아서 오해도 받지 않았겠지만, 그의 독특한 예술세계는 꽃피우지 못했을 게다. 지금도 그는 광복 60주년이 끝나길 기다리면서 밤마다 태극기를 그린다. 세상에 공짜는 없다.

대한민국 남자들이 원하는 것

초판 1쇄 2005년 11월 15일
초판 3쇄 2005년 12월 20일

지은이 | 유인경
펴낸이 | 송영석

편집장 | 김수영
책임편집 | 이진숙 **외부교정** | 이세정
기획편집 | 이혜진 · 송복란 · 장한맘 · 최아림
외서기획 | 이숙향 **국내기획** | 조영남 · 전용준
디자인 | 박윤정 · 박정화 · 황선정
마케팅 | 이종우 · 김정혜 · 이상호 · 한명회 · 조혜정 · 황지현
관리 | 정미희 · 송우석 · 황규성 · 김지희

펴낸곳 | (株)해냄출판사
등록번호 | 제10-229호
등록일자 | 1988년 5월 11일

서울시 마포구 서교동 368-4 해냄빌딩 5 · 6층
대표전화 | 326-1600 **팩스** | 326-1624
홈페이지 | www.hainaim.com

ISBN 89-7337-706-X

값 9,000원